BEIPIAOZHE
SHUO

北漂者说

全秋生◎著

黑龙江教育出版社

目 录 >>>>>>>
CONTENTS

第一辑　故乡碎影

　　故乡是游子永远走不出的梦幻之影，无论你走得多远，无论你身处何方，故乡始终像房前屋后的竹枝一般在梦里拔节疯长、摇曳生姿：故乡的山，故乡的水，故乡的一草一木，故乡的人和事，常常会在夜深人静的时候飘然而至，像一幅山水册页慢慢地打开，让你流连忘返……而我的故乡却没有这般幸运，它的绝大部分如今都已沉入水底，村民们也像飞鸟一样四散而去，栖落在不同的地方，且认他乡作故乡。我出生的老屋已经无影无踪，我亲手栽下的树苗已长大成材，而我却回不去了从前的出生地，只能从文字中寻找着一丝残存的记忆。

乡村地标

石　砌　路

　　村子不算大，四周高山簇拥，一条清澈见底的小溪自西往东从山脚潺潺流出山外，缓缓从村中心流过，宛如一把锋利的刀子在柔软的绸缎上轻轻划了一下，将本来就不大的山村一分为二地割裂开来。一条石砌小路也就随着溪水径直往前延伸，水随路转，路沿溪旋，两者默默厮守不知有多少个年头！

　　溪水因为乾隆破除风水龙脉而大有来历，石砌小路也颇有些历史年头，不过有人根据路边一块大碑石上模糊可见的文字大致可以推测此路乃是清朝某进士（一作居士）一人捐资所修。尽管年代久远进士生平已不可考，他的音容笑貌和道德文章也早已随风而逝，但眼前尚未湮灭的石刻文字分明能让过客时时感觉到他的侠骨豪情仍在小径的上空袅袅前行，渐行渐远！

　　路不宽，平均算下来不足两米，全部是用规格不一的石头一块块铺砌而成。有的地方已经坍塌了，明显有补砌的痕迹；有的地方依然如故，保持着几百年前的风貌；有的地方则长满柴草，人们只能改道而行。江南多牛毛细雨，泥土小路垫上石块后就不易积水，只要雨一停，便可穿着布鞋在上面来回行走而不湿鞋。年深日久，路面上的石头都被磨得光溜溜的，纵使当年凹凸不平坚硬无比颇具个性的鹅卵石，如今光着脚板在上面奔跑也不会感到硌脚，还有一丝凉飕飕的往事直透心底呢。

小路曲折蜿蜒，坎坷不平，可靠近溪水的岸边却砌得平平整整，像一堵墙似的，几乎所有的石缝里都长满了各种不知名的荆棘野草，有的已经完全掩盖了小路的本来面目。远远望去，石砌小路就像乡下老农一样默默无闻，平淡无奇，毫不张扬自己的个性和品行，也不讲究豪华体面的外表，那些凹凸不平的石块与时下宽阔平坦的水泥路面柏油大道相比，实在是寒酸得紧！

无论是春夏秋冬还是风霜雨雪，石砌小路终年如一根毫不起眼的牛绳卧躺在草丛之中，任凭虫蚁为伴、走兽相依，谁也说不清楚到底有多少红尘浪客从它身上踩踏而过：有达官贵人的千金小姐、平民百姓的小家碧玉，也有沦落红尘的青楼女子；有显赫世家的王孙公子、饱读诗书的才子佳人，也有目不识丁的村夫野老；有欺世盗名的正人君子、救苦救难的方外侠客，也有闭门潜修的世外高人；有啸傲山林的豪强狂客、打抱不平的草莽英雄，也有锄强扶弱的仗义志士；有富甲一方的商贾巨子、学贯东西的学界泰斗，也有叱咤风云的文臣武将……更多的时候就是那些日出而作、日落而息的普通平头百姓匆匆而来匆匆而往！路是默默无闻横躺于地的，人却需要堂堂正正直立行走于世间，横躺着的石砌小路支撑起的却是竖起来大写的人！不管你是否记得起它，石砌小路永远都是这样平心静气地奉献着自己简单而专一的一生。

千江有水千江月，万里无云万里路！无论时光怎么转变，世事怎样变迁，人丁如何兴旺衰败，小路上的每一块石头都储存着有关脚印和汗水的各种记忆。倘若脚印可以堆积保存的话，恐怕石砌小路上的脚印早已高过溪边的山头；如果汗水能够聚集起来，石砌小路上行人滴落的汗珠肯定要多过汩汩流动的溪水！到底这条石砌小路上有多少人踏踩而过我不得而知，到底这条石砌小路是何年何月何人精心砌成的事实早已无从查考，到底这条石砌小路上飘荡过多少欢声笑语跌落过多少长歌当哭亦无法统计。但我十分清楚，从此以后，再也不能在这条老祖宗留传下来很有些年头的石砌小路上行走歌唱！

如今，古老的石砌小路已被下游大型电站关闸后的蓄水淹没了，小路不再是小路，溪水不再是溪水，故乡不再是故乡，它只是静静几十里水面下一个微不足道的坐标点而已！也许春风吹拂湖面泛起的波澜就是它们在水底下轻轻吟唱的音符！

远古洪荒转眼便是沧海桑田，蓦然沉入水底的又何止是故乡的这条石砌小路！这种撕心裂肺的嬗变痛楚历朝历代都有，只不过都大同小异罢了！

耳边蓦然响起乡贤陈寅恪大师的诗句来：松门松菊何年梦，且认他乡作故乡。但愿库区水面碧波荡漾的美丽温柔，真的能抚慰抹平移民们离乡背井的心底之痛！

石　拱　桥

小溪曲里拐弯汩汩流进七百里修河，在河水的交汇处恰好有一座古老的石拱桥，因年代久远，它和许多地方的石拱桥一样有着太多迷人动听的传说故事。

相传此地原来并没有石拱桥。据说当年乾隆皇帝受太白金星点化之后，迅速派出国师和镇国将军率兵南下破除此地的风水之气，大军一到，草木要过火，石头要过刀。于是，精通阴阳的国师口中念念有词，拂尘一挥，众军士开山改道，切断神龟之首，砍去灵鱼之头，让溪水从神龟灵鱼的脚下流去，断头去首的神龟灵鱼顿时被高高晾晒于溪水之岸，从此不再悠悠嬉戏！砍头去首之时崖体血流成河，三天三夜流淌不绝。国师并未就此罢手，接着又命令将士在两山之间的溪水出口处修起了这座高大的石拱桥，让狮、象再也不能喝水，活活渴死在溪水两岸。整座石拱桥全是用数百上千甚至上万斤的大麻条石砌成，石缝之间用石灰和煮熟的糯米捣烂填满，牢固无比，就像《白蛇传》中的雷峰塔一样威风凛凛地镇压在溪水之上、两山之间。

民国时期，偏偏有一个广东茶商老板从石拱桥上路过，他财大气粗腰缠万贯走南闯北见多识广，偏偏一眼就看中了这块风水宝地，于是不远千里来此精心经营。单是小溪两岸平坦之处建起的加工作坊就有九十九间之多，就别说老板携妻挈女、呼朋引伴、品茶赏月的山顶花园是如何珠光宝气富丽堂皇。如今只要你不怕荆棘划脸扎手的话，只需沿着曲折蜿蜒的林间小径登上当年的山顶花园，就可以看到一片断壁残垣中依然挺立的高大石质门柱和一些断胳膊缺脚的石桌石椅东倒西歪地躺在地上，仿佛在静静诉说着那段不堪回首的往事！

放眼望去，小溪两岸远远近近、高高低低的大小山头全部种上了茶树，村里世代靠砍柴耕种为生的农人也摇身一变成为茶厂老板手中廉价的佃客。每年茶叶出世之时，从四面八方赶来的采茶姑娘如蝴蝶一般穿梭在茶树之间，此起彼伏的情歌在漫山遍野的茶树上空久久回荡：

对面二八小娇娘，

十指尖尖采茶忙。

穿红戴粉花似蝶，

来年嫁郎做新娘。

……

一片茶叶一片心，

满篓茶叶满篓情。

十八妹妹手脚勤，

哥哥日夜思相亲。

嫩嫩的茶叶、红红的脸蛋、柔柔的情歌、楚楚的身姿、糯软的歌喉在蓝天白云下交相辉映，争相放歌、嬉闹着，让蜂拥而来的各路商船一齐泊靠在石拱桥周边的水域里骚动不安。

于是，石拱桥两岸的空地上大小不一的客栈像雨后春笋般突兀显现，客栈老板娘漂亮的身影和招徕顾客的高声吆喝一时间让石拱桥上车水马龙，人来人往，石拱桥周边的水域则成为一个天然的港湾。茶叶丰收的年头，高达三层的大商船头年夏天就来此地订货，直到第二年春夏涨水之时才鸣笛开船，茶行老板的腰包迅速鼓胀起来，通往山顶花园的小路据说就是茶行老板以银圆铺地的昂贵价格向当地人购买修筑而成的。

"茶盖中华，价压天下"的口碑让白鹇坑的名声就像长了翅膀一样的惊鸿飞遍大江南北，甚至是远渡重洋，传到了倭寇的地盘。于是，若干年后，这些喝惯了白鹇坑茶叶的日本兵端着上好刺刀的步枪奸淫掳掠杀将进来，竟然一把火烧了这座规模庞大的茶行作坊。大火持续烧了三天三夜，火光浓烟直冲云霄，九十九间茶叶作坊顷刻之间化为灰烬，被杀死的茶农及国民党的残兵败将数不胜数，东倒西歪地躺满了古老的石砌小路。往日才子佳人、达官巨贾来来往往的石拱桥上从此风光不再，到处蒹葭丛生，落寞凄凉起来。

也许是当年精通阴阳风水的国师眼光短浅的缘故！也许是历史的变迁本来就不会依照某个人的意志为转移的缘故！这座曾经担负着皇家特殊历史使命的古老石拱桥，终因下游现代的水电站关闸而一夜之间被淹在水面之下，数百年来隔水而望的狮、象二山又在同喝修江水，同唱一首歌了！

如今，石拱桥威风不再，只是静静地躺在河水之中轻轻诉说着远去的往事，任凭鱼虾在它的周身嬉戏玩耍。也许垮塌的命运正在向它悄无声息地逼近，唯一不变的是小溪两岸青山依旧在，碧空如洗的蓝天上云彩舞轻风，几度夕阳依然红！

石拱桥，本来你的天职就是接引南来北往的匆匆过客，可造化弄人，偏偏让你成为镇压一方山水的刽子手，也许沉入水中的结局就是你数百年来肆虐横行的最好报应！

年年岁岁桥相似，岁岁年年人不同！在你将来垮塌消失的波光月影里，为你祈祷的也就只有历史天空的一帘旧梦！

沙　滩

站在石拱桥上远远望去，最为醒目的除滔滔一江碧水向东流外，剩下的就是一片狭长而平坦的沙滩，一片被我们儿时视为乐园的福地！

沙滩的颜色，随季节的变换而不同变化。有时整个沙滩全部是粉末状的细沙，黄澄澄的，就像是用黄金铺成的，一脚踩上去细沙立时会灌满鞋子，诠释"一步一脚印"的人生哲理，倘若赤脚踏上去则软软的、痒痒的，像踩在海绵上一样怪舒服的；有时整个沙滩上全部铺满了各式各样大小不一的鹅卵石，被太阳光一照，白花花刺眼，纵使穿上鞋子也觉得脚板硌得难受，打赤脚的人就更少见。尤其是每到夏天的中午，白花花的沙滩上就像蒸笼一样令人难受，脚下的石块沙粒也格外烫脚。家乡有句俗语："六月六，晒得鸡蛋熟。"说的就是把生鸡蛋埋在沙子里面，晒上一个中午就可以扒拉出来吃！

沙滩的形状也是不固定的，每一次涨水过后都会有所不同：有时候沙子堆得很高，厚厚的沙滩上竟然还会有些坑坑洼洼，里面积满了清水和一些还未来得及游走的小鱼小虾；有时候，整个沙滩被洪水冲刷成狭长的带状，修河水面突然显得比以前宽阔了许多；更多的时候沙滩呈梯形、菱形或多边形，占去了整个河面的三分之一左右。用"易涨易退山溪水，易反易复沙滩形"来形容一年四季里沙滩形状的变化还是比较恰当的！

沙滩的用途也因人而异，各有不同。尤其是那些长期在水面上生活的船老大，无论是跑货运的还是捕鱼摆渡的，沙滩在他们眼中简直就是一块不可多得的风水宝地，只有那里才是他们平安快乐的天堂。

　　他们走在沙滩上的那种惬意自在是我们这些长年生活在陆地上的人所不能够体会到的：每当晴空万里、艳阳高照的日子，沙滩就是他们眼中的晾晒场，他们总是把船上的柴火、粮食、腊肉、咸鱼等搬到沙滩上晒一晒，或者把那些潮湿的衣被挂在支起的架子上晾一晾，或者在沙滩上悠闲地修补平日捕鱼时撕破的渔网和整修那些缺损的鱼钩，那些从他们口中轻轻飞出的渔歌则随风荡漾，不时落在水面上引来鱼儿弄出浪花一朵朵；每当阴风怒吼、暴雨如注、浊浪排空的日子，沙滩则是他们眼中的守护神，他们总是把船紧紧地靠近沙滩，把重达数百斤的大铁锚牢牢地抛在沙滩上，与沙滩共进退！

　　而在我们孩子们的眼中，沙滩简直就是一个快乐大本营！

　　虽然时间已过去了这么多年，茶余饭后之时我总是会想起每天放学后我们一群小伙伴过河回家的情景：当时摆渡的是一条陈旧的大木船，船老大也是一个快七十岁的孤老头子，船上根本没有任何安全设施。"救生圈"这个名词只是长大后才听说过，在当时那种情况下，如果落水被淹死了，那就是被水鬼找了替身——命中注定的。除死者父母双亲放声痛哭外，别人是不会有太多的伤感和同情的！所以放学回家的路上，过河渡船就是最为重要的一个难关。老师们总是叮嘱我们过河时每一个男同学必须要牵着一个女同学，完全负责她们的安全。于是，"我和妹妹把手牵"便成了一道独特的风景出现在我的童年里！

　　我们这群"哥哥"是调皮的，单挑刮风船体摇摆得厉害的时候故意脚下用劲朝一边踩，船体随着惯性左右晃动越来越厉害，吓得"妹妹"们哇哇大叫起来，有的甚至哭出声来我们才作罢，常常招来摆渡老爷子大声斥骂："哪家的短命鬼，你们会不得好死的！"骂归骂，反正又不是我们的老师，谁怕谁也！反正船晃得越厉害，"妹妹"们的手抓得就越紧，叫喊声也会越来越凄惨，我们的心中除会有一种恶作剧的满足感外还会有一种保护神的自豪感在慢慢升腾呢！

其实有时候我们也觉得冤枉，这群看起来像绵羊一样的"妹妹"们也是很刁蛮的，只要下船脚踩在沙滩上，她们就会立即甩开我们的手，大步而去，理都不理我们这些刚才还是"守护神"的男子汉们！好像我们都是不认识的陌生人一样，这多少让我们感到有些没面子。于是，我们也不屑与这些翻脸无情的"妹妹"们一同回家，在沙滩上又继续玩耍起来。

有时候我们会用沙子堆成各种各样的形状，或人，或动物，更多的时候是各式各样的糕点，毕竟拥有许多好吃的糕点是小时候每个人心目中最大的理想；有时候我们会比赛捡石头，有的是粉红色的石头，可以用来写字，用小刀可刻出各种各样的手枪，往腰间一插实在威风到了极点！有的石头天生就有各式各样的图画在上面，仿佛是人雕刻的一样，比老师在黑板上画的图案还要漂亮许多！有的石头白花花的直耀眼，双手使劲用力一擦便闪出火花来……

特别是夏天的傍晚，放学以后太阳也快下山了，被河风一吹，沙滩上不再炎热似火，凉丝丝的，扎起裤脚在沙滩的水边上来回走动实在是一种不可多得的享受！到了晚上，又和大人们一道打着火把到沙滩的水边上照鱼照虾（有些鱼虾在水边歇凉，被光一照就一动不动地静卧水中任人宰割）就是我们最快乐的时光！一般的情况下照鱼照虾只是让第二天的伙食增添一些美味罢了，倘若捕到的鱼虾实在太多，就会拿到城里去卖的，赚来的钞票家里肯定会替我们买个本子笔什么的，运气好的时候也可能会扯上几尺青布添件新衣服！

如果是冬天，河滩上的北风分外寒冷刺骨，发出呜呜的响声，整个沙滩上空空荡荡的，唯有那条破旧的大渡船瑟瑟缩缩地靠在岸边，显得格外凄凉起来。但一到天晴的日子，沙滩上又是人来人往的，河岸上人家的大姑娘小媳妇就会来到河边大洗衣被，然后或铺在鹅卵石上，或挂在临时搭起的架子上晾晒，各式各样的花色被单随风飘舞，寂寞的沙滩顿时又成了一个五光十色的人生大舞台。

与我的同伴们相比，我与沙滩的缘分真的是十分有限，小学毕业后便离开故乡去外地求学，参加工作后偶尔回家路过沙滩时，那里已经成为淘金老板们的乐园了，高大的采金船像巨兽一样日夜不停地吞噬着整个沙滩，往日美丽如画的沙滩早已伤痕累累，面目全非！

如今，沙滩也和石拱桥一样从人们的视线里彻底消失了，在平静的湖水下面，有谁知道曾有一片让我们快乐无比的沙滩在默默呼唤着儿时的记忆？"原来姹紫嫣红开遍，似这般都付与断井残垣"，故乡的变迁该是怎样一种凄美而悲壮的情景！

大　枫　树

除前人修筑的石砌小路和石拱桥外，村子里最有来历的古迹恐怕要算村东头的那棵大枫树了，大枫树到底有几百岁了谁也说不清楚，反正是叶子年年青了又黄，黄了又青，郁郁葱葱地挺立于村东头的溪水岸边。

本来村子里面还有几棵和它同样古老的大樟树，可它们都在某个激进的年代里惨遭毒手，被砍倒推入小土窑里当作燃料化为灰烬了。幸免于难的大枫树也就成了村里头号的庞然大物，仅是树干就要十几个大人连在一起才能合抱起来，树冠的大小不好用尺寸来准确计算，但光是正午太阳从树顶投下的阴影就覆盖了一亩多地那么大。每逢深秋时节，远远望去就像是一团火在半空中燃烧着，红艳艳的一大片。

大枫树是何年何月何人所栽实不可考，但它所以能够成长到现在仍然伟岸挺拔、傲气十足，据说和我的一位堂伯用鲜血和生命去捍卫它的行动是分不开的！

那是一段令人记忆难忘却又深刻的日子，许许多多历尽沧桑的百年老树一棵接一棵地被推进了通红的窑炉，甚至是村里人家房前屋后祖上栽种的风水树也在劫难逃！尽管村民们家里所有和铁器有关的家什都扔进了火炉，尽管日思夜想的钢水铁水并没有如愿滚滚而出，但人们的热情却丝毫未曾减弱！于是，一丝贪婪的目光又瞄准了村东头的这棵大枫树。谁知就在第二天伐木队里出现了咄咄怪事：无论多么锋利的刀斧一砍下去，碰到树身锋刃立时就会崩出一个大口子；无论多么锋利的钢锯，在树身上几个来回就会"崩"的一下断为两截，细心的人仔细一看，树皮上似乎还有一些血迹。这一下可吓坏了前来伐木的人，胆小怕事而又十分迷信的村民们"哄"的一下四散而去。

"不得了，大枫树成精显灵了，一砍就出血！"一夜之间，家家关门闭户，生怕有什么大祸从天而降！

过了不久，有一天大清早，过路的人们突然发现枫树下一夜之间凭空出现了一座小土地庙，里面还有一个泥塑菩萨，几支燃香正在冒着青烟，一时间个个议论纷纷，惊恐不已，果然几天后就出事了。有一个放牛的小孩从树下经过时撒了一泡尿，结果在回家的路上摔下了悬崖，面目全非，救回来后很快就死了，这一下可不得了！

"土地公公显灵了，谁敢亵渎大枫树就会不得好死"的说法又像风一样传遍了整个村子。从此再也没有人敢打这棵枫树的主意了。

到底是枫树成精显灵还是有人在暗中保护着枫树，这件事就像一个难解的谜一样神秘，直到十几年以后才得以揭晓：原来有一年涨大水，我的这位堂伯为抢救村里堆放在河边的木料不幸被洪水卷走了，几天以后才在下游找到他的尸体，堂婶"哇"的一声昏死在他身旁，悠悠醒转后放声大哭起来，一把鼻涕一把眼泪地诉说他当年不该把自家祖上传下来的大铁锅砸碎钉进大枫树内的，要不然不至于死得这么早、这么惨、这么苦！肯定是大枫树被钉得生疼遭报应啦！周围的人听了无不为之悚然，这才明白大枫树当年没有被砍掉是全赖堂伯的舍命保护！不过堂婶这么牵强附会一哭，村子里可就更没有人敢动大枫树了，哪怕是在头脑里动一下不敬的念头都不敢想象！可年少幼稚的我在听长辈茶饭后谈论此事时总是不解地想，倘若大枫树真的有灵，那也应该来向堂伯报恩而不是索命！难道这个世上好人真的会没有好报？

　　胆大心细、倔强正直的堂伯为抢救公共财产离我们远去了，那个时候也没有评烈士一说，可怜留下孤儿寡母的一大群，堂婶吃尽了苦头才把几个儿子拉扯成人，好在几个儿子都很争气，尤其是大儿子在改革开放后很快便成了远近闻名的百万富翁，率先搬离住在大枫树旁的老屋，到县城装修得豪华体面的别墅里住去了！

　　枫树还是那棵枫树，默默无言任人评说！身形随着年轮在一圈圈地长大，仿佛每一根旁逸斜出的枝干上都挂有一桩岁月的陈年往事在迎风轻轻诉说着，每一片枫叶都见证古老村子的嬗变更迭所带来的阵痛与酸楚！而往昔天天都得从大枫树下来来往往为生计不停奔波的村民们早已随风而去，不见踪影！

　　如今，偌大的村子一半都在水底，只有大枫树依然高高挺立在岸边高地上，过着"晨昏昼夜云为帐，春夏秋冬风做伴"的悠闲日子，仿佛一尊得道的古佛高僧在笑看飞鸟起舞静观白云嬉戏，不再担心有斩头去尾的邪恶之念，无须面对顶礼膜拜的虔诚之心，也不必有提心吊胆的恐惧害怕，有的只是一汪碧水几尾游鱼半轮弯月静静地偎依在它的身旁，滋润着它内心深处静如古井的春秋大梦！

　　也许不悲不喜不哀不怨不怒不忧不争不抢才是生命的最高境界。否则，站在家乡的大枫树面前心底为什么会有一种未曾有过的沉静、大度、宽容之念悄然升起？如果说北京的香山红叶驰名中外是因为它的高贵、艳丽、大气，那么家乡的枫叶深深烙印在我的脑海里则是因为它的朴实、刚强、伟岸！倘若真的要将两者比出个高低的话，我还是以为后者要亲切得多真实得多！

　　什么时候才能再回故乡亲眼看一下这棵高大挺拔的大枫树？我不禁在内心深处悄悄地问自己，"不是在此时，不知在何时，我想大约会是在冬季"的歌声在我耳边突然悄然响起。但愿在我回到故乡之时能够看到大枫树一如既往地生存于这方天地之间，不再会有心怀不轨的念头前来打扰滋生是非！

云 阳 殿

在我的记忆中，小时候除大枫树下是一个不敢随便去的地方外，最可怕最恐怖的地方就是村子西头的云阳殿！

沿溪上溯两公里左右，有一个名叫"三脚湾"的地方，地势险峻奇特，石砌小路到这里突然显得阴森恐怖起来。路的两旁全是陡峭的悬崖，抬头望去，深黑色的崖体上终年渗出滴滴清泉滋润着碧绿细嫩的苔藓；往下俯瞰，小路俨然是在半山腰上蜿蜒前伸，悬崖下面的水潭被灌木丛遮得严严实实不知究竟有多深，只有隐隐传来溪水互相撞击发出的沉闷响声不时传入行人的耳膜。石砌小路像一条小龙扭曲着身子，仿佛要钻进山里一样，在绝壁悬崖处几乎成九十度角折向往前延伸，刚刚转过一个弯来眼前便豁然开朗起来。路旁开阔处有一座高大的建筑物，尽管里面已空无一物，破破烂烂，但一股扑面而来的阴森之气让人不寒而栗，战战兢兢！

这就是方圆数十里香火曾经盛极一时的云阳殿。

云阳殿是大有来历的，当年乾隆皇帝派出的兵将在国师指挥下一举斩断了龟鱼狮象四大风水之物，并没有就此收兵。国师溯溪而上，一路察看此地的风水灵气，愈看愈是心惊，于是立即奏请皇上准许在此地修筑一条大道直通山谷以外，因为国师发现山谷的尽头正是风水学上所说的"龙脉屁股"，如能凿通必将此地的王者之气漏得一干二净！

谁知路修到"三脚湾"处便搁浅了。每当夜幕降临时，此地便狂风大作，飞沙走石，电闪雷鸣之时一头金光灿灿的金牛破壁而出，摇头摆尾之后，白天修好的道路便化为乌有，恢复得跟原来一模一样。兵将们大为惊恐却又无可奈何，只好白天又接着修，就这样修了复，复了又修，始终不得前进半步。这下可把精通岐黄之术的国师气坏了，便让兵将们在前面开阔处修筑祭坛，国师披头散发登台挥剑作法，心中默默祷告：

西天诸佛、四大菩萨、过往神灵在上，如能保佑此路修通，臣必将在此地修建神庙一座，让世人香火不断、代代祭拜！祷告完毕，国师口中念念有词，大喝一声，手中的松文古剑顿时化为一条金光闪闪的神龙在绝壁上一路开山劈崖，很快就在绝壁上成九十度角凿出一条像门闩一样的小路，把金牛锁在山崖之中，再也不能动弹，而被劈开的崖石处鲜血淋漓，三天三夜不止，兵将赶紧一齐动手把路拓宽，用石头砌好。路修好后，国师不敢违背诺言，在登台作法的开阔处修建了一座金碧辉煌的神庙，里面供奉着西天诸佛、四大菩萨、十八罗汉，个个真金塑身，气派不已！

据国师后来所占卦象显示，"三脚湾"乃是上天为惩罚不守清规戒律的神灵特在凡间设立的一座囚室，里面关有神牛一条、黄金十八坛。据说此牛便是当年老子出函谷关时所乘的胯下之骑，因思凡下界作乱被打入凡间囚禁起来。庙倒之时，便是金牛出世为乱之日！于是，班师回朝之后，国师又派人招来和尚若干在此长住，早晚供香，以使神庙香火不绝！后来为了显示皇恩浩荡，圣上又亲赐龙匾牌坊，钦定此庙为"云阳殿"。

实际上我眼前所看到的只是一座空庙。香火不再，冥烛已灭，和尚也早已不知去向！

据说有一年，庙里金碧辉煌高大威严的神佛菩萨一夜之间全部被小年轻砸烂扔到火堆中烧成了一堆灰烬，只剩下几尊断臂缺耳的小菩萨孤零零兀立在神台上，龙飞凤舞的龙匾竟然被当作庙里粪坑上的垫脚板！蔑视皇权神权的大无畏精神终于在不久之后的一个滂沱大雨之夜荡然无存，两个对菩萨大打出手、又砸又烧的小年轻同时遇上了莫名的惩罚：胆大无畏的小年轻在酒醉饭饱之后打翻了桌上的煤油灯，被燃起的大火吞没了，一个被烧熟了，在满身发出烤肉的味道中痛苦地死去；一个的生命之根被毁，在一辈子再也不可能得到女性温柔的滋润营养中默默老去！传宗接代的香火被他们自己亲手一一吹灭。于是，有关这座神庙的各种恐怖传说也就愈来愈多，纵使是白天，村里的妇人小孩也不敢单独从庙旁经过的。

因为年久失修，云阳殿的大门已不知去向，屋后的排水沟也被山坡上滚下来的碎石泥土堵了。有一年春上发大水，大殿的后墙也被冲垮一大半，从路旁经过就能看到庙里面的破破烂烂，云阳殿愈发荒凉起来。后来不知是生产队上谁出的主意，把它改成队上打米的地方，打米机"哒哒哒"的响声震得屋子好像都要塌下来一样。据老人们说，这样机器轰鸣，就可以把此地的邪灵吓跑。

开打米机的师傅是一个身患残疾的年轻人，因为天生驼背，方圆几公里的姑娘都不愿意上门为妻，没有结过婚，十分胆大。有时天晚了就一个人住在破庙里，几年下来也没有碰上什么邪门的事情。于是胆子愈发大起来，平时闲聊时也就把牛皮吹得像鼓一样嘭嘭直响，村子里的女人倒对他刮目相看，认为他才是村子里的英雄。平时夫妻口角时，做妻子的总会指责丈夫说："没出息的东西，什么时候能像打米师傅一样天不怕地不怕的，就是要饭跟着你也心甘情愿！"骂得做丈夫的脸色涨得通红却不敢还口，毕竟敢在庙里单身一人独处的几十年来也只有这个驼背！

于是，为了捍卫男子汉的尊严和地位，村里几乎所有的男人们都巴不得驼背能出点儿什么意外，最好是庙里的菩萨能够显灵，吓唬吓唬这个让男人们抬不起头来的驼背，替大家出一口莫名其妙的鸟气！

事实上，村里所有的男人和驼背师傅根本没有任何过节！

有一年夏天的一个下午，天气格外炎热，晴朗的天空突然狂风大作，乌云翻滚，电闪雷鸣，整个大地顿时像夜色降临一般漆黑起来，一声炸雷响过之后，天空开始下起了滂沱大雨。就在这时从庙门外冲进一个年轻女子，这是邻村的一个新媳妇，刚从娘家回来，不想碰上这场大雨，因为没有带雨伞只好到破庙里躲雨。雨越下越大，越下越急，丝毫没有停止的迹象，虽然是夏天，雨下久了身上也开始有了一丝寒意，加上破庙里的一股阴森之气，小媳妇又惊又怕，竟然要小解得急，可是外面又大雨如注，四下一看只好跑到神台上那断臂缺耳的佛像后面小解。一阵急急的小便过后，小媳妇正要站起来系裤子，突然被一只有力的大手从后面一把拖了进去，这突如其来的袭击吓得小媳妇"嗷"的一声便昏了过去！

原来佛像后面的空地上正是驼背睡觉的地方，因为没有其他好睡觉的地方，驼背就拿一些干稻草铺在佛像后面的空地上作为自己的床铺。这天因为没有人前来打米，驼背无事可做，就在后面躺着睡午觉，迷迷糊糊之间突然觉得一股热水洒在自己的脸上，驼背睁眼一看，只见一片白亮正对着自己的双眼，驼背气不打一处来，想也没想就一手抓住她的衣服拖了过来。驼背原以为是村里什么人故意来吓自己，所以也想用其人之道还治其人之身，吓他们一吓，待到拖过来时才知道是一个浑身软绵绵的小媳妇。但转念一想，不对呀！外面这么黑，肯定是晚上了，平常人连过路都不敢，怎么可能有这么大胆的妇人敢到这里来撒尿呢？莫非是菩萨可怜自己一生没有女人，又念在自己平时给庙里菩萨打扫打扫卫生的缘故，特意给自己送来一份厚礼！

驼背并不知道小媳妇已被自己吓昏了，急忙点着案台上的香烛，一看小媳妇还长得挺俏的，脸如桃花，吹气如绵，躺在地上一动也不动。驼背觉得这真是上天给他送来的好媳妇，一辈子没有见过女人身体的驼背顿时浑身的血液冲上了脑门，扑了上去尽情放纵起来！可怜昏迷之中的小媳妇被驼背一阵折腾悠悠醒来，睁眼一看，只见一个三分不像人、七分倒像鬼的驼背压在自己身上使劲折腾，心里又惊又气又急又羞，"嗷"的一声又昏死过去。

不知不觉，外面的大雨已近尾声，天空慢慢地开始明朗起来，不一会儿，竟然又出太阳了，阳光斜射进庙里，黑漆漆的庙宇顿时亮堂起来，早已累得气喘吁吁的驼背大吃一惊，这才知道自己闯下了弥天大祸，眼前的小媳妇不是菩萨送给自己的礼物，而是实实在在的过路人！驼背赶紧爬起身来慌慌张张地夺门而去……

从此，驼背再也没有在村子里头出现过，而邻村有一个小媳妇平常好好的一见到陌生人就会脱得一丝不挂大喊大叫的消息迅速传开了，老人们见了都会摇头叹息"作孽呀，作孽"！年轻的汉子们见了往往会双眼发直，脸上会现出一丝暧昧的、一瞬即逝的笑意，说不清是高兴还是难过。只有小媳妇的丈夫觉得很没面子，带着老婆四处求医直至求神拜佛，但老婆始终没有痊愈，一遇上不顺心的事情又会旧病复发，无奈之下，他只好把老婆锁在家中整天不让出门！

驼背失踪的消息是村里的男人们到云阳殿打米时才发现的，怎么几次来打米都没有人在呢？村子里的男人们开始四下打听驼背的下落，始终没有踪影。没有米吃的男人们可急了，只好把打米机房的门锁强行撬掉，准备自己动手打米，谁知一进门才发现驼背整个人像一个烂葫芦一样地挂在打米机上空的房梁上，地上蛆虫四处蠕动，发出恐怖刺鼻的异味！

从此以后，云阳殿里再也没有任何人影出现了，里里外外长起了各式杂草，很快成为山间野兽的一方乐园！

如今，随着大坝蓄水，石砌小路早已沉入水底，云阳殿也成了名副其实的龙宫之殿，任凭鱼虾鳖蟹游戏玩耍不亦乐乎！

百 年 老 屋

白鹇坑实在算不上一个大村子，光是从住房的规模数目来看就可以知道，几十幢高低不齐的土墙瓦屋零星地分布在村子里的东南西北，站在石砌小路上放眼望去，实在是有点萧条和冷落。

房屋不管大小都是依山而建的，一律都是土墙黑瓦粗木梁的陈年老屋。屋后面全部都是树木葱茏、杂草丛生的高山峻岭，陡峭无比，房屋的左右两侧都种有高大的柏树或茂密的竹林，如果不从老屋身边经过是很难发现这个地方竟然也会有人家居住的。对于乱世之秋的山里人家来说，这样的房屋有着极好的隐蔽性和极高的安全系数！

也许是先辈们吸取了当年茶行被日本兵烧掉来不及逃跑而枉送性命的惨痛教训，这样盖房的最大好处是整个家族可以在最短的时间内迅速集中或分散，房屋之间都有过道互相沟通，如果有小偷光顾的话，无论哪家只要喊叫一声，整个家族的人一下子仿佛从地下钻出来一样迅速地站满周围，一声呼喊大家一齐动手绝对是瓮中捉鳖跑不掉的；如果是国民党散兵游勇和当地的保甲长前来强抓壮丁的话，只要招呼一声，所有的青壮年便会立即打开后门直接往后山上跑去（不熟悉地形的人是万万追不上的），便可免去劳役之灾乃至性命之忧。我家堂伯就是这样几次死里逃生才幸免于难的，而那些被抓去当兵的从此便杳无音信，直到二十世纪八十年代才有一个老兵从台湾回来。不过老兵回来的情景又让村子里的人们大吃一惊，大把的钞票和黄澄澄的金首饰闪闪发光。以至令当时尚在人世间的堂伯羡慕不已。

村子里的人口不算多，姓氏也只有全、朱、刘、吴、袁等几个大族，按房屋建筑的规模大小来分，第一大的建筑物当属我们姓氏所居住的三进三重的大老屋。何谓三进三重，三进就是大族人家进屋后有三个厅堂，每两个厅堂之间是天井，分别叫下厅堂、中厅堂、上厅堂。天井两旁各有一间厢房，厢房靠天井的一边全是用雕花的带小格状的木板装成，光线特别好！三重就是整个大屋一字排开有三扇大门，每进一扇大门后，结构完全相同，各有厅堂、天井、厢房，实际上相当于三幢三进的大屋合在一起。

其实，我们家族的大屋并不是一次性做成的，以我们家族太公的财力而言是做不起这种大屋的！太公的老家是湖北，因为自己的家乡战火连连、民不聊生，只好一路逃荒避难至此替一家财主打长工。按当时的局势而论，此地当属世外桃源。定居下来后，因为勤劳吃苦肯干的缘故，深得财主东家的偏爱，便把唯一的漂亮女儿许配给了他，当然，财主家的全部财产也就成了天上掉下来的馅饼——嫁妆。可是太公首先想到的并不是如何享乐而是要造屋建房为将来的儿孙们娶媳妇做好准备，于是就请来阴阳先生到处看地形、察风水，终于选中了这块风水宝地。果然是一处好风水，自从太公太婆住进新房后就接二连三地生下了九个儿子，意味着从此以后太公家应该是大姓大族了。

经历过战争烽火劫难的太公深深懂得"平安是福"的人生真谛，九个儿子中竟然没有一个出外为官，也没有一个行走江湖学做买卖的。尤其是我的爷爷排行第五，不仅读过私塾，而且一手毛笔字更是方圆数十里内罕有对手，以他的才智出去外面做一小吏是绰绰有余的，可是满腹经纶的他一生之中仅仅是帮别人办理婚嫁喜庆、红白喜事之时写写对联、坐坐账房而已！后来因为"破四旧"的缘故，这种为别人"作嫁衣"的乐趣也被悄然剥夺，难怪他晚年的脾气是那样暴躁不安，整日不是上山砍柴就是去竹丛地里开荒种黄烟，终于在七十四岁那年因开荒过度劳累不幸在第二天上午溘然长逝，临终之时竟然没有留下半句话语。普天之下，又有谁知道他老人家离去之时是满肚子的不得意啊！

准确地说，太公最先建筑的房子是中厅堂（上厅堂和下厅堂是后来续建的），建房子的各项要求之高规矩之严近乎苛刻，所筑的土墙花的代价相当昂贵，丝毫不比我们现在的钢筋水泥房便宜，而且经他一手把关的土木结构房屋比钢筋水泥房更牢固，尤其是房屋最外围的墙体说它们是铜墙铁壁一点也不夸张！

据老人说，太公做房屋的时候与众不同：别的主家都是盼前来帮工的人（家乡做房屋时有两种方式，一种是靠左邻右舍或七大姑、八大姨的亲戚前来帮忙；一种是包给施工队来做）尽快干活，以便早日完工，节省不必要的开支和费用！而太公做房屋的时候，除自己和九个长大的儿子外，其余人来帮工一律婉拒，即使实在驳不得别人的面子，也不让别人上墙筑"架板"的（"架板"就是做屋筑土墙时的专用工具，"架板"呈长条形，由三块厚木板组成：两边各有一块又长又厚的木板，由一块短厚板连起来，成横躺着的 U 字形，开口处有一可松可紧的木架，夹住两侧的长板并卡紧，这样在筑墙时可以上下灵活地使用，别小看"架板"

的作用，它在农村造土屋的过程中可是有功之臣）。开始筑第一板土墙时就要给它披红挂彩，大放鞭炮以示庆贺；房屋竣工筑完最后一板土，"架板"全身披红挂彩在喜气洋洋的鞭炮声、祝贺声和"呼梁"声中隆重地降落地面，功成身退！

太公做屋时的"架板"也与众不同：别人的"架板"是一尺二寸宽，也就是说筑成的土墙是一尺二寸宽的，可太公却让木匠把"架板"做成二尺四寸宽，比别人家的土墙要厚实一倍！无形中做一幢房子抵得上别人家做两幢所花的费用。不但如此，太公在筑墙时还硬性规定：每天每副"架板"四个壮劳力的工作量不能超过十八板墙（别人家一副"架板"一天四个人要筑上五六十板墙），凡是一天超过十八板墙的第二天全部挖掉从头再来，甚至每一"架板"要筑几十下杵都是有规定的！正因为太公这样近乎苛刻地监工，所以老屋历经一百多年的风吹雨打依然坚硬如故，有的墙基砖都开始"走硝"（即变质）了，土墙仍旧坚硬如铁，一锄头下去两手震得发麻生疼，可掉下来的土块却只有耳屎那么一点大。老屋与时下那些用钢筋水泥修筑被洪水一冲就垮的"豆腐渣"工程相比较，土墙的质地真正过硬得让后人叹为观止！

可惜的是，再精明能干的太公也没有料到他呕心沥血亲手建起来的百年老屋没有毁于兵荒马乱、没有毁于天灾却毁在了自己的子孙后代手里！

随着下游抱子石电站的建成，坐落在库区里面的百年老屋虽然没有被水淹没，可太公的子孙后代们赖以生存的田地被淹了，他们只好忍痛割爱，在辗转反侧中亲手挖坑用炸药轰倒了自己祖先建起的百年老屋，远赴他乡谋生度日：有的从此进城买房定居，成了拉板车送燃气罐大军中的一员；有的投亲靠友求当地村委会容留下来，重新分得田地男耕女织过着平淡的日子；有的干脆南下或北上，成了水泥钢筋构筑的森林里的一株小草或小树，任凭风吹雨打不动安如山。

倘若太公九泉之下有灵，面对如此情景不知做何感想！倘若当年阴阳先生看中的风水宝地果真有灵，为何又让太公的子孙后代们背井离乡去"且认他乡作故乡"？

"擦干心中的血和泪痕，留住我们的根！"在低沉而又怀念的歌声中，我仿佛又回到了太公的起居之地。如果有可能的话，我真的愿意化作一块毫不起眼的砖头，在梦中砌进百年老屋的墙基之中！

朱 家 祠 堂

朱家祠堂其实就是我小时候读书启蒙的母校，当然也是村子里规模排行第二的大宅子。

也许因为是祠堂的缘故，它的结构和我们居住的老屋是不尽相同的：跨进大门，上、下厅堂之间有一个大天井，一般的天井都是正方形的，而这个天井是长方形的，且比平常的要大上好几倍，光是站人恐怕也得容下百十人吧！最为特别的是下厅堂被木板隔开为上下两层，下层实际上就成了一个过道，上层成了一个戏台。

每逢过年时节就会有外村的人前来唱采茶戏，看客就在天井里或坐或站，人多的时候整个上厅堂挤得满满的；而在平常的时候，它又是学校文艺宣传队进行排练的场所。记得那个时候，每天下午上完最后一节课，学校文艺宣传队的姑娘们就会集中在这里，头上扎着小红花，手上拿着大红花又唱又跳的，而我们这些小同学就站在天井里静静地观看，久久不愿离去！

学校实在是太寒酸了，土墙瓦屋的，且不说冬天里刺骨的寒风吹破窗户刮得学生们头皮发麻手脚发木耳朵红肿，也不说夏秋之季的乡村蚊子无孔不入多如牛毛如何针针见血、一口一个大包，单是春天雨水多的日子就够人受的，雨水淅淅沥沥地下个不停，泥巴地上又滑又溜，学生们一不小心就会摔出去老远，鼻青脸肿身上青一块紫一块是小学生一天之中常有的事。有时候老师正上着课，天空突然就乌云翻滚，天昏地暗，一阵电闪雷鸣之后瓢泼大雨便打得瓦片叮当直响，头顶上就滴滴答答下起雨来，寄宿的学生就跑到寝室拿来脸盆、饭碗放在桌子上，走读的学生则只好撑开雨伞遮住头顶，于是，"叮咚、滴答"之声不绝于耳，合着老师讲课的节拍很快就成了一首雨声催眠曲，有的竟呼呼大睡起来，引来一片笑声。于是，下雨天上课被老师捏着耳朵站起来的学生就成了一道独特的风景！至于这道风景中有没有我的身影出现，如今想来还真是记不清楚，但以我小时候的调皮劲头，我想应该会有那么几次的。

尽管如此，在老师的眼中我还是一个好学生。尤其是五年级的时候，我的语文老师是一个上海男知青，名字叫魏庆成（也有可能叫卫庆成），具体相貌现在已经没有多少印象，只记得个子很高，一撮小胡子乌黑发亮，脸上好像还有点挂须。

因为他是讲普通话的，对一个山里的孩子来说这已经是很稀罕的，而当时其他老师是不会讲普通话的，所以我们都很怕他。尤其是上课提问，答不上来扯耳朵罚站是常见的，对那些上课捣乱的学生更是毫不留情，抓起来就往门外扔出去，即使是摔伤了学生家长也不敢有任何意见。因为当时下放在我们大队的知青根本就不像后来许多文学作品中所描写的那样受尽了当地人的欺负，恰恰相反，每一个知青点就是一个"炸药库"，只要有点风吹草动便能引发出"惊天动地"的大事，村民们大多对他们敬而远之！能够到学校里来教书的魏老师应该是他们之中脾气最好、文化程度最高的人选。就是这样一位令学生战战兢兢的知青老师，却让我开始品尝到了各种喜悦！

有一次写作文，老师出的题目是《我的同桌》，我根据平时与同学的交往再加上一些丰富合理的想象，很快就洋洋洒洒地写出了一篇五六百字的作文交上去。做梦也没有想到的是第二天一下课我就被魏老师叫到办公室去，一路上心里七上八下的，想不起自己到底犯了什么错，会严重到让老师带到办公室里来处理！谁知一到办公室里，魏老师问长问短，详细询问我家的情况，最后才问我作文里面写的事情是不是真的，在得到我的肯定后校长也过来了，几个老师一致夸奖我有出息。后来魏老师又告诉我，校长把我的作文拿到远在二十多里外的公社中学去评比也得到了很高的评价，这样的结果在我幼年的心中当然留下了极深的印象。

还有一次，魏老师讲完《小英雄雨来》后布置我们写读后感，我的作文竟然得到了魏老师九十五分的最高评价，他又一次让我到办公室里当场写作印证真伪。从此以后，魏老师对我可说是信任有加，有几次和别的老师打球都把手表取下来放在我的手里，那个时候手表可不是一个随便就给人保管的便宜东西！周围的同学对我不同寻常的待遇都羡慕极了。现在想起来，孩提时代一点小小的鼓励都是多么令人难以忘怀！

小学五年时光很快就过去了，我也离开了这幢虽然陈旧不堪但却充满了回忆的老屋到公社中学读书去了，后来听说学校搬迁了新址，学生们不再如我们当年一样辛苦住进了新盖的房子，再后来又听说老屋给姓朱的几户人家占住了，等到我真正再回到朱家祠堂的时候才发现当年的学校早已面目全非。上厅堂像其他老屋一样变成了祭神用的神台，高高的牌位在袅袅的青烟中庄严肃穆，天井周边的房子全部被几家朱姓人家占满了，原来读二三年级时的教室已经全部打通连成了一个榨油的小作坊，高大而又古老的榨榫牢牢地矗立在房子的中央，随着"嗨哟、嗨哟"的号子不时传来"砰砰"的撞击声音，空气中立时便弥漫着一股扑鼻的香油味，整个房子都发出"吱呀吱呀"的声音，让人担心这古老的房子很快就要垮塌了。

如今，朱姓子孙们在领取移民补助后早已人去屋空，曾经热闹非凡的母校——朱家祠堂唯有尚未垮塌的几堵残墙在一汪碧水中苟延残喘，当年我们这些调皮学生天天打球跑步做游戏的操场早已被水淹没，取而代之的是那些自由自在的鱼虾在嬉戏玩耍！

年　祭

　　祭神，是家乡所有节日里最为隆重的一种仪式。每到大年三十晚上，家家户户都必须拿出自己家中最好吃最贵重的供品和最长最响的鞭炮来到祠堂里祭拜祖宗，祈求来年风调雨顺、五谷丰登，同时也寄希望那些逝去的先辈们在天有灵，能够保佑自家子孙后代年年平安，岁岁吉祥。

　　祭神是有一套烦琐而又复杂的规矩的。

　　首先是各家各户凑来的供品，都必须是有荤有素有茶有酒有饭：荤的不外乎是鸡、鱼、鸭及猪羊等各种牲畜，鸡、鸭必须是宰杀洗净后整只才能上供，鱼是整条熏干的，尤其是猪头、羊头更是上等的祭品；素的就是木耳、香菇、油豆腐、哨子（这可是家乡特产）、米团以及柑橘之类的水果；茶叶是自家做的，但必须是由没有结婚的大闺女去采摘清明前的茶嫩芽制作而成，做工也十分讲究，整个制作过程中不能有孕妇插手，否则就是对祖宗的大不敬，倘若没有大闺女的人家就只好到别人家上门去讨要一些，千万不能有半点凑合马虎了事的想法；酒也是自家酿制的，有水酒、米酒、黄酒、谷酒（俗称烧酒）等各式酒水，尤其是烧酒，度数特高，用打火机一点就能着火；用来祭神的米饭也有不少讲究，它必须是一锅饭里面的第一碗，既不能太硬也不能太软更不能是半生不熟的夹生饭。所有供品都统一交给家族里年纪最大、辈分最尊的老爷子，由他按供品档次的高低从祖宗牌位中间往两边摆好。

老爷子神情肃穆,往日时时挂满笑容的脸上此刻一本正经地板起来,一手拿起一根刚从灶膛里抽出来还带火星的木棍,一手先后点燃供香、红烛、冥纸,供香、红烛被恭恭敬敬地分别装在神台案上的香炉里,而冥纸则必须在天井边上燃烧。据说此举是为了方便天上过往的神灵及祖宗先辈们能够享受到后辈们的顶礼膜拜,在袅袅上升的青烟里,在冥纸飞腾回旋的火光中,早已成仙成神的祖宗先辈们必定呼朋引伴从天而降,前来享受子孙后代供献的各式祭品。然后,在鞭炮震耳欲聋的响声中由老爷子领头,按辈分尊卑的顺序排成整齐的方阵(通常女人是不能参加的,没有男人的家庭由儿子顶替,倘若没有儿子的话,那就只有站在旁边看的资格),向黑色的祖宗牌位深深鞠躬行叩拜礼,脑袋碰得叭叭直响,心里默默地祈祷列祖列宗们能保佑子孙后代平安吉祥。

于是那些做小孩的也就格外快活起来,一会儿围在旁边看供品,一会儿抢着地上尚未炸响就已熄灭的鞭炮,跟在后面,模仿大人们"三跪八拜九叩首"的古怪动作,以博大人一声"乖孩子""有出息",其乐也融融!

最有趣最令人向往的是每年年祭后和正对面的刘姓家族比赛放鞭炮!

事先,两个家族的首脑彼此约定,以鸟铳为信号,同时点火,响声时间长者为胜方,败方必须来向胜方祖宗牌位行叩拜礼。于是为了给整个家族博得面子,各家各户在临近年关的日子,都得想尽办法去弄上几挂质地上乘的鞭炮,富裕的家庭只需拿出积蓄去商店购买就是,贫困的家庭就得说尽好话,东挪西借,甚至低三下四去乞求商店老板赊一点。就这样忙碌一段时间,终于等来了那场面壮观的一刻:两个家族都各自把鞭炮外封撕开,把引线连接起来,用谷筛盛好,像一条红色的巨龙盘踞在灵位前,男女老少都站在祖宗牌位下面,满脸虔诚之色,只等鸟铳一响,便各自为祖宗呐喊助威,祈求来年风调雨顺,人丁兴旺。通常的结果都是以我们家族的胜利而告终,这种比赛年年进行,花样年年依旧,一直坚持到有一年因农村分田分地，家家忙于耕作，疏于照看，致使刘姓祠堂因大雨冲垮，土墙倒塌，把祖宗牌位砸个稀烂才作罢。可过了不久，刘姓家族便出了几个生意人，大赚一笔后搬到城里去居住，过年就不再回来祭神了。

然而，祭神给我带来快乐的同时也带来更多的痛苦。每年祭神时的供品由老爷子按档次高低往两边摆放，供品被摆在中间的就代表主人家的收成好，地位高，因而说话的嗓门也就随供品的位置而响亮起来，平常劳作累得佝偻的腰肢此时此刻也挺得笔直起来；供品被摆在两旁的人家，就只有满脸愧色地站在两旁，任老爷子严厉的目光扫来扫去，我家老爸就常常不幸站在此列，任老爷子和供品摆在中间的人家鄙视……我们哥几个就是在这种鄙视的目光中慢慢长大，然后一个接一个地到外地去读书的。

老爸之所以会站两旁，实在是因为当时上有老下有小，七十多岁的爷爷和奶奶，体弱多病的老妈和我们几个瘦小的哥们，全靠他一点微薄的工资来维持，一年到头勉勉强强总算没有缺吃少穿，可多多少少总得看别人的白眼过日子，当时家乡流传着一句俗语："农村伢崽真可怜，要吃米饭等过年。"又怎么能备上品种齐全的美味佳肴去孝敬祖宗呢？为此，年年香炉冒青烟，年年祭祖靠两边。望着站在旁边的老爸，我们哥几个怎好意思去抢那些未燃的鞭炮呢？只能望着黑幽幽的灵位出神，盼望古色古香的香炉能像神话中的聚宝盆一样，给我们带来幸福、吉祥……

终于有一天，神台上摆了上千年的祖传圣物，一个外观厚重如壁、内视却薄如纸透可见光的极品瓷器——香炉给外地一个小偷换成一大沓钞票塞进了腰包。为此，老爷子深感失职，愧对列祖列宗，从此一病不起，不久就去向列祖列宗请罪去了。整个家族都觉得没有脸面再去向列祖列宗祈求降福了，都提心吊胆地等待祖宗们大发雷霆，痛责我们这群不肖子孙。不料竟无一人遭祸，倒是出了几个不大不小的富翁，屁股上吊起了"大哥大"，房里堂前摆上了彩电、冰箱、VCD。始而愧焉，久而安焉，我们也就忘了祭神时给自己带来的耻辱和痛苦，渐渐轻松起来。

如今过年的时候，虽然家族里的年轻人不再守在祖宗灵位前叩头作揖，而是吃饱喝足之后一边围坐在电视机旁看春节联欢晚会，一边拿起手机发微信拜年，或手忙脚乱地抢红包，可年祭时的热闹和庄严还会时不时勾起我那远去的记忆！

竹　　缘

近日无事，闲暇之时偶翻东坡居士的《于潜僧绿筠轩》，不禁又想起了家乡的竹子。

地处江南小镇的家乡盛产竹子，小时候的我几乎就是枕着竹子的拔节声悄然入梦的，竹子婆娑摇摆的光影里珍藏着许多难忘的童年记忆和快乐自在。

我出生的百年老屋旁边就是一个大土坡，坡底是一条汩汩流淌的小溪蜿蜒而过，这样的地形比较阴凉，非常适宜竹子的生长繁衍，除几棵粗得要大人才能合抱的柏树外，其余的就是修长挺拔的毛竹（楠竹）。这一片竹地是我们全氏家族的公共财产，每家每户除要添置日常的家用农具外，任何人都不能随便去砍竹子，至于每年春天竹笋破土而出时，更是严禁我们这些小孩去挖笋当菜吃，所有的竹笋都会在大人的眼皮底下一天一天长高拔节、破壳分蘖、扬枝抽叶直至最后长成迎风摇曳的高大竹子。

竹子全身都是宝，特别是对庄稼人家来说，竹子的作用在日常生活劳作中简直是须臾不可或缺：小至烧火用的吹火筒、吃饭的筷子、蒸饭捞米的筲箕、睡觉的席子，大至上工收割水稻的谷篓，翻晒稻谷薯丝的地箕、扒箕、盘箕，至于用来扬尘去杂物的谷筛、米筛，上山砍柴时用的柴夹、扁担，下河洗衣洗菜的竹篮，溪边田头打猪草的背篓，出工送肥或修水库运土的土箕就更离不开竹子；就算是那些用剩下来的枝叶还能用来扎篱笆，围在菜园子的周边以防飞禽走兽前来糟蹋那些瓜果蔬菜，或者扎成扫帚用来清扫周边场地上的卫生；更别说竹笋还能直接炒菜入食，充饥解馋。特别是那春荒难挨的饥饿岁月里，家乡漫山遍野的鲜嫩竹笋曾经挽救了多少弱小的生命。提篮背篓上山采挖竹笋的大婶阿姨们如今已离我远去渐行渐远，但她们驮着插满竹笋的背篓汗如雨下的辛苦样子至今还在我的记忆深处步履艰难地行走着，成为家乡远去的一帧风景画面！

家乡的竹子有好几种，高大挺拔的那一种叫毛竹，也叫楠竹，几乎所有的农家工具都是以它为材料做成的，这种竹子的笋是受村民们保护的，任何人都不准上山去挖笋，因为这样的笋长大了就是一棵成材的竹子，用途十分广泛，价值实在是一顿美味所不能替代的；另有一种拇指粗大小的竹子，无论土地多么肥沃，它们永远长不大的，但长出来的笋大部分都进了各户人家的口中，化为腹中之物去充饥度日；还有一种罗汉竹，最多比大拇指粗一点，它的竹节密而且天生有一种花纹，这种竹子做成的手杖简直就是精美绝伦的工艺品，比人工雕刻不知要强上多少倍；最怪的是一种叫苦竹的竹子，不但长不大，而且笋是苦的，没法入口，于是这样的竹子愈发茂盛起来，在我的印象当中，它们的用途除了被村民砍来当柴烧以外，就一无是处！现在想来，这种竹子应该属于观赏一类的佳品，可惜在那吃不饱、穿不暖的岁月里，村民们是不可能有雅兴勒紧裤带去欣赏它的，纵是人间极品，也只能默默无闻，自生自灭于荒山野岭之间！

当然，在我们这些小孩的眼里，所有关于竹子的话题都是十分有趣的。

那些高大的楠竹地里虽然长辈们会禁止我们去挖笋，但我们同样能在楠竹的身上得到极大的乐趣：雨后放晴的春天时节，我们会静静地站在柏树下听春笋拔节，轻微的噼啪之声不绝于耳，仿佛一双无形的大手在竹林里伴奏，天生好动的我们就会来到竹笋旁边捡那些自动脱落的笋壳，做成小帽子或者小雨伞戴在头上；夏天的中午，我们除下河戏水外就是来到竹叶茂密的竹林中乘凉，一边踩在歪脖竹子上使劲摇晃，一边听着蝉鸣此起彼伏，有时还用小刀在竹子上刻各种图案或骂人的粗话；秋风起了，往日茂盛的竹叶纷纷扬扬地飘下来了，整个竹林仿佛一夜之间瘦了，透过竹枝的空隙望见天空瓦亮瓦亮的，把地上的竹叶打扫起来，或卖到中药铺，或留在家中泡水当保健品喝，就是我们最喜欢干的差事；冬天雪落时节，这里又成了我们打雪仗、攻击同伴的天然陷阱——有时候，我们会装得一本正经的样子，把同伴骗到被雪压得弯腰驼背的竹子底下，一边说着无关紧要的话题，一边突然用脚猛踢竹子下半截，"哗"的一声，枝丫上所有的积雪全部落下来，在竹身迅速弹起的同时，大堆的积雪就会落到同伴的身上，有时衣领里面也装得满满的，然后撒腿就跑，那种你追我赶、大喊大叫、大笑大跳的快乐真是其乐无穷！

至于那些长不大的竹子同样有着妙趣横生、令人难忘的回忆。有一种叫水竹的，充其量也就大拇指粗细，但它的韧性特别好，不容易断，我们一般都会砍来做钓鱼竿，长长的钓鱼竿晃晃悠悠地伸到离岸边老远的水面上，那看起来尖尖的、随时会断的竹竿顶端却能钓起几斤重的大鱼来。每当鱼儿咬钩，用力提起往回挥动鱼竿，上钩的鱼儿在空中挣扎划出的弧线便是我们最盼望最快乐最得意的好风景。水竹除了可以钓鱼外，还可以钻上几个小孔，用极薄的竹膜蒙住小孔放到嘴边吹出各种好听的声音来，倘若粗通乐理的话，便可以吹出动听的曲调来。另外，这些长不大的竹子还有一种独特的驱蛇功能。南方山区百草丰茂，各种蛇四下出没，咬伤人畜是常见的事情，倘若碰到蛇是不能随便拿棍棒去打的。蛇身体柔软且反应灵敏，手起棍落，蛇会沿棍而上，向你发起进攻，一不注意就会被毒蛇咬中不治而亡。如果是拿这种小竹枝则不同，竹枝上下抽动之时会发出一种尖厉的啸声，抽得蛇左右翻滚不停地躲闪，根本就没有办法缠上竹枝，就算缠上了也会掉下来而无法攻击人类。

　　长大以后，因为读书的缘故，我离家乡真实的竹子愈来愈远了，然而我对竹子的了解却越来越多：竹子、梅花、松树自古以来就备受文人墨客称赞，被誉为"岁寒三友"。"三友"之中竹子最招人喜欢，它全身都是宝，古代人写字得写在竹片上，那叫竹简；写字用的毛笔，笔杆也是竹子做的；古代乐器中的箫呀、笛子呀也是竹子做的；古代打仗时用的弓箭，传令用的兵符，也是用竹子做的。竹子的作用可大了！还有，它长得很美，高高的，长长的，风吹过，叶子哗啦啦地响，是作诗入画的最佳题材；它的竿是一节节的，而且一节比一节高，常常用来比喻仁人志士的气节和胸襟；它非常耐用，不容易折断，可里面却是空的，重量很轻……特别是在革命战争时期，竹子的用途被苏区红军运用得出神入化，成为对敌斗争的一种天然武器。竹子不但可以用来煮饭、盛水装菜，偷运食盐、珍贵药品进入苏区，还可以用来排兵布阵，成为阵前杀敌的锋利武器。"黄洋界上炮声隆，报道敌军消遁"的辉煌战果中，竹子所起的巨大作用是不容否定的，竹子家族这样的红色历史在袁鹰先生《井冈翠竹》的大作之中亦可窥见一斑。

　　我没有袁鹰老前辈那样妙笔生花的笔杆子，无法写出家乡竹子的万千好处之一来，我亦没有丹青老者的写意之手，也无法替家乡竹子形貌佚丽的美景画像绘影，但是我与家乡竹子的缘分却始终依然如故，难解难分，丝毫没有因为北上漂流而隔绝于时光大河之彼岸。

　　二〇〇四年是一个值得回忆的日子。这一年，为祝贺全国"十大竹子之乡"顺昌联谊会的胜利召开，我受中共福建南平市委、市人大、市政府、市政协四套班子的郑重委托，为他们的下属单位——"全国十大竹乡"之一的顺昌县编选《武夷竹韵》一书，借以反映闽北竹资源特色，凸显竹文化内涵。本以为出身山野、对竹子了解颇多的我在审校过程中顿觉羞愧不已：原来竹子家族竟然多达十五属一百二十九种之多，本以为只有大竹小竹之分的我真是见识短浅、坐井观天；更令我感到惊奇的是世上竟然还有方竹的存在，面对货真价实的方竹照片和照片上"身形呈四方，挺立在山坡。枝枝供雅赏，丛丛兄弟和。绿荫清风爽，拄杖助人多。郭老赞声绝，遍野影婆娑"的古风，让平时想当然"世间之竹都应该是圆"的我不禁哑然无语了；当然也有令我颇感自豪的事情，那就是同为湘鄂赣地域边缘的江西信丰县、崇义县竟然同时入选全国"十大竹乡"，我知道家乡就是信丰、崇义的近邻，也是秋收起义的发源地，从书本当中仿佛窥见家乡的竹子又在摇曳多姿、声名远播了。

一竹一诗词，一叶一世界。竹形竹韵，源远流长。原来家乡的竹子除看得见、摸得着的使用价值之外，还有这般清高这般典雅的观赏价值和审美价值！我不禁又吟诵起东坡居士的诗词来：

> 宁可食无肉，不可居无竹。
>
> 无肉使人瘦，无竹令人俗。
>
> 人瘦尚可肥，士俗不可医。
>
> ……

阿　　黑

　　初二那年暑假，因为兄弟几个都半大小伙子了，老房子显得拥挤不堪，父亲与母亲商量后的结果，是另择一处地基建一幢土墙瓦房。其时家里境况并不好，根本请不起人帮忙，但父亲深谙愚公移山之理，并不宽大的手掌一挥，请不起人帮忙我们就自己挖地基。于是，我们哥仨与母亲一有空就挖山不止，父亲只要一回来休假就立即投入挖山的战斗中。一个几乎七十度角的斜坡上，愣是给我们几个人肩挑背负挖出一百多平方米的地基出来。

　　整整一个暑假，我每天跟哥哥们早出晚归，挖山不止，如果用土方来计算的话，我们家地基挖出来的泥土至少有上千方吧？村里人都纷纷摇头，摇过头之后又伸出大拇指，好样的！全秀彬真是了不起啊！其实我们都知道，这"了不起"背后另有一层含义：即是说父亲过日子真抠，舍不得请人帮工，能抠则抠，能省就省。可他们哪里知道我们挖山不止背后的现状是多么辛酸，所吃的苦头有多大啊！家家都有一本难念的经，但我们家的"经"总算是念完了，不管它动听不动听，走自己的路，让别人去过桥。现在想来，父亲那瘦小并不高大的身躯里，确实有一颗不易被困难征服的心。或许后来我孤身一人漂泊北上的时候，身体内就遗传了父亲的坚强与果敢吧！

　　因为暑假期间没有温习功课，进入初三上学期后，各门功课的成绩明显滑坡，导致期中考试成绩排名退了七八位。学似逆水行舟，不进则退，毕业中考时的成绩当然就很尴尬了：超过了当地师范的录取线，却没有填报志愿；离省重点修水一中录取线又差了几分，最后只好到三都镇读普通高中去。读高一那年家里房子才建起来，孤零零一家人住在一个山坳口，出于安全的需要，一条名叫"阿黑"的大狗出现在我的生命里就顺理成章了。

　　第二年的九月，三都中学高中部被裁撤，并入修水宁州中学的同时又改名修水县第三中学。暑假过后，在三都中学读完高一年级的我只能前往修水三中报名入学。这样我就成了三都中学最后一批高一年级的学生，转眼又成了修水三中第一拨高二年级的学生。至于若干年后我又回到修水三中任教并从这里北上游学，或许就是冥冥之中注定的一种缘分吧。

　　家里离学校二十华里左右，当时还没有公共汽车，一条不足十米宽的沙子公路上，只有拉货的解放牌大卡车来往奔驰。因为不是女孩的缘故，过往的大货车司机也不可能"良心发现"让我搭顺风车，要想去学校报名就只有徒步行走。

　　现在想来，徒步行走当然也是有好处的：从家门口出发，一条石砌小路顺着村里的小溪蜿蜒前行，小路两旁高大树木的投影像一把大筛子，把阳光筛成闪闪发亮的金片，铺满路上，一脚踩下去，光影碎裂而小路不吱一声，煞是好看，颇有古人笔意的山水画味道；各种鸟鸣声声，更是入耳入心，如影随形，纯属免费欣赏的大师级音乐熏陶，偶尔还能看到小虫蚁、小野兔、小野鸡乃至小蛇在山道上出没闪现。只可惜路边风光再好，也改变不了我个子瘦小、体力有限的缺陷，要想挑起书本、木箱、被褥和米菜重达几十斤的担子，无疑是一场艰苦卓绝的体能挑战。妈妈只答应把我送到高沙附近的地段，剩下的路段就得我自己来解决。

　　当时妈妈具体送我到哪里，剩下十多里的路程我是如何苦苦支撑的忘得差不多了。但那条名叫"阿黑"的大狗强渡修河送我上学报名的情形却时时浮现在脑海里，叫我久久不能平静。

波浪翻滚的修河水面大概有五六十米宽，加上河滩的话一百多米，在当地来说，可以算是一条大河了。妈妈放下担子，和我站在沙滩上等候一艘木制渡船慢慢靠拢，当船头搁上浅滩时，我和妈妈迅速跳上渡船。阿黑紧紧跟着过来也要上船，妈妈用船篙把它拨开，然后船篙一点河岸，渡船便向河中心驶去。站在船板上，我不时地朝阿黑张望，只见被拒绝上船的阿黑嘴里发出低沉的吼叫声，疯一般地在沙滩上来回奔跑，几个来回之后，阿黑突然像箭一般地向水浅的河滩中心射去。我的心一下子提了起来，开始阿黑还跑着，四条腿溅起高高的水浪，白花花一片，渐渐地，水面上很快就只剩下阿黑的头露出来，在河中心一沉一浮……终于我和妈妈下了渡船，顺小道上河坡到了公路边。一回头，阿黑也爬上岸了，身体左右乱扭甩着尾巴，身上的小水滴像箭雨般向四周喷射，然后摇着尾巴跑到我的身边，似乎在得意地说：主人，你想甩了我，门都没有。

阿黑虽是我家养的一条看门狗，但性情暴烈，十分凶猛，大凡有人接近我家百十米远的距离时，它必狂吠，气势汹汹的样子常常让来人闻声止步，不敢上前，直到家人出来大声呵斥，它才乖乖地在前面引路，摇头晃脑地领着客人上到地坪里。久而久之，阿黑名声在外，周围几十里地没有人不知道我家有一条会咬人的黑狗，正是恶犬名远扬，令人闻风丧胆。

其实阿黑大多时候是十分温顺的，特别是在家人面前从来不发威，我就常常用手掰开它的嘴巴，把小手放进那白森森牙齿的嘴里去玩，有时候还托着它的嘴巴，一根根地数它嘴边的胡须，有时弄得它不爽的时候也会从鼻子里发出哼哼的威吓声，但我丝毫不畏惧，它也只好配合着供我取乐；周末放假的时候，只要从学校回家，远远看到我它就会跑过来迎接，绕着我前前后后转圈摇尾，屁颠屁颠地撒欢，最后竖起前爪搭在我的肩上，长长的舌头伸出来滴着馋涎，在我的衣服上舔来舔去的，尾巴摇起来如老人夏天乘凉的大蒲扇一般，久久不愿下地。我知道这是阿黑友好热情的表示，尽管心里有点害怕但也欣然接受它这种情感表达的独特方式。

阿黑恶名在外，可没有咬过一个人，只是起到了看家的作用。那个时候的家乡小偷是极为罕见的，从我懂事的时候起，只记得有一年一个外地人来队上的牛棚里偷牛，结果被早起种菜的村民发现，一声呐喊，村民从四面八方拥来。小偷慌不择路，被生生擒获，用大拇指粗的麻绳五花大绑起来。第二天，大队派来民兵押送往县城去了，结果自然不得而知。阿黑的出现，让我家太平得没有任何事情发生，尽管我家单舍独屋的，离村子里的石砌小路至少一百米左右，两百米开外才有"左邻右舍"。无论是黑夜还是雨雪菲菲的日子里，只要有人出现在百米以外的小路上，阿黑的叫声就会提醒我们，或许是客人来了，或许是队上的邻居们串门，或者就是外地人路过。如今想起来，阿黑的兢兢业业实在比某些小区的摄像头都要可靠得多，从来没有意外情况出现，深得主人家的信任与宠爱。

除看家守门外，阿黑还有一个与众不同的特点，它能跑到山上把躲进草丛顾头不顾尾的大野鸡给生擒活捉回来，这样的经历有过好几次，让猎人都惊叹不已；阿黑当然也有让人好笑的地方，闲来无事时，它会守在墙脚下的洞口边，把家里的老鼠抓住，一番戏弄之后活活用前爪给拍死，正应了那句古话"狗抓耗子——多管闲事"。当然阿黑最让主人满意的就是它那爱卫生的好习惯，夜色降临后，无论酷暑还是寒冬，它都坚守在大门口，从不进家门睡觉，以我们家的房子为圆心，两百米之内绝对不会有一堆狗屎出现，这样能把大便远远送到山上去解决的看家狗，在全村也是绝无仅有的。因此，阿黑咬人的恶名与讲卫生的美名齐飞，越传越远了。

阿黑不顾水深滩急冒险强渡修河后，便不远不近地尾随在我和妈妈后面，因为公路对阿黑而言是陌生的，也是极其危险的，走得越远，风险就越大，完全有可能成为过路人桌上的佐餐之菜或滋补品。我和妈妈都要赶它回去，可它就是黏着不走，我们走几步，它也走几步，我们停下来回头看，它就远远地停下来摇着尾巴，可怜兮兮的样子，我赶了好几次它都不愿往回走。为了它的安全，最后我只好捡起地上的石块装出恶狠狠的样子要打它，它才悻悻掉头离去。望着它远去的身影，一丝难过的情绪从我心头蓦然升起，我知道阿黑这一走，必定凶多吉少，毕竟河岸这边是陌生环境，阿黑是否能按原路回家绝对是一个大问号，但我又不能陪它回家，还有十几里的路在等着我跋涉前行呢！谁知过了几个星期后我回到家里，又一次受到了阿黑的热情欢迎，它扑到我的肩上撒欢逗乐，摇尾扭臀，好不高兴。

很快，一年一度的寒假就来临了，我兴奋地往家赶，在路上就想象着阿黑在我跟前亲昵撒欢的样子。离家门越来越近，可周围依旧静悄悄的，不见阿黑的身影出现，我上坡走到地场里，还是没有见到阿黑撒欢摇尾前来迎接我，我的心里蓦然一沉，一丝不祥之感顿时弥漫心头，我加快脚步，一脚踏进大门后，依然没有见到阿黑的影子。我忙问妈妈阿黑到哪里去了，妈妈指着锅内几大块早已皱巴巴、萎缩干瘪的狗肉告诉我，阿黑被打狗队给灭了，特意留下几大块狗肉等我放假回家吃。我的眼泪一下就涌出来了，没想到我家那么懂事重情重义的阿黑竟然会落得如此下场。

都说遇见是最好的重逢，可现在的我又能去哪里遇见阿黑呢？

转眼几十年了，走南闯北，家乡早已成了故乡。前几年因为暴雨成灾，那栋我们挖山不止建起的土墙瓦屋也垮塌了，从二哥发来的视频里看到墙圮瓦碎，一地狼藉，我的心里如刀割一般酸疼。我清楚地知道，就像某首歌词里唱的那样，再也回不到从前了。唯有梦中常常见到阿黑快如闪电一般直扑草丛捉野鸡的身影，有时又摇头摆尾地在我跟前来回跳跃乐不可支的样子。每每梦醒之后，两行泪水不知不觉地爬满脸庞。

如今，养狗已是大都市里某些居民的一大乐趣。我在北京街头常常会看到把小狗抱在怀里遛弯的人们，他们会给狗狗穿上漂亮的衣服、精致的小鞋，甚至还有叫狗儿子、狗闺女的，把狗当作子女一般来宠爱；偶尔也能看到那些体型庞大的进口品种，高大威猛地跟在主人身旁言听计从，亦步亦趋，全身上下却没有一丝野性的味道了。这些被主人们宠爱的狗们不需要看家守门，与主人们同吃同住一室，享受着冬暖夏凉、衣食无忧的好日子，只要一有机会出来，就把狗屎随意地拉在道路旁、公园里，不管不顾地奋勇前行……它们更不需要上山去逮野鸡、蹲守洞口捉老鼠，成天过着千娇百媚的逍遥日子，不亦乐乎？

于是，我又想起了当年强行渡河送我上学的阿黑，倘若它还在人世间的话，面对此情此景不知会做何感想？

幕阜风骨

鸟儿确已飞过，天空不留痕迹

——泰戈尔

双井·明月湾①

你是巍巍幕阜群山体内涌出的一汪最为圣洁的清泉！

你是天上明月跌落七百里修江山水之间行色匆匆的书生！

你是横笛竖箫放歌"多少长安名利客，机关用尽不如君"的青衣牧童！

站在清澈碧绿的修江边上，倾听不远处传来的阵阵松涛与清脆的鸟鸣声；行走在十里秀水长廊的岸边草地，观一片云淡风轻，闻一缕扑鼻幽香，让我近乎麻木的脑壳顿时灵光警醒：

你的清澈与透明一定是老人当年低吟"桃李春风一杯酒，江湖夜雨十年灯"时洒下的滴滴甘醇！

你的圣洁与淡泊一定是书生挥毫点赞"长安富贵五侯家，一啜犹须三月夸"的茶水浸泡滋养出来的点点情思！

----

① 双井·明月湾，隶属江西省修水县杭口乡，系北宋大诗人、大书法家黄庭坚出生地。

　　你的圆润与皎洁一定是大家闺秀倚门相思"溪上桃花无数，花上有黄鹂。我欲穿花寻路，直入白云深处，浩气展虹霓。只恐花深里，红露湿人衣"的双眸里汪出的妩媚与娇羞。

　　"西江水清江石老，石上生茶如凤爪。穷腊不寒春气早，双井芽生先百草。"美酒与香茗、书生与闺秀，在幕阜山谷的历史文化长河里，是可以比肩而立的。

　　走在幕阜山辽阔的腹地深处，我曾面对那一片片青翠无边的绿草地，挥动心中的鞭子轻轻赶着生活的牛羊，吟唱生命不能承受之轻的悠闲；走在横跨修河南北的宁红大桥上，我曾面对河岸高大矗立的摩天轮飞旋发出的尖叫声，感受来自大都市赏心悦目的时尚娱乐；走在"千江有水千江月，万里无云万里路"的北漂路上，我曾多少次回望崇山峻岭中"一门三十六进士"的辉煌旧事。是的，一江春水向东流的滋润是极其有限的，而人的智慧与探索是无穷的，是任何大自然也阻挡不了的。祖祖辈辈顶礼膜拜"天人合一"的和谐氛围正在这块土地上空悄然降落，生根、发芽并开花结果。

　　于是，幕阜山脉不屈的风骨在迢迢的奔波途中终于塑造了一个你，在明月送秋波的怀抱中我们听到了你那穿透历史的呼唤，听到了山谷里传来你内敛深沉而又坚毅不屈的吟唱。

　　你的厚重是古艾国的历史堆积而成的，你的透明纯净来自岁月的打磨与煎熬，在蜿蜒幕阜深处，在七百里修河两岸，除了你能点铁成金，有谁还敢自称圣贤？

　　在喧闹与寂寞之间，你选择了寂寞；在厚重与轻浮之间，你选择了厚重；在现实与梦想之间，你选择了梦想；在高贵与淡泊之间，你选择了淡泊。寂寞的厚重的淡泊的梦想，是这一潭纯净自然的双井水，是这一轮光照九州的明月湾。如果能将青春定格在你的身旁，我就再也不想去流浪。

南　山　崖①

或许，在洪水猛兽的咆哮吞噬下，只有你才是稳如磐石、顶天立地的伟丈夫。

或许，在车水马龙人如流的修江大桥上，只有你的《松风阁》在提醒此地"依山筑阁见平川，夜阑箕斗插屋椽"。

阳光下的万顷碧波是美丽的，而美丽有时仅仅是一种诱惑，一种幻觉，一种意念。你无法接近她，无法占有她，更无法征服她。她博大精深、浩瀚无边的内涵足以让你流连忘返。

然而，顺江而下、蜿蜒曲折的仿古小道是一段美丽细节，漫步其间、相依相拥的红男绿女是一种小城浪漫，江面上来往游弋的游艇和大花船更是一道靓丽风景："江畔何年初见月，江月何年初照人。"那夜色降临时的五光十色、喁喁私语、缠绵依恋恰似一江春水向东流，此去经年不回头。

抬头仰望，"九曲回廊"内的宋代长衫书生是一道漂泊的风景："桃李春风一杯酒，江湖夜雨十年灯"的人生慨叹；"万里归船弄长笛，此心吾与白鸥盟"的故乡情结；"明月湾头松老大，永思堂下草荒凉"的悲愤凄凉。书生信手拈来、力透南崖绝壁的"佛"字是一种祈祷，更是一种宝相庄严：她是风平浪静时的幸运壁画，又是樯摧楫倾时的救命符咒。当咆哮的恶浪残酷夺去船夫渔人的弱小生命时，佛祖的慈悲宽容站在生命视线看不到的地方，为亡灵引渡……当浊浪排空如困兽犹斗、山洪肆虐如千军万马搏杀疆场时，你就如开天辟地的盘古静静

---

① 南山崖，相传北宋大书法家、诗人黄庭坚曾在此读书，崖壁上有他手书的"佛"字石刻。九曲回廊，南山崖一处亭院，内有黄庭坚塑像及大批书法石碑。修江大桥，指当年樊孝菊推动修建的修江第一桥。

地挺直腰身，宛如一道坚不可摧的长城，保卫着"读书台"这一角的宁静豁达。

南山崖，这就是甘于寂寞、无私无畏的你，如果没有你这种蔑视一切的精神，狂放不羁的修江水而今会在你面前俯首称臣吗？横跨南北的修江大桥能风雨无阻至今安然无恙吗？

站在你的面前，俯瞰江面来往游弋的游艇和倾听飘荡在半空中的快乐叫喊，我们不能不感受到你从内到外的美丽！

陈 家 大 屋①

你是接续"护仙源"的兴旺之地，你是封疆大吏陈宝箴当年办理团练时的栖居之所，你是客家人筚路蓝缕、开疆拓土的历史见证。

你是九岭山脉脚下的藏龙卧虎之处，你是义宁公子呱呱坠地的风水宝地，你是义宁"文化世家"放飞翱翔的出发点。

青山环抱，云雾袅袅，"木欣欣以向荣，泉涓涓而始流"。数百年来你一直静默着，就像一张巨大的太师椅，背靠长垅里，面对义学里，左靠欧家塅，右临墩口，演绎出一家三代四人入选《辞海》的绝代风华。正所谓多少年来朝拜客，弯腰俯首复吟唱：凤竹堂前迎宾客，四觉草堂读文章。洗砚池边书翰墨，安贞楼上文脉长。

你身后的"四合塅"，坐镇义宁分宁西南一脉，"深居观元化，荡胸生层云"。站在早已荡然无存的遗址上，我分明看到了义宁陈抚宝箴主政

① 陈家大屋：护仙源，陈家大屋修建之前义宁陈氏的居所地；四合塅，同治元年，陈宝箴在此建一读书楼，名曰"四觉草堂"。门前场地有"洗砚池"，门楣上有"安贞楼"三字；学界尊称陈宝箴为"义宁陈抚"；陈三立为"义宁公子"；陈衡恪（师曾）为"义宁陈君"；陈寅恪为"义宁先生"，其学为"义宁之学"，其人品为"义宁精神"。

湖南振臂一呼应者云集开一代风气的波澜壮阔，看到了他"修江绕城清且涟，月落江空夜放船。有时乡梦堕江水，振衣脱帽南崖巅"的乡恋乡情；分明看到了同光体诗派巨擘散原老人"宁州门迎两学士，弥王头顶半边天"的豪迈激越，听到了他"凭栏一片风云气，来作神州袖手人"的苍凉慨叹；分明看到了义宁陈君师曾"诗、书、画、印"四绝得以引领北平画坛之风气，看到了他少年即"甘心守寂寞，袈裟良足披。或非鸿与鸢，焉能奋翅飞"的不朽才华；分明看到了周游列国博览群书的义宁先生寅恪"一生负气成今日，四海无人对夕阳"的悲愤与激越，听到了他"独立之精神，自由之思想"的黄钟大吕之说……光绪年间的旗杆石依旧巍然矗立，迎风沐雨不改色；乾隆年间的砖瓦房厚重古朴，百年烟云任去留。

　　陈家大屋，站在你的面前，我才明白何谓"义宁之学"？何谓"义宁精神"？何谓把"江西"二字写大的"文化世家"？明白了"高山仰止，景行行止，虽不能至，心向往之"的人生真谛该如何浓墨重彩地去书写与吟唱。

黄 龙 寺[①]

　　雨后浮起的轻雾是一片善解人意的梦境，为远道而来的游人提供下榻的灵台。于是往日孤傲突兀的"鲤鱼峰"静如出浴的美女，向天空翘首而望，柔曼的云烟袅袅升起，恍惚缥缈的仙子在引渡凡夫俗子，空气中弥漫着甜润清新的气息。站在百尺危崖的"只角楼"边，放目远眺，苍苍茫茫，重峦叠嶂，飞瀑流泉，尽收眼底，望着千年无人应对的绝联

---

　　① 黄龙寺：黄龙山，赣西北幕阜山系的主峰，上有"鲤鱼朝天""只角楼""一脚踏三省"等景点，禅宗圣地黄龙寺内则有"观音井""斗法处""五指柱"等景点，寺中有"千人锅"煮斋饭、"大铜钟"声震五百里的传说，是赣西北最有名气的风景点。

"山石岩泉流白水"，痴迷的游人只能喃喃叹息：人杰地灵！

群山如洗，天空澄碧，白云悠悠，任意卷舒，远处高高低低、错落有致的峰峦一如跪拜在石榴裙下的内臣簇拥着黄龙主峰，站在"一脚踏三省"的制高点，每一个角度都像一幅绝美的山水画，每一块岩石都是灵气十足的通灵宝玉，每一株树木都如玉树临风的俊男靓女，每一个细节都被精心地点染涂抹。呼啸的山风卷起稀薄透明的烟雾，时而飘散时而聚集，一如人生旅途中的某种机缘，让你无从猜测，无从把握亦无从等待。

沿着蜿蜒小路不断捕捉着溪水左拐右弯的调皮步子，让思绪伸向远方，让脚步踏进峰峦深处。雨后的群山清晰、空灵、俊秀而雅致，修葺一新的红墙碧瓦一如仙境的琼楼玉宇，融入远方纯情静美的大山之中，寺内寺外随处可见的断壁残垣在悄悄告诉我们这禅宗胜地千年之前的兴盛。远山之上、悬崖峭壁之间随处可见松柏或古朴如入定的僧人，或蜿蜒如虬龙探首，一如幕阜坚强的卫士站立在碧绿青翠之间，又仿佛是禅宗子弟们修行的虔诚身影。波澜不惊、静默千年的"观音井"，水波不兴，一任青苔爬满全身，一任日月争相辉映而不言不语，静静旁观当年吕洞宾与黄龙祖师斗法留下的石柱指痕，宛如朋友间心照不宣的默契。

新雨后的石砌小路一尘不染，起起伏伏的台阶被人们起起伏伏地踏步前行。随风飘落的黄叶闲适而恬静地铺满小径草地，丝毫不显心中莫名的哀怨，山野之中顿时充满了生命的宁静、和谐，映衬出平和的境况和悠闲的时光。在喧闹的红尘之中，竟有一个这样清静而又充满趣味的去处，对我们这群生活在现代都市里的过客来说多少会有点宽慰的味道。

我们的脚步踏石而行。

我们的心情随山而绿。

透过庙宇的红墙碧瓦，被阳光均匀过滤的各种斑驳色彩如尘网一样笼罩在高大的树梢上，此时此刻，耳中传来清脆的鸟鸣实在是一种难得的柔情，是残忍的狩猎枪口幸存下来不可多得的亮色。这样的美景让人身心异样地滋润、清爽、酣畅，随处一驻足，随处一放目，都是独特的风景。我想，倘若再来几声蛙鸣，几条小蛇在草丛中穿梭，几头小麂在林中跳跃，那该多好啊，可惜它们大多已赤身裸体有气无力地躺在菜市场上，静候贪婪的目光挑拣选择，再也无法给如诗如画的黄龙山增添一道美景。谁能说这不是大自然对人类的一种另类报复呢？

千人一锅煮斋饭的僧侣住持已随风而逝，五百里外悠扬悦耳的硕大铜钟早就无影无踪，大唐年间盛极一时的世外古刹如梦如烟，绿树浓荫的山峦分明书写着无数的沧桑依恋。

古老的黄龙寺，盛极一时的禅宗圣地，曾经的祥云瑞彩逃不过风雨飘摇的岁月磨砺。得道高僧身已散，佛号渺渺千年音：你那亭台廊檐之间流淌的是祖先的血脉，你那红砖碧瓦覆盖的是智慧的先知，你那不能称之为景的断垣残墙从不惧怕人世间的崎岖与险恶，默默地守望在草丛路边，你那身旁奔腾不息的清清溪水可是心里默默的誓言？我蓦然心动的感觉是不是你合掌一叹的翘首期盼？

走在回家的路上，我不禁沉思起来：佛道僧缘为何总在人世间沧桑沉浮？世俗红尘何时才是尽头？

抱 子 石[①]

奔腾东去的修江水，和着轻悠悠的南来风，在滔滔峡谷之中不经意

---

① 抱子石，江西省修水县境内修江上游河畔一座极似"母抱子"的崖石，据说"要离刺杀庆忌"等许多传说皆来源于此。如今抱子石电站高峡出平湖，抱子石只剩三分之一的部分露出水面。

间来了一个大写意。这时候，古老的修江岸边出现了一座母爱的雕塑，出现了一曲动人的乐章，一种让你豁然开朗的天籁之声。

这就是修江的魂！

你的陡峭，能锻炼攀登者的胆量；你的光滑，能够检验攀登者的步伐是否稳健；你的毫无攀缘之处，能激发攀登者破釜沉舟、奋力一搏的勇气；你的坦荡胸怀，能够陶冶攀登者的大无畏精神……美丽动人的母爱就在这里凝固、歌唱着：黄的古老、绿的深情、红的热烈、黑的庄严。母爱在这里格外风情万种，一览无遗，将人世间的快乐和幸福刻满沧桑的额头。

古老沧桑的抱子石，你的拥抱是一段千年不变的亲情，你的守候是一首万年不朽的浪漫歌谣，你的坚贞就是一部可歌可泣的活历史。我就喜欢你这光秃秃的样子，因为你能勇敢地敞开自己的胸怀，毫不掩饰自己的缺点和短处，千古功过，留与后人说，听任世人褒贬。

抱子石，有人认为你太贫瘠，瘦得连一棵小树也不曾拥有，光秃秃的，毫无美感；有人认为你太无能，只有依靠修江母亲河的乳汁喂养，才得以生存，毫无自强自立的风度；甚至还有人引经据典：有多少渔人、过客在你脚下梦断魂散，被你赶入枉死城中。因此，在某些人的眼中，你就是一尊"瘟神"……往日奔腾咆哮的修江水如今在你的面前是如此温顺、轻柔，就连那些驱车前往观光的游客们也不愿按响那尖锐的喇叭，生怕惊醒你那思念儿女的美梦哟！

抱子石，光秃秃的，多么洒脱，无忧无虑，有的只是挺拔和伟岸；抱子石，光秃秃的，多么坦荡，无牵无挂，有的只是直爽和峻峭，阴谋和罪恶在你身上荡然无存。站在你的面前，我们只是红尘里的一名匆匆过客，我们不仅要学会凝视，也要学会谛听和思考：

因为发自你内心肺腑的颂赞与歌谣，并不是每个凡夫俗子都能够随随便便听得懂的。

清水岩洞[①]

走进清水岩洞便恍惚走进了生命的时光隧道，我已不是我，洞亦不是洞。岁月的踪迹是如此凝练而厚重，时光的脚步是如此迅捷而匆匆，在这连接远古与现代的缝隙间，我常常蹒跚穿行而过。

走在窄窄的小径上，抚摸着洞中高大"雪笋"几欲滴落的凝脂，心里升起一种别样的梦幻，玲珑而遒劲，温婉而坚强。抬头仰望，绝壁上正在渡海的"八仙"还在波涛之中，嬉笑快乐的身影依然清晰可见，轻歌曼舞的音韵还未飘远；洞顶上的钟鼓敲响了，观音大士的"莲花宝座"高高在上，仿佛众仙在静听菩萨宣扬佛法的无边，超度凡人的喜怒哀乐；痴痴企盼早日怀抱金童玉女的夫妇，不去医院把脉问病却把满腹心事用石头画成生命的弧线飘然投入"中子洞"，让生命渴望站成不朽的翘盼雕塑……再往前走，一线光亮豁然开朗，高高的上方一个直刺蓝天的洞豁口是那么耀眼。巨大的"雪山"可是红军当年爬过的夹金山吗？矗立在"雪山"之上的雪伞下面可有吃了长生不老的天山雪莲？神秘莫测的"洞中之洞"可是封神榜上的土行孙大显神威的通道？摆放整齐的石桌石椅可是天上的金銮宝殿？或许黄庭坚苦读诗书留下的身影还在飘动？你这清冽甜纯的泉水啊，哪里才是你生生不息的源泉？

恍惚之间，耳边响起"看山是山，看水是水；看山不是山，看水不是水；看山还是山，看水还是水"的偈语！

---

① 清水岩洞位于江西省修水县四都镇境内，是赣西北最有名气的喀斯特地形，内有"八仙渡海""雪山""雪笋""雪伞""中子洞""观音莲台""洞中之洞"等诸多景点，作者曾在离此地不远的四都镇中学执教三年。

洞中方一日，世上已千年。走出清水岩洞，我忽然想起：一万年太久，只争朝夕。

黄昏如飞鸟翩然而至，青黛的远山倚着斜阳沉默着，飞禽走兽亦在匆匆归去。田野里赶牛的鞭声依然叭叭直响，农人口中飞出欢快的山歌声喧闹着他们富足的生活，屋顶上飘荡的炊烟招来蛙声一片。

踏着崎岖的山路走向归程，走向夜的深处，满眼静寂的树木，曲折陡峭的山路是多么神秘莫测。袅袅的炊烟，熠熠的灯火，恍如天上人间亦真亦幻，这样的幸福与清水岩洞中的幸福哪个更充盈更实在？

人有时真是奇怪得很，不管你走出多远，总有一片土地心有所属；不管走得多久，总有一股思念牵引着你回到生你养你为之流血流汗的家园。

在每个游子的心中，不管有多么坚强勇敢，都会有一种莫名的情感显得脆弱而执着。

乡村三题

当群山失去了翠绿的拥抱，还有多少清新与快意在你心头？当碧水已不再从身旁流过，你还有多少梦想与希望？

——作者手记

野　果

家乡坐落在赣西北重峦叠嶂的幕阜山区，高高低低的群山把村子围得水泄不通，青翠碧绿的高大乔木和不知名的杂木丛覆盖着每一座山头，一条西东走向的小溪从村中心悠悠流淌。于是山脚溪旁的灌木丛中便时常会有些野果点缀其中，散发出幽幽的清香和迷人的耀眼光泽。尤其是远处山林里那一串串不知名的野果时时都在诱惑着年幼的我们，最高兴的事莫过于到这座没有主人的果园里采摘野果充饥解馋。山上能吃的果子实在太多太多，有名的，叫不出名的，常常让我们流连忘返，大饱口福。

最常见的是一种俗名叫"刺泡"的小刺果，路旁、溪边，只要有荆棘的地方就会有它，圆圆的、黄黄的，也有黑得发紫的，个儿不大，一串一串地结在荆棘条上，颇像现在市场上卖的葡萄，一捏水汪汪，吃起来甜中带酸，满嘴都染得乌黑；还有一种药名金樱子俗名叫"糖刺子"的野果，果子浑身长满尖刺，活像个小刺猬叫人无从下手，只能用剪刀剪，剪下来后必须放到灶里用热灰煨一下，再用刀片刮掉尖刺，用水洗净后方可以吃。采摘的时候须小心翼翼地拨开荆棘条，否则难免不被尖刺划破皮肉，弄得血迹斑斑，较其他野果要费劲得多，因此不到万不得已无其他野果可摘时，我们是不会去采刺果吃的。因为那个时候我们还不知道它是有许多药用价值的野果珍品！

杨梅、猕猴桃当属野果中的贵族，它们都不是路旁溪边能随便采摘得到的俗物，只有深山野林之中才有它们的踪影。每当学校放假时，村子里的孩子们便三个一群，五个一伙，带上柴刀，背上书包或竹制背篓，攀悬崖，砍荆棘，圆睁双眼，像电影里的侦察兵一样漫山遍野地搜寻，一旦发现挂满枝头的杨梅或猕猴桃，便会手舞足蹈地大喊大叫一番，然后喜滋滋地爬上树放开肚子尽情地饱食一顿，往往等到牙齿酸得没有知觉后才开始往书包背篓里装，驮回家给大人和左邻右舍尝尝鲜，博得他们几声夸奖。特别有意思的是猕猴桃，它是一种结在藤条上的果子，紧紧缠在别的树上给人一种"攀龙附凤"的滑头形象。它的果实也不必等到成熟时采，只要个儿饱满，摘下来放到谷糠桶里埋上十天半月，照样软绵绵，味道十足。"瓜熟蒂落"的真理，用在它身上似乎就不是很妥当。当然如果能采摘到自然熟透的猕猴桃那就是天大的美事！

记得有一年十月份，我们兄弟三个上山摘油茶子，漫山遍野地奔波，又累又饿，突然大哥在一个树林中大叫起来，原来在几株大杉树上挂满熟透了的猕猴桃，高高低低到处都是，个个软绵绵的，从来没有见过如此美味的我们顿时狼吞虎咽起来，甜甜的，一点也不酸，直吃得肚子圆滚滚的，然后把装油茶子的口袋倒空装猕猴桃，可太多了没法装完，望着眼前甜滋滋的美味我们实在是无法割舍，最后三个人把身上的长裤脱下来，扎紧裤腰又变成了三个大口袋，三个人宁可穿短裤也不愿放弃到手的美味，到家中穿上裤子后又回到山上把油茶子背回来，尽管来回多跑了一趟路程，而且双腿被荆棘划得血迹斑斑，可我们心里还是美滋滋的，丝毫不觉得累！直到如今，我依然时时记起当时哥仨团结一致的决心和勇气，如果做什么事情都能这样兄弟同心协力该多好啊！可惜的是以后我们哥仨相继离开小山村去读书了，从此再也没有过如此快乐的闲情去采摘野果美味……尽管如今腿上的伤疤早已不见踪影，可那甜滋滋的美味至今还会时不时地在口中回味！

如果按到"物以稀为贵"的原则划分，"鸡爪梨"当属野果中的珍品。它的形状与真的鸡爪一般无二，味道像梨，口感酥脆，甘甜之中略带酸味，既能充饥解馋，又能健脾开胃，是野果中一种少见的佳品。只有崇山峻岭之中才能找到它，可它偏偏长在高高的树上，采摘十分不便，只有胆大心细又会爬树的人才能品尝到它的美味，多数人要想吃它只好砍倒大树，来一个"杀鸡取蛋"。对这种胆小怕事而又嘴馋的懦夫，我们向来是深恶痛绝的，虽然当面不敢制止，但背后却跺脚直骂：

"如此糟蹋美味的坏蛋，吃了不得好死！"

骂得越狠毒，心里就越痛快，可是骂归骂，他们依然我行我素，砍一树摘一树，吃一树绝一树。使得本来就稀少的"鸡爪梨"愈发珍贵起来，如今能尝到它的美味，纵使长年生活在山区的人怕也是极少数吧。

当然采摘野果也有一定的要求：首先必须适时而采，时令早非酸即涩，过迟则飘落枝头，只有恰到好处把握季节，才能采到成熟可口的野果；其次，采摘野果必须吃苦耐劳，如果一味贪图轻松省力，就只能在路旁溪边摘些小果子吃，但要品尝到更鲜更美的滋味，就必须翻山越岭、攀崖爬树甚至是破皮出血，历尽艰险。所谓"天上不会掉下好果子"的说法是不无道理的，最重要的是要具备一种良好的心态。大凡味道鲜美的野果多是可遇而不可求的：崇山峻岭，林海茫茫，也许折腾得你手酸脚软、口干舌燥，一整天都摘不到一个果子，也许无意之中你漫步林间，野果就会自投罗网碰到嘴巴上来，但只要有得而不喜、失而弗忧的心境，美味最终会出现在你的身旁。其实世上之事又何止是采摘野果如此这般！

现在想来，当时我们不去偷摘别人果园里挂满枝头的各式水果而宁愿破皮出血、翻山越岭去大山上采摘各式野果，收获的恐怕不仅仅是充饥解馋享口福那么简单吧！

如今的日子，或许家乡那些有各式糕点相陪伴的孩子们再也不屑于翻山越岭去采摘野果充饥解馋了，或许在山林锐减、洪灾泛滥、生态资源遭受严重破坏的商品社会浪潮中，幕阜山区不少地方的孩子，再也无野果可采摘了。往日山区孩子采摘野果的快乐和热闹已经成为一段遥远的传说或梦境……

但我却时时想起采摘野果的乐趣来，并希望我们的下一代依然有野果可采摘！

水　潭

村东头有一个小水潭，是我们儿时最重要的乐园。

潭不大，形状颇像一个倒三角形，两股溪水从上方成夹角注入潭中，打几个漩涡后紧接着从下面一个大豁口流出，来去匆匆，故潭水很清，藏不住污垢。纵使暴雨如注山洪暴发，几个时辰后潭水仍然清澈见底，不见丝毫浑浊，一眼就能看清沙石静卧其底。人站在潭边，远远就能感受到潭水发出的阵阵清凉，摇头摆尾的鱼儿倏忽穿梭，笨拙可爱的大对虾在水底石头之间摇摆着触须倒退着寻找出路，蝉儿在潭边的灌木丛中不停地长吟短唱，青天白云在水面徘徊流连，峭壁上几棵野生的桃树年年依约灼灼开放，散落的花瓣随波荡漾，令人常常想起"桃花潭水深千尺，不及汪伦送我情"的古典情怀来，好一幅青天碧水写意图。

记得上小学时，我们已经是一群颇有心计的"小鬼头"，常常会背着老师和家长干一些出格的事情。尽管当时耍得痛快淋漓，但事后总会招来老师的一顿批评或惩罚，最要命的是家长的打骂，绝不是时下某些家庭溺爱子女的轻描淡写，而是实实在在的竹板抽手心或木棍敲屁股，有时甚至几天起不了床，但心中依然向往那种自由自在的快乐，常常是玩了打，打后再玩，令家长和老师无可奈何，只好摇头顿脚："孺子不可教也。"

尤其是天气酷热的夏天，劳累回家吃过饭的大人照例要歇昼（睡午觉），于是无人看管的我们便相约背上书包悄悄溜出大门，一溜小跑来到潭边，三下五除二地脱掉衣裤，"扑通、扑通"跳进水里，冰凉的潭水立时浸满全身，酷热的暑气转眼消失得无影无踪。于是我们各自便忙碌起来：蛙泳、蝶泳、扎猛子、翻跟头，更多的是狗刨式，打得水花四溅，砰砰作响，常让过路的行人露出一脸的羡慕和微笑。当然，潭水里也会有"战争"爆发，最刺激的当然要数打水仗。时而拉帮结派，时而群起攻之，更多的时候是单打独斗：各自找准对手，手脚并用撩起水花直扑对方面门，战斗到激烈处时，只见水花飞舞，水潭里白茫茫一片，一个个眼睛却红肿起来。这样的战斗一直坚持到一方举手投降才会作罢。常常玩得兴起，忘了时间，于是下午课迟到便成了家常便饭。

我们每天中午到潭水里玩耍的事终于传到了班主任的耳中。有一天中午，我们的"战争"照例打响了，且愈演愈烈，耳朵内只有"哧哧"的水声，眼睛照例通红睁不开，等到学校下午上课的钟声悠悠传来，我们赶紧上岸，这才发现所有的衣服全部被人拿走了（事后才知道罪魁祸首竟是班主任派来的班长）。光溜溜的我们一个个目瞪口呆，只好又跳进水潭，一边商议对策，一边咒骂拿衣服的人，一边猜测是谁干的缺德事，最后一致商定不去上课，在水里待到天黑下来再回家。就在这时，班长跑来了，告诉我们班主任正在清点人数且大发脾气，要我们立刻赶到学校去。我们傻眼了，原以为班主任不知道我们在玩耍，可以躲过这一劫，慑于班主任的威严，我们只好硬着头皮站起身，用双手盖住下腹部，赤裸裸地往学校走去，一个个脸色通红，紧紧低着头，在一片前仰后合的笑声中走进了班主任的办公室……

我永远都忘不了那种赤条条、一丝不挂走进办公室让各色目光扫来扫去的尴尬。虽然当时的我们还不知道何谓尊严、何谓人权，也没有挨竹板和木棍抽打时的钻心之痛，但实实在在有一种耻辱感深深侵入我的骨髓，让我过早知道"人要脸，树要皮"这个简单而深刻的道理。从此我不再到小水潭里玩耍，纵使酷热难忍，也只是站在潭边用留恋的目光看上几眼，然后匆匆离去。

转眼之间离开家乡二十多年了，其间从一所学校到另一所学校不停地读书，参加工作后，又从一个地方调往另一个地方，竟然不再到河里游泳取乐了。

如今的我为了生计，远离故乡走南闯北，万事万物在我眼中早已是坐看流云，荣辱不惊。下河游泳当然不会再怕有别人拿走自己的衣服，但依然提不起下水游泳取乐的兴趣，实在是因为河水已今非昔比，往日的碧绿清澈早已不见踪影，取而代之的是泛起的白沫、漂浮的废渣，微风过处，发出阵阵腐烂的恶臭。鱼虾龟鳖等水族们尚且无法生存，濒临绝种，何况是我辈凡夫俗子，又怎敢纵身一跃，畅游其间呢？

痛心之余，不禁又思念起儿时村东头的小水潭来！

兰　花

每当漫步街头，望着街边高楼阳台上一排排名贵花钵里各色艳丽的花卉时，我就会想起乡村里的那株兰花。

那是我刚分配到一所镇中担任初二年级班主任的下学期，有一天带领学生到勤工俭学基地——一个荒山坡上劳动，趁休息的空当，一群学生跑到山坡上的树林里玩耍。突然几个学生大叫起来：

"全老师，这里有一株兰花！"

其余的学生立即蜂拥而上，我也好奇地顺着一条蜿蜒小径来到坡顶，放眼望去，原来脚下是一条大峡谷，谷底怪石林立，或禽，或兽，缓缓的坡面上不时来上一棵松树，稀疏的松树下到处是些低矮的灌木丛，一泓泉水叮当作响从怪石之间蜿蜒伸向谷外，坡面因流水的冲刷露出许多沙石片，脚一踏上去便往下滑，里面却是厚厚的红壤。在这略显贫瘠的土坡上，一股愈来愈浓的幽香源源不断地散发出来，我们顺着香味往下爬，早有几个学生守在那里：一簇足有脸盆口那么大的兰花，上百朵兰花挂满枝头，浓烈、清新的香味袅袅四散。平心而论，兰花实在算不上漂亮，既没有牡丹的雍容华贵，亦无茶花的绚丽多姿，瘦而单薄的花朵悄然挂在枝头，毫不起眼，倘若不是那阵阵的香味扑鼻而来，我还会把它当作路边无名野花而不屑一顾呢？

我久久伫立在山坡上，看着眼前这株孑然一身却傲然挺立的兰花，不停地翕动鼻孔，一股浓烈清新的香味袅袅渗入五脏六腑，大脑顿时空灵开阔起来，一股轻飘飘的醉意悄然袭上心头："浩浩乎如冯虚御风，而不知其所止；飘飘乎如遗世独立，羽化而登仙。"常在小说中看到"空谷幽兰"而未真正见过兰花的我蓦然大悟：原来空谷幽兰之迷人不在容貌而在于它内在的香味，在于香味的清新、自然、纯正。

然而，何时才能拥有一盆自己的兰花，去详细了解它的庐山真面目，又成了我不解的心病。

直到搬进小城居住，好友从积雪初融的山坡上挖来一株兰花送给我，小心翼翼地栽在花钵里开出一朵小花后竟干枯成植物标本时，我才领略到兰花清香可人背后隐藏的刚烈性子。望着兰花粗壮的根系被我委屈地折叠在花钵里慢慢枯萎的惨状，我痛心自己没有"只要曾经拥有，又何必天长地久"的博大胸襟，是我虐杀了这株曾傲立于冰山雪地里的兰花！我常想：如果让兰花粗壮发达的根系深深扎入大地，与大地经脉息息相通，吸天地山川之灵气，聚日月星辰之光华，顺其自然傲雪欺霜，兰花是断然不会花开之后又枯萎而死的！

　　如今，精明的现代人不断地把大块土地变成钢筋水泥的空间，各种奇花异草跟着乔迁新居，离开世代祖居的乡村，住进温暖华贵的花钵，置身于安全网内，成为主人和贵宾的"娇客"。殊不知，这种绝筋断脉的"王子王孙"，身价再高也无非是充当装饰的极品而已，它的生命力又岂能是那种扎根于乡村、沐浴风霜雨雪的"贱民"所能相提并论？

　　其实，漫漫红尘烟雨之中，遭此厄运的又何止是各色花草？

江南茶事

　　丁酉年闰荷月十四正值周六，窗外早上还明媚惊艳的天空，转眼就阴起了脸，一丝丝的白云从四面八方匆匆赶来，把太阳遮得严严实实，似乎没有了头一天的热乎劲儿。我吃过早餐来到了办公室，准备品鉴一下京城朋友从邮局寄过来的江南绿茶。

　　平心而论，喝茶于我而言并无甚造诣，充其量只停留在牛饮的层次上。只因为有一天在微信群里看到一位国家级品茶师在科普，一杯刚刚泡好的绿茶热气腾腾的，似乎有一股茶香从电脑屏幕上溢出来。望茶生津，那一刻我突然想起了"望梅止渴"的典故来，迅速脑补了一下江南茶山一眼望不到边的碧绿嫩芽，以及芽尖上的阳光雨露、清风明月，甚至是采茶姑娘的纤纤十指、红罗绿裙……于是我便嘚瑟起来，迅速打下一段赞美的文字悄悄地点进群里，然后转头就溜了。

　　没想到就是这一小段隔屏观茶的文字，硬是让品茶师引为茶道知己，加了我的微信后倍加赞赏，并从邮局寄来了一袋江南极品绿茶让我品鉴。据品茶师说群里晒的只是二级品，给我寄的却是一级品。我有点惶恐了，素不相识的对方，为什么会把最好的茶叶寄给我呢？对方在微信里发了个笑脸，说了一句让我终生难忘的话：在专业品茶师的眼里，好茶是需要分享的。这句温暖的话听起来就好比孟子说的"独乐乐，与人乐乐，孰乐乎"一样，让我刻骨铭心：原来"分享"二字不只是精神层面的一种境界，在物质世界里同样是放之四海而皆准的。

这样意味深长的好茶，我又怎能马虎对待？于是特意找了一个大玻璃杯，用开水连烫带涮三次后放在桌上。我知道办公室里过于简陋，既没有高档雅致的茶具也没有桶装矿泉水，但音乐是必不可少的。我虔诚地净手、焚香，然后安静地坐了下来，轻轻地点开了电脑里收藏的音乐，一曲高山流水恍如耳旁轻轻滑过，远在他乡的我，又听到了江南的丝竹之声。

随着音乐的丝丝缕缕灌入双耳，继而蔓延充溢整个房间，我的心情莫名地兴奋起来。水很快烧开了，沸腾的蒸气吱吱地叫着，撑开水壶的盖子探头探脑的，仿佛已等不及了。我关了电开关，一边轻轻打开茶叶的包装，倒出一撮茶叶放在手掌上细细观察起来。江南的绿茶就是与众不同，纤细、颀长的身子，如新生的婴儿一般脆弱，又似精瘦的老人一样干练，安静地躺在我的手掌里，恍如一大群精灵在轻轻吟哦，又像是一众仙姬在闭目养神。此时此刻，我那不算宽大厚实的手掌，便成茶叶展示风姿的人生舞台，茶叶则成了我手掌里凝固静默的别样风景。

纤长的茶叶如姑娘一般身穿墨绿色的衣裙，素面朝天地看着我，露出一脸迷人的笑靥，身上散发出来的一股股清香迅即弥漫办公室的空间，尔后钻入我的鼻孔，沁入我的五脏六腑。面对如此佳人，我竟心静如古井，不荡起一丝涟漪，只是深深地吸了一口香气，然后把她轻轻倒入玻璃杯中，高高提起此时水温降至八九十度的开水壶，对准杯口倾倒下去，耳旁莫名响起了"飞流直下三千尺，疑是银河落九天"的诗句。我知道，这是李白式的夸张，用在冲泡南方娇嫩柔美的绿茶实在有不敬之嫌。但此时此刻，我的灵魂已经随茶香四溢，飞出了办公室，飞出了京城的天空，尽管现实之中，窗外已经是乌云密布，雷声隐隐，但丝毫不能影响我在茶香之中渐行渐远地展翅飞翔。

我知道，经过漂白粉杀毒的自来水确实不是泡茶的好材料，单是水壶里那白白的污垢满身的粗俗就不配与江南茶姑娘为伍；我当然也知道"一泡汤、二泡茶、三泡四泡是精华、五泡六泡有余香、七泡八泡韵味长"的茶事规矩，但我更知道自己眼下正在拉郎配，是我的简单粗暴让江南秀美的茶叶与北国自来水融为一体，暂时结下一段不解之缘。

这，就是我的不对了。面对江南茶叶的娇羞与胆怯，我心下开始惭愧起来：如此简陋的恶劣环境，实在是有辱"中国十大名茶"的极品身份。但茶叶似乎没有我想象中的小家子气，她们有着极强的生命力，随遇而安，甚至是有着"嫁鸡随鸡，嫁狗随狗，嫁得山猪满山走"的崇高境界，当八九十度的滚开水淋上她们胴体的一瞬间，茶叶立即在水的怀抱中舒展开娇小的身姿：有的羞涩，有的沉默，有的张扬着笑靥，有的紧抱头颅翻筋斗，有的则悄悄闭上双眼，笑着，唱着，漂浮着，如纷纷扬扬的花朵沉浮起伏着，如小小仙姬一般在水杯里翩翩起舞。

一眨眼，整个水杯里已经是翠绿透明的满满诱惑，原来干瘦、颀长的茶叶早已摇身一变，恍如刚刚离开枝头的茶界公主，又鲜活娇嫩起来：我分明从茶杯里看到了江南的春光明媚、青山绿水，江南的香甜空气、轻雾细雨；仿佛看到了采茶姑娘那袅娜的身姿、纤细修长的指尖乃至芳肩上深深的背篓；仿佛闻到了采茶姑娘特有的体香，听到了采茶姑娘清脆悦耳的歌谣和深浅入时无的细碎脚步声……从春雨绵绵的滋润到薄雾轻纱的诗意笼罩，从采茶姑娘温柔的指尖到工厂里机器的无情蹂躏，从机器轰鸣的车间到五光六色的包装袋里，是茶姑娘从生到死的经历；从超市的货架上到家庭茶杯里，从亲朋好友的手里到文人墨客的聚会，从滚开水的无情冲泡到重新鲜活娇嫩起来的苦难过程，分明就是茶姑娘从死到生的精神复活。这生生死死的情感纠结，正是茶叶姑娘背后不朽的灵魂在轻吟慢唱、涅槃重生，喝着眼前杯中甘甜清香的玉液琼浆，我的心儿早已飞回了故乡江南。

故乡小地名曰白鹇坑，修水县城北门东出十里余、抱子石上游一公里处。昔日小山村如今已碧波荡漾，当年行走玩耍的石砌小路、拱桥、沙滩亦无影无踪，永远沉没于长河之底。然小时候听叔公讲的故事却不绝如缕，袅袅娜娜，常于夜深人静之时闯入脑海：

漫山遍地种春茶，清明前夕采嫩芽。

多少村姑背篓影，早出晚归沐红霞。

早在民国期间，白鹇坑所有山头并无树木杂草，放眼望去，层层叠叠，高高低低，看得见处皆是茶园，看不见处只有青天。男人种茶施肥，女人采茶除草，常常会对唱山歌，歌声悠扬悦耳，时而高亢粗犷，时而哀怨缠绵：慷慨激昂之时穿云裂石，遏云止水；低沉忧伤之时则涕泪俱下，肠断心碎。

一送情郎床帐头，手拿丝带郎系腰。郎系三转溜溜软，妹系三转软溜溜，丝带一脱随风飘。

二送情哥出房门，郎的背上打三拳。打要三拳记三事：戒酒戒色又戒烟，莫得外面养家眷。

三送情哥堂前中，二人牵手拜神灵。神明佑郎身体好，到处求财财顺风，早早夜眠早早醒。

四送情哥下阶基，麻风细雨洒郎衣。左手帮郎撑起伞，右手帮郎扯起衣，盼郎平安按时归。

五送情哥石门前，头上金钗取一根。金钗虽小仁义重，随手插在左右边，见到金钗似娇莲。

六送情哥转角塘，转角塘边祝福郎。口干莫喝沟污水，肚疼莫喝冷菜汤，情哥得病妹心伤。

七送情哥花椒林，手把花椒说事情。莫看花椒红了脸，莫看花椒黑了心，花椒落地两边行。

八送情哥茶树窝，手采茶叶笑呵呵。茶叶还要妹来采，阿妹心里有情哥，好比明月伴梭罗。

……

据说我爷爷手头曾珍藏一册山歌手抄本，可惜"破四旧"时被人抢去一把火烧了，抢书烧书之人如今已入土为安，连个责备控诉的机会都没有了，唯有一声长叹！

白鹇坑除遍地茶园让我寻寻觅觅外，还有一段关于茶叶的历史考证让我悠悠神往：民国四年，唐季珊（民国时期最大茶商、电影明星阮玲玉的第二位男人）伯父唐吉轩与陈翊轩、陈玉麟等粤商约本土富商卢凤逸等投资十三万两白银，在白鹇坑创办宁州茶叶振植公司，茶山面积多达一千五百九十五亩，建厂房一百间，购置日本、英国、印度等国及上海制造的最新机械，用机械制茶。一九三六年，由当地商人王松游以五千元购买顶办……

窗外的乌云开始散去，蓝天上的白云又在窗外飘荡徘徊，莫非它们也知道我今天有好茶喝，也想停下脚步来品品我这杯中美味？望着天上南飞的"大雁"，我的心里升起了一股浓浓的思乡之情。有感于斯，口占一绝以记之。诗曰：

山清水碧慕前贤，
谷静花幽秀美弦。
草绿莺飞歌曲赋，
茶滋百代比神仙。

第二辑　远去的背影

转眼来京已经有好多年头了，曾亲聆不少前辈宗师的谆谆教诲、豪门贵人的指点迷津，可京城的皇家瑞气始终没有将我打磨成别人眼中的"座上宾"，旷远博大的北平古城给我牢牢地烙上了"北漂"的印记。尽管是千年古都、天子脚下、皇城根儿，于我内心深处而言竟然没有太多留恋！然而，当学业结束之后，我却又找到了各种借口拒绝返乡留下来工作。耳闻目睹，许多有趣无聊的见闻皆如过眼烟云，随风而逝。倒是夜深人静之时，故乡的一些旧人旧事时不时挤进脑海，让我久久不能平静，故提笔记下一二，权当存念。

爷 爷

　　不知不觉，一脚就踏进了而立之年的门槛，往事如烟，大都淡忘得一干二净，唯有爷爷手托铜制水烟筒吞云吐雾的姿态时常飘摇在记忆的上空，给我带来丝丝的酸痛，教我久久难以平静。

　　黄烟，是赣西北幕阜山脚下村民们祖祖辈辈流传已久的嗜好之物，大凡上了点年纪的人都会记得村里头的老爷子老太太或手夹一根竹竿烟枪，或手托一把铜制水烟筒，或干脆用小纸张卷成喇叭状津津有味吞云吐雾的独特风景。我刚懂事的时候，就最喜欢蹲在爷爷身旁，看爷爷用木工用的刨子刨切压在烟榨里的黄烟叶，然后把烟丝末装入水烟筒里"咕噜、咕噜、咕噜噜"直过瘾的模样……

　　爷爷自制黄烟是有一套复杂而又辛苦的工序：先在山脚下偏僻处选一块茅草地或竹子丛地（家里正式的菜地是舍不得用来种植黄烟叶的，那是队上丈量后统一分配的，要用来种红薯之类的农作物补充口粮的不足），用锄头挖翻过来，待太阳暴晒几天后，把土块打成碎末再翻起，如此反复几次整理成一畦畦的菜地，到用手抓把泥土一捏便成团、一撒又散成粉末状的时候，便小心翼翼地种下烟叶种子。烟叶苗出土后，爷爷便不时到地里走走，拔拔草、松松地，到烟叶快成熟的时候，爷爷"巡逻"的次数就更频繁了，大多时候都带上屁颠屁颠的我，使我过早地了解到收获背后所需要付出的辛勤劳动。等到把黄澄澄的熟烟叶收进屋后，便一片一片地摊开在场地的柴堆上晒干。每逢那个时候，门前场地上到处黄灿灿的耀眼，惹得我们这些同龄的小伙伴个个都想伸手摸一把。然而爷爷严肃的脸孔让我们望而却步，只能干瞪眼站在旁边东张西望，调皮的我心里总是忍不住嘀嘀咕咕："这跟山上的黄树叶有什么区别，干吗不去山上摘，而要费这么大的工夫去栽种？"然而爷爷依然一丝不苟地、一片一片地用刷子蘸上菜油轻刷一遍，整整齐齐放进一个用木头镂空做成的烟榨里面，再用削尖的木头使劲闩牢。每逢要过烟瘾或来了客人的时候，便从床下面拿出来，用一张纸垫在烟榨下面，用刨子刨木头一样地上下使劲刨，那金黄色的烟丝末便纷纷扬扬地撒落在纸上面，隔老远就有股香味扑鼻而来，拿起来闻一闻，悠长的香味更是直往鼻孔里面钻，忍不住时还要打上几个喷嚏，伸上几个懒腰，真是舒服极了。等到把烟丝装到铜制的水烟筒里吸得"咕噜咕噜"直响的时候，爷爷那清瘦的脸上便会露出几丝灿烂的微笑，直到这个时候，我才明白黄烟叶岂能是黄树叶可以相提并论的！于是我就会跑上前去，划着火柴为爷爷点烟，然后换得爷爷的几句好话和偶尔拿给我几枚分币的"小费"，其乐也融融！

随着年龄的增长，兄弟姊妹的增多，家里的经济负担越来越重。一盒五分钱的火柴也显得珍贵起来，每次抽烟都得花费好几根火柴，使得向来节约的爷爷很有点过意不去，于是就叫奶奶拿一个火炉，每天盛满炭火，里面插上一根柴棍（家乡的柴棍漫山遍野都是，只要花力气去砍回来，是不要花一分钱的）。这样只要爷爷从外面劳作一回来，便可以抽出带火星的柴棍点上几口黄烟，痛痛快快地过一回瘾。从此，一年四季，一只火炉里面插上一根直冒青烟的小木棍，便成了我家一道独特的风景。直到如今，我梦里还能时常见到那道袅袅的青烟在小屋的上空游走不息！

当时，父亲远在数十里外的一家医院工作，据说还是一院之长，尽管如此，回家几十里路程也只能步行，偶尔能借单位上的线车（当时不叫自行车，也许是因为车过之后留下两道痕印像线条一样）骑回来一趟，可惜这样的日子毕竟太少，于是书信便成了父亲与家里沟通的主要渠道，每封信里父亲都要叮嘱爷爷少抽烟，说抽烟会危害身体。爷爷每次总是拿给我们看，叫我们兄弟不要偷他的黄烟抽，并哄我们说："伢崽抽黄烟会得痨病，老人抽烟会越来越有劲。"我们信以为真，竟然从来不去尝试那金黄色的黄烟是什么样的味道，每次等爷爷一进大门就抢着去给爷爷点烟，盼望爷爷越来越有劲，惹得爷爷常对别人说："我有这样一个好儿子和一群好孙子，再穷也心甘情愿啊！"

父亲尽管不赞成爷爷抽烟，每逢回家时却总要捎上一两包廉价的香烟（当时香烟在家乡那个小村里是极为少见的），爷爷就像宝贝似的放在枕边上，每逢好友和亲戚来访时爷爷便按人头分发，每人一支美美地抽起来。一来显得光彩体面，二来显得儿子有孝心，常常惹得别人羡慕不已，每逢这个时候，我就会在心中暗暗发誓：等我长大了，一定买好长好大的香烟给爷爷抽，让爷爷越活越有劲……

然而爷爷终于等不到我给他买香烟抽的时候，在一个寒冷的冬天，七十四岁高龄的爷爷撒手西去了，临走的头一天还在竹丛地里开荒准备种烟叶。父亲闻讯赶回家里已是黄昏时刻，爷爷早已静静地躺在棺材里面，我那从来没有看见哭过的父亲此刻满脸泪水地抱着爷爷的身子，把一包茶叶塞在爷爷嘴里、几包香烟放在爷爷的枕边……

喜欢抽黄烟，也只能抽得起黄烟的爷爷离我远去了，如今每当我打开那包装得金碧辉煌的香烟盒时，我就会记起爷爷手托黄澄澄的铜制水烟筒坐在门槛上津津有味地抽黄烟的模样来。我常想，要是爷爷能抽上由孙子们"进贡"的高档精制"过滤嘴"，不知他老人家会高兴成什么样子啊！

香烟日趋高档精制，爷爷却在天国离我渐行渐远，每念至此，我的眼睛就不禁模糊起来！

奶　奶

日子一天天地过，转眼奶奶离开我已经数十年了，为她老人家写点文字的打算一直在脑海里盘旋，每每提起笔来却又无话可说。因为远离家人漂泊在外的我并没有什么耀人的光环和成绩值得夸奖，我怕写出来的文字会让她老人家在九泉之下无法快活起来！

可我还是要写点什么的，否则就会对不起从小带大我的好奶奶！

翻开记忆的底片，时光仿佛又回到了我和奶奶同睡一个枕头的日子。记得那时我家就只有小房两间，其中一间还是天井旁边的厢房，加起来恐怕也没有三十个平方米！爸妈带妹妹住厢房，正房里有两张木床，大哥和二哥睡一起，我和爷爷奶奶一起睡，躺在长长的老式枕头上做着悠长的美梦，是我记忆当中十分向往的一道风景！

其实更令人向往的是爷爷枕头边那令人馋涎欲滴的各式糕点！虽然当时家中十分贫困，但在外地工作的爸爸每次回家总要给爷爷带上一两包香烟或这个或那个，比如绿豆糕之类的好吃零食。爷爷随手就放在枕边上，从来不会因为担心孙子们偷吃而东藏西藏的，事实上爸爸带回来的糕点爷爷总是不去动的，除家中来客人分发几根香烟外，其余的大多给我们哥几个偷吃完！我是和奶奶睡一头的，这样自然嫌疑就最大了，好在奶奶总是替我说好话的，所以从来都没有因为这种事情而挨过爷爷的责罚和打骂！

　　我对奶奶的感激和信任也是日复一日地坚定起来，只要是奶奶说的话我就没有不听的，哪怕是叫我跟爷爷到地里去干活或者随爷爷到几里地以外的太公太婆墓前去上香祭拜，我都是无怨无悔地跟在爷爷后面。

　　家乡的风俗习惯是每逢过清明、大寒、年关时要到祖上坟前祭拜的，这种事对一个还不怎么懂事的小孩来说并不是一件美差。因为荒草萋萋的坟墓在小孩的眼里总是会有一丝恐怖夹杂其中，尽管这些坟墓是自己的祖先也毫不例外！而我却每次都抢着跟爷爷去祭拜，实在是因为有奶奶的叮嘱，怕年迈的爷爷一个人来回有什么闪失，要我一同去做伴的缘故。多年以后我才知道这样做的结果是同辈人中只有我一个人知道太公太婆的墓地所在！当然，每次跟随爷爷前去祭拜祖坟的时候，我的心里总是会无端猜测墓中祖先的音容笑貌和他们生前的所作所为是如何令人景仰和崇拜。用现在时髦的话来说，就是我的思想会穿越时空的隧道来到祖先生活的年代里，而实际上我确实从爷爷口中知道了祖辈许多不为人知的往事！

　　可有谁知道，就是这样令我信服得五体投地的奶奶却实实在在地骗了我一回！

　　那是我还没有去上学的一个日子里，也许是因为我在家喜欢吵闹的缘故吧？也许是爷爷叫我做一件什么事情我没有及时完成任务的缘故？总之我把脾气暴躁的爷爷给惹毛啦，爷爷追在我的后面非要揍我一顿不可。情急之下，我逃进房里把木门闩起来，爷爷把门摇得左右晃动，我一声不吭地躲在里面，无论爷爷在外面如何发狠，我就是不开门。这一下爷爷也没招啦，毕竟把门踢开或砸烂是爷爷不愿意做也不愿意看到的结果！

　　就在我和爷爷的"战争"处于僵持的阶段时，我那可敬可爱的奶奶出场了！她先是在门外轻轻地敲，要我先把门打开，并答应不让爷爷打我。因为惧怕爷爷那金刚怒目式的发狠，我还是不肯答应开门。时间一分一秒地过去，不知不觉就到了快要做午饭的时候，奶奶必须要到房里拿米做饭！这个时候外面也没有了爷爷的怒骂声，奶奶又一次叫着我的乳名敲门：秋伢，快开门，爷爷出去做事了！你开门后赶快躲到屋后的山坡上去，等下我做好饭再送给你吃！

毕竟耗了这么久的时间，再加上奶奶这么疼我，我再也没有理由不开门，于是我高兴地拉开门闩，把门拉开，正要悄悄往门外逃走，说时迟，那时快，躲在门外的爷爷一步蹿过来，抓着我的衣领把我悬空提了起来，解下腰上的布腰带三下两下就把我的双手反捆在背后，一把挂在大门闩上吊了起来！然后气冲冲地到外面的柴堆上取来两根杉树刺，劈头盖脸地抽了起来。奶奶赶紧把他拦住，死死拖住爷爷的双手不让再打，拗不过奶奶的爷爷终于放下了手中的杉树刺，但一定要吊我半天才作罢！

被吊在门闩上的我心里十分难过，其实并不是因为爷爷的责罚令我痛楚难忍，而是奶奶欺骗我开门的举止让我备感委屈！我怎么也想不通我那么相信和尊敬的奶奶竟然会骗我开门出来让爷爷责罚，爷爷打我骂我吊我都不觉得难过，隔壁邻居的小伙伴纷纷跑过来看热闹也没有什么了不起的，哪个小伙伴没有被自己的家长责罚过？可我心里唯一遗憾的是奶奶竟然骗了我！

多少年以后的今天，我才明白过来，奶奶让我开门是有其苦心的：一个人有了错误就得主动站出来承担责任，哪怕是要受到不同程度的责罚甚至是皮肉之苦，任何逃避躲藏的行为都只会把矛盾更加激化，造成更为不利的结果！我知道没有多少文化的奶奶是不会讲出这样深刻的人生道理的，但她的所作所为却正好诠释了这样一个为人处世的规则。当然，如果从另一个角度来看，奶奶的行为也告诉我一个更为深刻的哲理：在红尘俗世里生存，有的时候是不能相信任何人的，哪怕是自己身边最亲近的朋友和亲人！

奶奶的一生是勤劳的，她和爷爷一样一直忙碌到倒下为止。那是一个夏天的傍晚，刚做完晚饭的奶奶说先去洗澡，让我们不要等她，于是一家人在饭桌上高高兴兴地吃起来，过了好一阵也不见奶奶前来吃饭，妈妈起身到厨房里去看看，原来七十多岁的奶奶摔倒在洗澡的地方，再也爬不起来了！一家人立刻乱了套，好在爸爸正在家休假，于是七手八脚地把奶奶抬到床上赶紧挂上了点滴。第二天，我和二哥两个人徒步到二十多公里外的公社医院买药，炎热的太阳晒得我们俩汗流浃背，但我们一点也不觉得苦，觉得手中拿的就是灵丹妙药，只想早点赶回家去，奶奶吃了药就会醒过来的！可奶奶并没有像我想象中的那样又重新站起来，在床上躺了一个星期后终于撒手离去。

奶奶棺木上山安葬的时候，已经哭了两天两夜的我还是一路大哭不止。我清楚地记得有一个人向全身披麻戴孝的爸爸夸奖："这孩子真有孝心！"爸爸哽咽地回答："他从小跟奶奶睡在一块，不舍得奶奶！"其实我当时并不知道死的真正含义，只知道奶奶从此不会再起来，她又要和爷爷一起生活了，因为奶奶的墓就在爷爷墓旁边几尺远。可我的眼泪就是止不住地往下流，嘴里也在大声地哭号着，丝毫没有觉得这就是有孝心的表现！

往事悠悠，转眼我也步入了不惑之年的门槛，奶奶的模样早已记不清楚了，可奶奶骗我开门和我送奶奶下葬的情形又不时浮现在我的眼前，教我心里久久难以平静下来。

八　叔

那时还没有公路，人们要去县城只有沿着修河边的石砌古道逆流蜿蜒而上，翻山越岭，横跨一座名叫梅岭的大山。山坳上有座古老的书院，即梅山书院。自从梅山书院有一年出现凶杀案后，过往行人就提心吊胆起来。加之早出晚归，途中常有毒蛇出没，咬伤人畜也就在所难免。故而小路上的行人过客日渐稀少，路边各色草木也就趁机疯长起来，小路愈发无人问津，要到县城，便只好从水路乘船。于是，白鹇坑便有了第一艘乌篷船。

船老大是堂兄弟两个，因为在生产队上不安心挣工分，开始死缠烂磨直至舞刀弄棒半是哀求半是威胁，终于让生产队长做了让步，谋到了这份当时人人羡慕的美差。虽说每年要上交生产队一笔数目可观的利润，但懒于种田锄地的船老大却自有打算，每逢进城便偷偷捎几担木柴卖给城里人，回家时就捎带一些村民所需的日常用品，日子竟然比生产队长家过得还要富裕。因为长年在外穿街过巷，走村串户，见闻也就格外丰富起来，各种下流和不入流的绯闻趣谈便由他们的口中滔滔不绝地流淌出来，使沉闷的小山村增添过许多热闹而快乐的气氛。

乌篷船两头窄、中间稍宽，宽的地方也就是四五尺左右，刚好够搭一个能住人的小篷。小篷前后各有一扇小木门，小篷是用竹篾和做斗笠的箬叶编织而成，小篷与前后小门框上的空隙要用干稻草扎紧塞好，这样就成了一个夏不热、冬不凉的安乐舱！据世代流传下来的迷信说法，只有用这种材料做成的船篷，晚上才能对付各式落水鬼的进攻！

在家乡，船有许多种类别，单是乌篷船就有两种：一种两丈多长，通常用来接送客人摆渡过河的叫渡船，古人说"百世修来同船渡"的船就是这种；一种是四五丈长，通常用来运送货物的叫货船。货船最大的特点是船舱头上竖有一根高大的桅杆，上面有一面用白布做的大帆，不用时就收起叠在舱顶上，通常能载五六千斤东西。船老大兄弟撑的就是这种大货船，每逢夏秋两季运送公余粮的时候，乌篷船就跑得格外频繁，村子里的人有事没事也常常搭船进城去看看热闹。船舱里面床铺被子油盐柴米一应俱全，几个人在船上可以吃住几天而不用担心。船上还备有鱼叉、鱼钩、渔网，一有机会，船老大们便撒网捕鱼，倘若运气好的话，进城的人便能吃到香喷喷的油煎鱼。那个年头村民想要吃鱼除非自己下河去捕捉，花钱去买鱼吃的人家是没有听说过的，倘有这种人，那肯定是村民们口中深恶痛绝的"懒汉""二流子"。

八叔便是这种"懒汉""二流子"中的一分子。四十多岁的年纪仍然是一人吃饱全家不饿。平常生产队上种田种地出工，他总是拖到最后才到场，钟声一响（生产队的田地里有一口从古庙中"破四旧"得来的大铜钟，吊在一个木质高架子上，队长用锄头一敲，便是上工、歇昼、散伙的指令），他转眼就不见踪影。不是躲到别人菜地里摘黄瓜解渴，就是偷挖队上的红薯充饥，为此没少惹麻烦，最后生产队长也懒得跟他计较，把他的工分定得和村上的妇女们一样低，任由他迟到早退。偏偏八叔毫不介意工分的高低，一干活便混到女人堆中去干轻活，于是他又有了一个绰号"妇女队长"。说来也奇怪，懒洋洋没有念过几天书的八叔却天生一副好嗓子，尤其是从老人们那里学唱来的一肚子好山歌。平常他唱得最多的要数《十五看情郎》，他能从初一情郎生病唱到十五情郎身亡安葬：

初一早晨去看郎，
梳头打扮着衣裳。
隔壁有个涎皮嫂，
句句问我去何方？
我到港背看情郎。
……
初五早呵去看郎，
梳头打扮着衣裳。
进得郎门郎在床，
面黄肌瘦泪汪汪。
痛断小妹我肝肠！
……

歌声哀怨缠绵，如泣如诉，唱到情深意浓时，能让男人们眼望群山，露出一丝羡慕的神情；唱到委婉凄凉处，弄得妇女们个个掉眼泪甚至哭出声来。当然更多的时候，八叔与她们混在一起是为了占点小便宜，整日嘻嘻哈哈，有时玩得兴起，这个胸前摸一把，那个屁股捏一下，然后一溜烟跑开，边跑边唱：

一条手巾丢过河，
对面有个婊子婆。
白天为我煮茶饭，
晚上帮我捏卵坨。
……

粗俗不堪的戏谑如果碰上那些没有结婚的小女孩大姑娘们，大多会羞得满脸通红、尴尬地跑开，最多也只是对八叔骂上几句"畜生""不要脸"之类的气话。倘若是调戏那些结过婚生过小孩的妇女们，可就不会有八叔的好日子过！有时弄得这些妇女们火起，几个人便一拥而上，把刚刚过完嘴瘾的八叔按在地上，上下其手又抓又捏甚至在屁股上踢几脚那是常事，碰上那些性格粗暴大胆的女人场面就更加火爆了：有的竟敢当众抽八叔的老大耳括子，疼得八叔哇哇大叫；还有胆子更大的，掀起衣服作势要给八叔喂奶，要八叔当大伙儿的面叫"娘"才作罢，有时弄得八叔躲在家里都不敢出门。当然没过几天，八叔又会出现在做工的女人堆里面。

八叔与队上干活的男人们向来格格不入，但与船老大兄弟俩却称得上是铁哥，只要船老大兄弟一有什么新鲜口味，总不会忘记上岸通知八叔的。于是在吃饱喝足之后，八叔也会挑几担上等木柴或砍柴时打来的一两只野鸡什么的送到船上，乐得船老大兄弟俩常常合不拢嘴。八叔便也常常搭船到城里去逛逛，慢慢地领略到船老大的日子并非人们眼中那样潇洒自如。

且不说平时为了赶急活要起早摸黑，昼夜不得停歇，单是每年冬天货船逆水上滩就够呛，江水湍急，北风呼啸，冰凉刺骨，船老大冻得脸色发紫发青也只好跳入水中推着船帮前进。倘若是载了货，就得用纤绳拴在肩头"杭唷、杭唷"地使劲往前拉，后面的船老大则用船篙插入船底用力掀，整个过程叫"肩滩"。粗大的纤绳深深勒进船老大背上凸起的肌肉，冰冷刺骨的急流在大腿部位卷起的浪花哗哗直响，船老大脚穿麻绳草鞋弯腰驼背，使尽吃奶的力气往前挪，丝毫不敢松劲，倘一泄气，船就会被冲下滩去，一旦撞在礁石上便会船毁人亡。

于是每逢载货进城时，八叔便会整日整夜在船上帮忙，好在孤身一人，无牵无挂。日子一长，八叔也学会了撑篙、划桨、掌舵等船家绝活。比如逆水撑船时，眼睛要盯着船头的前方，船头偏左，舱前面的人必须从左面下篙，舱后面的人必须从右边下篙，两边用力夹击，船便会破浪向前，倘若不合规则，船便会在水中打圈。下篙的位置也很重要，不能紧靠船舷，要退开一两尺，身子不能站直，弯腰俯身容易把全身的力量都用上，倘若是横渡起风时，船篙要远远地斜插入水中，否则，风浪一卷，船舷一倒逼，人就会被船篙反弹到水里；划桨亦有很多技巧，横渡时如果刮逆水风，人必须站在船头桨桩上方使劲划桨，如果刮顺水风，则要退到桨桩的下方。否则，船就会被吹上或吹下，无法准确到达对岸码头，有时还会使船在风浪中打圈，陡增恐怖，若遇狂风，则有覆舟的可能……

几年之后，八叔在干活的人群中又有资本吹嘘了，人们不再叫他"懒汉""二流子"，也不叫"妇女队长"，根据俗语流传"少年撑长河，中年撑横河，老年驮背篓"的"撑船佬三部曲"（"撑长河"指用船做生意赚钱，"撑横河"指赚钱不多的摆渡送客，"驮背篓"则指老来无依靠只好去要饭的悲惨结局），预定八叔将来一定要过"驼背篓"的日子。八叔并不生气，每逢别人取笑他"驮背篓"时，他总是做个鬼脸："驮你家的婆娘。"然后便满足地大笑起来，仿佛赢得了许多便宜。谁知八叔并没有按照人们的逻辑去安排他后半辈子的路程。

有一年河水暴涨，村里人都到河边去看大水，八叔锁好门便来到系在大樟树下的乌篷船里打扑克，临近中午，八叔到船舱后生火煮饭，突然从河的上游飞快漂来一挂树排，在翻滚的浊浪中上下沉浮，远远望去隐约可见一个人紧紧抱着树排凄惨地高叫"救命"。很快木排愈来愈近，岸上的人们已经能够看见叫救命的人是一个姑娘，船上的八叔立即操起船篙便要拆索救人，船老大吓得脸色煞白：

"老八，你不要命啦！"

八叔"扑通"一声跪在船头上："两位大哥，求你们救她一命。"

"哎呀老八，你要想媳妇，也犯不上用我们三人的命去换，改天我们去给你找一个。"船老大实在不敢冒这个险，都苦苦相劝。

突然，从不发火的八叔铁青着脸，几步跳到船舱里抽出一把明晃晃的菜刀，大喝一声：

"今天你们不开船，我就砍断绳索，都不要活了……"望着怒目金刚式的八叔，船老大怔住了。

"好，老八，今天就看在你的面上，咱哥俩拼了这条老命罢！"

　　岸上看大水的几个大小伙也跳上了乌篷船，乌篷船立即像箭一样向前射去，有的用桨划，有的掀起垫脚的船板划，终于离木排上的姑娘越来越近了，两岸观看的人也越来越多，他们大声呐喊为八叔他们助威。八叔趴在船帮上，一只干瘦的手臂长长地伸着，嘴里大喊大叫："快，快抓住我的手！"就在八叔的手抓住姑娘的手时，意外的事情发生了，那挂树排"嘭、嘭"几声先后撞上乌篷船，紧紧抓住姑娘失去重心的八叔一头栽入水中。姑娘紧紧抱住八叔不放，八叔呛了几口水，使劲地挣扎了几下，一个大浪扑来，八叔和姑娘再也没有浮起来……

　　一个星期后，洪水退得干干净净，整个村子里的男人们都出动了，他们敲锣打鼓、杀公鸡、烧冥纸、放爆竹，沿河一路打捞，终于在村子六十多里的下游河滩上发现紧紧搂抱在一起的八叔和姑娘。虽然八叔的双眼、鼻孔、嘴巴里面全是泥沙，但脸上却有一丝动人的微笑。人们使劲掰八叔的手指，谁知掰断三根手指仍然分不开，只好把两个人合葬在一起，一生没有娶过媳妇的八叔终于同一位貌美如花的大姑娘搂抱着长眠在村口河边的山地上。

　　如今下游电站早已投入使用，往日奔腾咆哮的江水已被柔情万种、碧波荡漾的平静湖面取而代之，二十多里长的水面上只有五颜六色带马达的游艇在来回悠游，那古朴憨厚的乌篷船早已销声匿迹不再出现，成为人们记忆中的趣闻。船老大哥俩已随同做生意赚了大钱的儿子搬进城里去居住，整天带着孙子在街上闲逛，不愿再去回忆当年撑船的甜酸苦辣。只有八叔的坟墓依然静静地躺在河边的山地上，仿佛在向游人过客诉说着久远的往事……

岳　父

　　家乡有一句老话"郎是半边子"。意思就是女婿在老丈人的眼里可以算是半个儿子，可惜我这辈子却无缘认识这个算得上半个父亲的男人——岳父大人。

　　真正认识老丈人是从妻断断续续的叙说当中，妻就像是一个技艺高超的画家，以嘴当笔，断断续续地用一些往事作线条在我的眼前勾画出了一个较为完整的岳父形象。

　　岳父是三代单传的独苗子，幼年时随再嫁的母亲出门，十四岁的时候才回到祖母身边，从小就吃尽了生活的苦头，可艰难的生活并没有将岳父压垮，反而让他养成了性格开朗、心地善良的美好品德。这种美好的品德在婚后表现得淋漓尽致的就是妻子一口气为他生了四个女儿，他却没有一丝埋怨的念头！每天晚上都帮几个女儿洗脸洗脚，然后一个接一个地抱着直到睡着了才放到床上，天天如此，月月依旧，这样耐心细致地为人之父，对一个像他这样三代单传的家庭来说，实在是不容易的事情。按照当地习俗的要求，生一个儿子才是他最大的希冀，可岳父大人在这方面确实做到了近乎完美的程度！也许是他的行为举止感动了上苍，妻子终于在他完全没有想到的时候生了一个宝贝儿子，为他续上了香火。

　　岳父依然一视同仁地对待几个女儿，丝毫没有重男轻女的行为举止尤其令人钦佩。毕竟是在农村，当时的经济状况可想而知是多么不易，在如何养育儿女这个问题上，岳父和别的家长有着许多不一样的地方：别人家都是省吃俭用，千方百计地省钱造屋盖房，他却是一切从儿女的生长发育需求出发，尽自己的力量让他们吃好每一顿，他认为身体才是一切之根本，只要儿女们有一个健康强壮的体魄，将来才有可能有所作为，否则就算是盖房造屋又能如何呢？这样的思维方式在外人看来也许会说是好吃懒做，其实这样为儿女身体着想的养育方式才是最合理的，也是最为科学的。从这一点来看，我那未曾见过面的岳父大人身上实在是有一种超前的思维！

　　闲聊时，我常常为不能与岳父大人一起神侃胡聊而深深遗憾，妻告诉我岳父不但能吹一手好口琴，还会拉胡琴，结婚以前还可以登台唱小旦，至于制作各种小的玩具更是轻车熟路的。比如自己制作几个小孩玩的木玩具，更让人叹为观止的是还能制作工具捕捉黄鼠狼，到小河里捉虾钓甲鱼等等。妻常常得意地告诉我，岳父捕捉来的这些动物，几姊妹当中就她爱吃，这些当时并不起眼的东西放在现在来说可都是山珍美味了！怪不得妻虽然体格瘦小，但却很少生病，精力特别旺盛。我还真得感谢岳父大人给她养育一个好的身体！

　　岳父平时的身体都很好的，可是没有想到的是那一年背上生了一个疮竟然会是致命的一击，一向健康的岳父竟然卧床不起，虽然到处延请郎中但始终没有痊愈，最后在备受痛苦的折磨下岳父走完了短暂的人生旅程。妻对岳父备受病魔摧残的过程最为清楚，她每次和我说起岳父临终前的痛苦和依依不舍的无奈时，总是泪光闪闪，催人泪下！

　　结婚后曾有过一段时间，我对妻不顾辛劳一心扑在工作上颇有微词，好几次闲聊的时候，我都问妻一个同样的问题：为什么她会对病人如此关心，对那些被病魔折磨的人们格外同情和关心，在从事医疗的岗位上兢兢业业，想病人之所想，急病人之所急，真正做到了把病人当亲人看待的职业境界。妻子告诉我她从父亲的病情治疗过程中看到了某些医务人员的职业道德沦丧和良知的缺失，深感病人备受折磨的无奈和痛苦或多或少是来自医务人员的冷漠！我恍然大悟起来：怪不得妻在单位上年年被评为先进个人，她的事迹早已上了报刊的头版头条，各式各样的荣誉证书还真不算少！

记得第一次随同妻（当时应属女友）回娘家过年，一向胆怯内向的我竟然没有一丝陌生感，仿佛早就认识妻的长辈们和妻的兄弟姐妹一样。有一天，妻把我带到一个芳草萋萋的小山冈上，指着一座低矮的坟墓对我介绍说，这就是我那今生无缘见面的岳丈大人。望着坟背上枯黄的草茎随风摇摆，我的思绪也随风飘荡着，仿佛岳父的身影就在前方不远的上空注视着我，我知道妻是岳父眼中最为看重也最为不放心的乖乖女，于是我在心里默默祈祷着：您老就放心前行吧！老丈人，我会好好善待您的女儿！

十几年的时间过去了，我从一个江南小镇走到了皇城脚下，随着年龄的增长，对人生的感悟也日渐成熟，我深深地知道做男人难，做一个成功的男人更难，做一个让家人方方面面都满意的男人就尤其难的道理，越来越感受到岳父那为人父为人夫的伟大而平凡的人格。

虽然这辈子与岳父无缘相见，但我还是希望在来生的某个日子里，依然能够做他的女婿，和他畅快地一起聊天、下棋、学唱戏，岂不快哉！

叔　公

　　叔公名叫樊天雨，是一位颇受人尊重的好老师，用"桃李满天下"这个词语来概括他的一生，实在是恰如其分，一点也不为过！

　　准确地说，叔公是老婆的叔公，只是我的嘴有点儿甜，顺着老婆的辈分叫起叔公来丝毫没有生分之感。记得第一次去老婆家时，我是以准孙女婿的身份去拜见叔公的，以我当时低微的身份和贫寒的家境，老婆家族里面不是每个人都能以礼相待的，可是在家族乃至当地方圆百十里地都称得上德高望重的叔公却对我另眼相看，并没有以貌取人或者以财取人。也许是因为我与叔公都是同行的缘故，也许是我那还算对答如流的交谈和谦恭有礼的举止赢得了老人家的好感，也许是我们彼此能在对方身上找到自己影子的缘故……总之，叔公对我一见如故，我见叔公亦分外亲切！

　　叔公除教学有方远近闻名外，还有一手功底深厚的毛笔书法。听老婆说，叔公当时早已退休了，可是退休在家的他丝毫闲不住，不少远处的中学都慕名而来要返聘他前去任教。特别是每年春节前，为方圆几十里地的人家撰写楹联的担子就落在他身上，谁叫他一肚子墨水且有一支铁笔呢？当地人有一个习俗，宁可无米下锅，不可无对联过年，叔公受人欢迎的程度就可想而知了。叔公为人撰写春联与那些在街头小巷里为人泼墨挥毫吟诗作对的行家里手是有着本质的区别：因为慈祥的叔公从来就不收取一分一文润笔费用，反而每年要贴补大量的纸墨。好在叔公的晚辈家人都非常支持理解，从来没有一个人出来反对，于是叔公的春联就越贴越远，有许多穷人家年关之时会因为能得到叔公的一副春联而喜气洋洋，备感荣幸！

当得知叔公有这样"挥毫泉思涌，落笔惊鬼神"的独特本领后，我不知天高地厚也做了一副对子，让老婆去请叔公用毛笔书写出来作为丈母娘家过春节的对联。我这样的举动，令老婆左右为难，拿去又怕我写的内容不能入叔公他老人家的法眼而贻笑大方，不拿去又怕伤了我这个如意郎君的自尊和面子。最后老婆在我自信的目光中下定了决心，把对子内容交给了叔公，叔公看完之后竟大声叫好，旋即龙飞凤舞地一挥而就，对联贴出后，接连几天都有过路人驻足观看，纷纷称赞"天雨老师又有好对子啦"！当时年少轻狂的我因为路人的夸奖而偷着乐了好几天呢，现在想来自己是在关公面前舞大刀——胆大得可以！

听老婆说，叔公的一生堪称曲折坎坷，因为出身地主家庭，这顶当时不光彩的"帽子"让叔公曾经死去活来，苦不堪言。好在一生与人为善、与笔墨为伍的叔公终于熬到了昭雪平反的那一天，重新走上讲台的叔公视学生为己出，以身作则，有关他帮助关心学生的各种版本不断被后人重复着，传播着。当年被叔公鼓励帮助过的学生如今遍布天南海北，成为各行各业的中坚力量：有的走上领导岗位，成了为官一任、造福一方的人民好公仆；有的下海经商，成为富甲一方、乐善好施的时代弄潮儿；有的步入军营，成为指挥若定、叱咤风云的英雄硬汉；还有一位居然是华尔街世界银行里的高级职员……叔公的一生是真正的桃李满天下。

我曾有过一段辍学的不幸经历，深知名落孙山那种彷徨失落之感是可以在精神上置人于绝境或让人陷入万劫不复的深渊。可惜我没有遇上像叔公这样的好伯乐，这也就是我格外崇拜叔公身上这种为人师表、助人为乐的高贵品质的缘由！从叔公身上我看到了自己作为人民教师某些方面修炼的不足之处，深知为人师表除要亲力亲为、视学生如己出外，还要下苦功夫打磨出一身过硬的真本领，"授之以鱼，不若授之以渔"，是每一个人民教师的必备素养。借韩愈老先生的话说就是：师者，所以传道受业解惑也！

我与叔公见面的机会并不算多，许多感人肺腑的事情都是从老婆口中听来的，但叔公在我脑海里的印象却分外深刻：慈眉善目，和蔼亲切，语气柔和，笑容可掬。每次和他老人家交谈时总是意犹未尽、获益匪浅。谁也没有想到的是，这位慈祥可爱的叔公竟然会在一次小恙之后突然离开了我们，这样的结局用佛家的话说就是走得平静而没有痛苦，是有福之人！虽然叔公已年届八十高龄，可作为晚辈的亲人还是接受不了他驾鹤西去的急速匆促，特别是我和老婆远在北国，琐事缠身，无法及时赶回来见上老人家最后一面成了心头一大憾事！

不知叔公如今远在天国是否还在传道授业解惑？抑或依然如故地泼墨挥毫撰写春联？每念至此，我的心情就莫名地沉重起来。

叔公，您在天国一路走好！

班　主　任

那年九月，我从三都中学转往修水第三中学就读高中二年级，第二年辍学之后，回家当农民种了三年田地，后来补习考取一所高等师范院校，毕业任教几年之后，竟然又回到了母校修水三中任教，来去之间数十年，其间给我印象最深的当属班主任徐训龙老师。

记得高二年级时，有一次上物理课，老师正在讲台上背对着我们抄写一道例题，我和几个同学却在下面偷偷地打粉笔仗，因为亢奋的缘故，一不小心，我扔出去的粉笔头竟然朝讲台上飞去，不偏不斜正好砸在物理老师那笔挺的西装下摆。我立马像被电击了一般呆在座位上，心想这下可捅了马蜂窝，吓得一动也不敢动，其他几位同学也是你看着我、我看着你一言不发。物理老师十分愤怒地转过身来，脸色由红变白，由青变紫，显然他被我们的不礼貌行为给气坏了。他大声地说了一句话：我数到三下，是谁打的，给我站出来。

"一、二、三"数完之后，全班同学依然鸦雀无声，仿佛掉一根针在地上都能听得见，教室里的气氛陡然紧张起来，我只觉得自己的心脏在怦怦乱跳，两耳嗡嗡作响，但就是没这个胆量上台去坦白承认错误，向物理老师道歉，最后物理老师扬长而去，以罢教来抗议我们的不礼貌行为。消息很快传到班主任徐训龙那里去了，于是我们几个小调皮一个接一个地来到了办公室，我是生平第一次挨老师的训斥，没有想到平时很慈祥的徐老师发起脾气来竟是那样严厉：我的眼泪不由自主地掉了下来，我为自己课堂上的不礼貌行为感到了耻辱，也为自己不能在课堂上大胆承认自己的错误并向物理老师道歉而汗颜。从此以后，我再也没有调皮捣蛋过。

　　第二年的端午节后，我带着箱子和被子辍学回家了，从此在家里整日与田地里的庄稼为伍，与漫山遍野的树木相依为命；下河能撑船捕鱼，上山能砍树伐木；晴天放牛喂猪，雨天种菜割草……正所谓：世俗与我越来越近，书本离我愈来愈远。就在这个时候，传来了徐训龙老师关心过问我近况的消息：全秋生同学为什么没来学校补习？他的学习基础不错的，只要补习一年考取大学不会有问题。听到这个消息后，我的泪水不由自主地从面颊滑落下来，我知道这辈子不可能再与书本为伴了，但徐老师的关心过问确实在我的脑海里掀起了巨大的波澜，我又一次感到了能够入校读书的可贵与无奈：毕竟三年的宝贵时光过去了，高中两年所学的知识几乎全部还给了学校的老师，英语只剩下二十六个字母，数、理、化就更不用说，所有的学科知识几乎都忘得一干二净；何况每年还有那么多的落榜者重返学校补习，在万人争过独木桥的高考大战中，像我这样几乎从零开始的辍学者重返战壕简直就是找死，恐怕不用冲锋就会倒在别人的脚下，最多做一回别人的陪衬或充当看客聊以自慰矣！

　　在后来的许多日子里，我常想当年徐训龙老师对我的关心过问也许是他脑海里还记得我这个学生，也许仅仅是出于偶然的因素随便一说而已。但他的关心和过问确实像一针兴奋剂，激起了我全身心的抗争力量，我终于摆脱了自卑的心理状态，在别人准备看热闹的眼神下，在"万事从头来"的亢奋状态下重返学校开始补习功课，向高考发起了冲击。当我手拿一所高等师范院校的录取通知书走出教育局大门的时候，竟然迎面碰上了徐训龙老师。我把这几年来的一切情况向徐老师简单诉说后，徐老师也很激动，说他常常挂念我，只是无法联系到我，希望我继续努力，一定能够取得更好更理想的成绩。

我常想，自己来自农村，只是一所普通高中里一名再普通不过的学生，徐训龙老师仅仅带过我不到一年的班，居然在几年之后还能记起我，还能够不断地给予我鼓励，这不能说明我如何优秀，只能说明徐训龙老师确实具备了为人师表的深厚素养，不仅传道授业而且还能帮助学生解惑，他的言传身教是我这一辈子引以为豪的宝贵财产。

记得一九九一年的夏天，我正面临着毕业分配，苦于没有任何背景和关系，只好听天由命顺其自然。有一天，我在县城又碰上了徐训龙老师，他听说此事后，竟然带着我来到了时任教育局局长的郑尚志先生家里，把我的情况向郑局长做了详细介绍，希望能把我分回母校工作。我知道当时的高校分配竞争已是十分激烈，尤其是师范院校的学生并非抢手货，徐训龙老师自己亦非身处高位，但他依然不管不顾地把我引荐给郑局长，这一番深情厚谊让我感动非常，只是我当时家境贫寒，无法用财物来向老师表达自己的谢意，只好把它深深地藏在内心深处，几十年后的今天，当我坐在江南小镇某盏灯火下来写作这一段经历的时候，仿佛就发生在昨天一样。

一九九三年，我终于如愿来到了母校修水三中任教，其时徐训龙老师已是教务主任，正面临退居二线的时间段。徐老师在我到校报到的第一天就告诉我，让我去县人民医院看望当年高二年级同班又是同桌的某同学，其时老同学的处境亦是艰难且身体不好，我当然知道这是老师教我学会如何做人的道理，学会如何处理与同事之间的关系。于是我欣然前往，第一次见到了阔别好多年的同桌，只是不久之后的同桌就开始青云直上，成了我的顶头上司。虽然此后数年的教学生涯当中，我并没有得到过同桌的提携与帮助，但徐训龙老师教我学会如何做人、如何做事的谆谆教诲是我所不能忘记的。

一九九七年，是香港回归的大好日子。这一学期，我放弃了别人用来搓麻将的休闲时间创办了一份校园文学报《南苑》，这份小报从编排到审稿到报纸印刷出来，全是我一人所为，其间甘苦自不必说，但我要说的是，当时的徐训龙老师已经退休了，本应安享天年的老人家又一次为我出谋划策，在报纸上开设了一个校友专栏，不但帮我出主意还亲自撰写稿件，比起当时千方百计阻挠我创办校报的某些学校领导来，其人品文品之高下实在是有天壤之别啊！

也许是天道酬勤，也许是机缘巧合，在校报《南苑》荣获中国教育学会全国校园文坛报刊评比一等奖之后，我有幸来到了中国作协鲁迅文学院继续深造。从此，我又一次与徐训龙老师分隔两地，每次回家之时，我必去先生家坐上一会儿，喝上一杯热气腾腾的修水家乡茶，共叙师生别后之情。不知从哪一年起，我就打不通徐老师家的电话了，只知道徐老师已移居深圳，我漂泊京城，师生二人真正的是天涯海角之别了，直到二〇一二年上半年，当年高二（三）班的同学 QQ 群建立起来了，我终于从学兄方秋平处得知了徐老师的电话，可惜的是，此时的徐老师已经是疾病缠身，竟然不能接我的电话，我的心中实在是有一种刀割般的锥心之痛。

后来，在学兄方秋平等人的邀约下，有好几位同窗去深圳看望徐老师，从他们传来的照片我看到了往昔高大英俊的徐老师身形已经是大大缩水了，如果不是与同窗们一起合影，我真的是认不出来眼前的老人就是我这辈子最为敬重的徐训龙老师。因为时间不凑巧，我未能赶上这一趟看望恩师的班车，只好用快递寄上自己漂泊京城十载结集出版的《穿过树林》和一本老年人保健的书给先生，希望先生能从中寻找到一丝快乐和美好的回忆。

前几天，我给徐老师电话拜年，从师母处得知先生的公子已经在深圳市区购房置业，徐老师从此将长住深圳，深感欣慰之余，不禁又想起与先生多年的来往之情，拉杂写下以上文字，算是对先生多年来对我的教育与关心的一种铭记吧。

钟 校 长

那年九月，我从三都中学高一年级转往修水三中读高二年级，记得当时的语文老师名叫钟尧，还是当时学校的副校长。学校郑重其事地安排一位校级领导来教授我们班的语文课，可见我们当时的班级还是蛮受学校重视的。

钟校长教语文课的情景是如何精彩，其授业解惑的成绩是如何显著，现在想来确实记得不是很清楚了，毕竟三十年时光不算太短，钟校长离开我们驾鹤远去几近二十年，但有几个片段在我的脑海里还是鲜活依旧，久久挥之不去。

记得那年全国上下大力开展"五讲·四美·三热爱"的文明礼貌月活动，相关单位也大张旗鼓地推进，标语到处都有，令人耳目一新。正好这个时候我不知是感冒的缘故还是因为臭虫肆虐引起的奇痒，总之，我来到了县人民医院门诊部买药。几个窗口早已排起了长龙，我也很自觉地接在快到大门口的地方排队，也许因为天气太热的缘故吧，我不停地东张西望，真的希望早点轮到自己，可是每当快到的时候就会有几个人过来插队，看样子都和窗口里面的工作人员熟悉，这些不速之客和窗口里面的工作人员热情地打着招呼，潇洒地插入队伍，然后迅速地取走了药品。我眼巴巴地看着前面的长龙，又看看左右墙上贴着的大幅标语，心里急得像着火一样。因为学校中午休息时间本就不多，何况这么远的路，当时可没有公交车也没有浮桥，只有一条破船一个老人在摆渡。可插队的现象接连不断，我很奇怪队伍里怎么就没有人提意见，心里非常气愤却不吱声，毕竟我有自知之明，小萝卜头一个，说不定被人一巴掌就会打飞，但不敢说并不意味着自己心里没有意见，长大以后才知道当时自己的状态正是敢怒而不敢言的真实写照！

回到学校以后，正逢钟尧校长布置写作文，于是我以"如此文明"（大意如此）为题写了一篇小作文，让我没有想到的是此文竟然得到了钟校长的高度夸赞并在班上公开表扬，很少受过表扬的我此时此刻心里美滋滋的。从此，我的作文水平大有长进，写作文成了我高二年级语文科大餐里最有味道的一道菜。前几年因为要出版一本集子，春节期间我回家翻箱倒柜地找一些当年发表过的小文字，竟然找到了我高二年级的作文本，翻开一看，每篇作文上的评语都充满了激动人心的鼓励之词，当时我心中一动，这些年来之所以能够长期与文字打交道，也许就得益于钟校长的关爱与帮助。可惜当时随手又放回乱书堆了，现在要找出来恐怕得费一点劲，但我可以肯定这个作文本还存在我的生命里，没有离我远去。

还有一个印象就是那年钟校长的脚摔伤了，本来是可以请假让别的老师代课的，也许是钟校长不愿意离开我们这一班学生，也许是他不放心怕别的老师不熟悉我们班的具体情况，也许是担心教学进度赶不上……总之，钟校长并没有休息，每天单腿一拐一跳地前来上课，甚至是一节课都没有落下。说实话，当时的我们并没有感到特别激动，甚至认为是天经地义的，直到若干年后自己也成为一位语文老师的时候，才明白单腿一拐一跳地上楼梯到教室给学生上课有多么困难。作为一位校领导这样坚守岗位的顽强精神又是多么可贵。可我的一位彭姓学长，好像是来自武宁的，在课堂上不认真听讲的态度还是激怒了钟尧校长，只见钟校长一拐一跳地来到学长面前，一手揪住学长的衣领，大声地说：

你不信试试看,我一手一脚也能把你摆平!平日蛮高调的学长顿时面如土色,被钟校长的凛然正气吓得大气也不敢出,乖乖地坐下来认真听讲。这是我第一次也是唯一的一次看到钟校长发脾气,以至于数十年后钟校长发怒时须发倒竖的威严相貌依然在眼前晃动,令我时时清醒,催我奋进,促我自新。

再见到钟校长,那是我作为一位中学语文老师重新回到了母校修水三中任教,那时钟校长已经退休,每天早上都坚持锻炼,我们经常能见面,见面之时总有一些话题要谈及。记得有一次钟校长问我入党没有,我告诉他在大学读书期间自己就是入党学习积极分子;参加工作后也有写过入党申请书,但因为种种不为人知的原因,估计有不可克服的困难。钟校长连连叹气:小全,你这么优秀怎么没有入党,要继续努力,积极向党组织靠拢。钟校长的语重心长让我深感愧疚,但我深知当时学校的生存环境是不适宜自己发展的,要想让自己变得更强大,就必须飞出这座围困自己的小城,到一个能让自己放开手脚搏一回的地方去。但这个地方当时在哪里,如何才能走出去寻找这个地方让自己强大起来,就成了我心中一道迈不过去的坎。或许多年以后,我能从修水三中悄悄出发,北上游学,就缘于这次与钟校长的谈话吧!

有一年暑假的一天,钟校长突然找到我,说要给我和在县人民医院工作的老婆写表扬信去《修水报》发表,我大吃一惊,后来才弄明白其中原委:原来钟校长有一亲戚在县人民医院住院得到了我老婆无微不至的关心和照顾,后来听老婆说起过病人的小孩就在我班上读书,我带着学生去找学校主要领导,希望能给该生免除学杂费用,但主要领导不同意,说你可以免除她的班费,但学校不可以免除学杂费,因为没有这个先例。于是我自己带头发动全班同学为这位学生捐款献爱心,记得当时总共捐的金额不到七十元(当时已经不是一个小数目),那个时候好像还没有"希望工程"这一提法。其实我和老婆也只是尽到了自己工作岗位上应尽的一份责任罢了,却没有料到这位同学正是钟校长的本家亲戚,她的父亲无意之中把事情的来龙去脉都向钟校长说了出来，于是就有了钟校长亲自找到我表示感谢这一幕。我诚惶诚恐地劝钟校长千万不要写新闻报道，一写反而弄得很尴尬：本人认为这种原本就属于班主任老师应尽的义务和职责之举，不值得表扬；我老婆更是年年先进，是单位上屡受表扬的一面旗帜，事迹早已上过许多报刊的头条新闻。如果在《修水报》出现这样的表扬信，一场原本出自内心的关爱行动就会被某些人解读成有意识的炒作之举。钟校长见我十分诚恳且毫无做作之嫌，对我更是褒奖有加，格外亲近起来。

让我想不到的是一天清早我从县城赶到学校上早自修时，听说钟校长出事了：因为挑粪去浇菜，结果摔了一跤脑出血，在县人民医院抢救无效不幸去世。我深感遗憾，因为钟校长多次和我说过，等一九九七年香港回归祖国时要去香港转一圈，为此他每天都要早起跑步高强度地锻炼身体，真的没有想到平时身体强健的钟校长竟然没有兑现这个诺言。当送葬的队伍长龙似的从学校门口路过时，有课在身的我竟然无法亲自去送老校长最后一程。只好将目光透过窗户的上空，遥祝我所尊敬的老校长那矫健的身影脚踏祥云向天国飘升而去。

其时，我已经在报刊上开始发表一些小豆腐块，也曾想过写一点小文字来寄托自己的哀思，但我始终不肯相信身体强健的老校长真的会离开我们；北漂后有一年春节回家，我专程去看望师母，谈起老校长的时候心里闪过要写一些文字来纪念的念头，但望着师母那憔悴的神情，始终不忍心说出来。如今一转眼，毕业离开母校竟然有三十年了，师母也失去联系不知居住何方。但钟校长那慈祥而不乏严厉的容貌始终在我眼前飘摇晃动，仿佛要给我一股前进的力量，让我在寒冷的北国里奋勇前行！

老 夫 子

　　老夫子姓朱，在村子里面是一个颇有争议的人。

　　有的人说他是一个饱读诗书的才子，一肚子的四书五经，可惜生不逢时，否则肯定是一个做官的好材料（后来才知道新中国成立前他就是县衙里面的师爷）；有的人则骂他是一个四体不勤、五谷不分的懒汉，几十年来的风风雨雨始终没有让他变成一个吃苦肯干的壮劳力，要不是托"大锅饭"的福恐怕早就要饭去了！

　　果不其然，二十世纪八十年代初期分田分地的好日子里他的生活却陷入困境：因为不会种地，只好将田地批租给别人耕作，自己靠给别人抄抄书、写写对联聊以贴补经济上的不足，好在几个女婿时不时接济一下，总算一日三餐还是有保障的。

　　其时我正处在辍学的尴尬痛苦之中，每逢下雨有空的时候，就要到朱家祠堂天井旁老夫子家里求教聊天。别看他在村民们面前颇自清高，不屑与之交谈，可是对我这个中途辍学的"穷秀才"却青眼有加，每每视为知己而谈兴甚浓。

　　在我眼中，老夫子确实是一个才高八斗、满腹经纶的才子，从他的言谈中我学到了许多在学校不能学到的知识。记得他常常说我绝对不会待在村子里一辈子种田弄地的，对他的预言我不置可否从不表态，只是把它当作长辈对晚辈的一种安慰罢了！于是，老夫子说他会看手相，并且搬出他收藏几十年的老古董——《麻衣相书》，足有十几册的厚厚一摞来证明他并非无稽之谈。生平第一次看见那么陈旧的用宣纸抄写的古书就摆在面前，里面许许多多的插图让我心底里不由得泛起一丝希冀。谁知道三年以后我真的就离开了生我养我十几年的村子去过另一种生活，一种为我的祖辈们所不能享受的都市生活。

事实印证了老夫子的预言，以至多年以后我常想，难道人生在世，冥冥之中真的有命相可算吗？恐怕这也是一种巧合吧！

我与老夫子的忘年交保持了许多年。大二暑期回家时我还特意买了厚厚一沓白纸给他抄书，高兴得手舞足蹈的老夫子当即许诺，以后要把他珍藏了几十年的手抄本全套《康熙字典》送给我做纪念！可惜的是老夫子并没有等到把他珍藏的字典亲手交给我便驾鹤西归了。因为他的后人当中没有读书的，儿子儿媳已先他离去，一个孙女儿虽然貌美如花小学未曾读完就辍学了，几年之后嫁与一个屠夫为妻，日子过得比老夫子强得多，几个女婿更是摔在门槛上认不出十字的粗汉，举家上上下下早就烦这些看不懂的繁体字藏书占据了许多地方，干脆就在棺材前一把火将老夫子珍藏多年的所有书籍都化为灰烬，让它陪伴老夫子去了，也许这就是古书的最好去处。否则，老夫子在九泉之下没有诗书陪伴，岂不更是孤独落寞！

事隔多年，每当阴雨连绵的时候，我总会莫名地想起老夫子讲古时眉飞色舞的样子，我就是从他眼镜后面圆睁的双眼中看到了这个家族昔日的辉煌传奇。

早在大清王朝时期，家境殷实的朱家就出了一位奇人朱显宗，此人天生力大无穷，自幼习武，肩宽膀大，虎背熊腰，喜欢舞刀弄棒，长大后到处寻师访友，终于练得一身好武艺。单是手中一把大刀就重达一百二十斤，再加上刀柄上的两个三十斤重的大铁环共一百八十斤，挥舞起来呼呼生风，飞墙越屋如履平地，实有万夫不当之勇！

有一年正月，有一外地舞狮队来此演出，因事先没有给朱家府上递送拜帖，演出之时又自恃艺高胆大，使出浑身解数纵身跃过八张重叠的八仙桌，谁知掌声雷动之后却无人压盘（打红包的意思），表演的壮汉脸色一变竟强行索礼，有几位后生不服气上前理论却被壮汉打翻在地。正打得不可开交之时，朱显宗在家丁的簇拥下前来观看，恰好碰上这一幕，朱显宗二话没说，大步上前一把将壮汉的手腕抓起，纵身一跃便上了八张叠起的八仙桌子。壮汉顿时全身瘫软，面如土色，知道对手武功不知比自己高出多少倍。舞狮队的老板也是一个绝顶高手，看了朱显宗露出这一手大吃一惊，连连拱手作揖不断赔礼道歉，口中不断念叨"有眼不识泰山"的客套话。

好在朱显宗也不是得理不饶人的主，手指轻轻一拂，便解开了壮汉的穴道，纵身下来脸不红气不喘地大摇大摆而去，留下壮汉一人在八仙桌上兀自脸色如土。舞狮队见此地有如此高人不敢再卖弄，赶紧收拾东西悄悄离开白鹇坑一走了事。

从此以后，朱显宗的名声不胫而走。二十岁那年，年少气盛的朱显宗开始独自行走江湖，在吸取百家之长的基础上又自创朱氏十三路棍法，一时间，大江南北都流传着他行侠仗义的传奇经历。尤其是有一年花灯节在京城大败十八省耍龙舞狮的武林高手，更是让故乡人扬眉吐气，后经皇上钦点高中武举。

衣锦还乡之时，官府在途经白鹇坑的大路边修建了一座高大的牌坊，规定文官路过必须下轿，武官经过必须下马，以示对武举大人的尊敬和崇拜。后来有流寇进攻义宁州古城，朱显宗自告奋勇率家丁死命守城，屡败一路烧杀抢掠的流寇，杀死流寇兵将无数，无奈之下流寇首领准备放弃攻城，绕义宁州城直赴湖南平江。就在此时，有一位精通兵法的高人被流寇重金收买前来指点攻城，用数十副棺材装满炸药推进事先挖好的地道中炸开了城门，可怜一代英雄豪杰朱显宗被炸药震得晕头转向竟死于乱军之中，尸骨无存，就连一座供后人顶礼膜拜的坟茔也没有留下！

像历史上许多生前威名远播死后凄凉寂寞的大英雄一样，武功盖世、声名显赫的朱显宗为国捐躯后并未给后人带来任何的庇荫和佑护，就连皇帝钦赐的匾额也在"文革"之中被砸碎烧毁，当年打仗时穿戴重达六十斤的铁鞋、铁帽、铠甲也已不翼而飞，踪影全无，唯有练功时放在头顶上的麻条石静静地躺在神台下面睡大觉，而那把令敌人丧魂失魄的大砍刀也被视为"四旧"之物由政府没收，至今还在三都镇人民政府保存着！

据老夫子讲，朱显宗之所以学武有成，与他富裕的家境和自己学武的天赋是分不开的。后来朱氏家族中也出了一位力气奇大的后生小伙，也喜习武，曾经双手抱紧大刀从上厅堂到下厅堂走了一圈，结果放下大刀后便累得口吐鲜血。由此可见，朱显宗当年神勇英武确是天赋异禀，不同凡响！单是练功时的练功石就有一百二、一百八、二百四、三百六十斤重的几个类型，清一色的麻条石，每当他练功扎马步时，都会用双手将石头轻轻提起来放在头顶上来回游走，身形如鬼魅一样。而舞动大刀时更如天神下凡、金刚再世，即使周围站满人用水泼也不能打湿他的衣服，只见白茫茫一片，刀光闪闪，风雨不透，令人叫绝！

这份神勇在他子孙后代的口中不断地被流传着、重复着，可是他手中的大刀和自创的"朱氏十三棍"却再也没有了传人，整个家族中甚至连会耍几个武术套路的人都找不到！有人说，也许是因为朱显宗杀孽太重的缘故，压抑了子孙后代们的风水灵气，不然何至于偌大一个家族竟然会凋败至此呢？

唉！历史有时候就像一位大智若愚的老人，常常在不经意间和世人开上一个并不友好的玩笑然后飘然离去，留给后人的只是一场游戏一场梦罢了！

艄　　公

　　如果说白鹇坑的沙滩和石拱桥是隔着天河默默厮守的牛郎织女，那么，那条年岁始终不会太老的木制渡船就是在他们之间整日来回晃悠的月下老人，只是这位月老牵线的对象都是村里村外的凡夫俗子罢了；如果说木渡船是一座能够在水面上来回移动、让过客"从来处来到去处去"的桥，船夫就是站在桥上迎来送往的门卫，只是这些门卫没有时下四处可见的保安们一样年轻英俊的外貌，没有整齐划一的着装也没有高大魁梧的身材，弯腰驼背、瘦骨伶仃是他们的共同特征。

　　记得他们当中的一位脑门上、耳朵旁还莫名地长出几根肉芽，加之剃着光头，远远望去脑袋就像是一个长满嫩芽的芋头。每当船客站在炎炎烈日之下或凛冽寒风之中高声大叫而对岸的渡船却久呼不至时，"烂芋头"这个不甚雅观的称呼就会在水面上久久回旋、袅袅不绝，成为某些人吆喝摆渡时经常挂在嘴边的口头禅！我的童年就是在这种悠长的吆喝声中长大的，因为白鹇坑实在不算大，油、盐、柴、米、酱、醋、茶这七件事，除柴、米和茶是村民家里自己能备用的外，其他的都得乘船到对岸的小店去买，当然，油不是家里用来炒菜吃的油而是用来点灯照明的煤油！这样一来，渡船和船夫在水面上来来去去也就成了村民们日常生活中不可或缺的一道风景。

偏偏这道风景在村民们的心中始终是一幅残缺不全的画面！

白鹇坑撑船有两种情况：年轻时力大如牛，撑船是为生产队上搞副业创收，自己也能在中间捞点油水，所以是一种人人羡慕的好职业；大概是因为赚钱了，有的船夫难耐没有女人的日子，偶尔也干些吃喝嫖赌的事情，所以中老年以后往往穷困，只好去为人摆渡，接受过客极为有限的施舍，过着寂寞无聊的日子。所以艄公"烂芋头"与八叔在白鹇坑的江湖地位相比，是有着天壤之别的。

摆渡真是一件很辛苦的事情，且不说男女老少只要是过客就能直呼其名没有任何尊严可言，也不说艄公一年辛苦到年关还不知能否兑现微薄的报酬待遇，单是没有过客独守空船的那种寂寞无聊与孤独烦恼就无处排解，更何况工作没有白昼黑夜之分，没有春夏秋冬之别，一年三百六十五天天天如此，尤其是下暴雨涨大水的夜晚起来摆渡，简直就是拿性命作赌注，一不小心就会落入水中去喂王八乌龟，连个囫囵尸首都找不到！因此，村里凡是有后代子孙的人家是绝对不会让自己的长辈去撑船摆渡的，只有那些不愿吃五保照顾的孤寡老人才会要求去当艄公。事实上，他们根本就没有能力去干这种纯体力的风险活，说是艄公其实只是一个看护而已！

除小孩和不会撑船的过客外，其余的人都是要自己动手划船的，好在周边的人家大都熟习水性，拿起船篙来就撑，支起船桨来就划。苦就苦在那些不会划船的人，只好呆呆地在船上等待会划船的到来，有时很快就会来人，倒也不会耽搁什么工夫，有的时候就是等上半天也没有半个人影出现，碰上手头上有急事难免不会对艄公发泄点什么不愉快的情绪。特别是碰上外地过客，他们大多不会划船，有时在沙滩等上半天工夫艄公也懒得理睬，独自缩在船舱里做他的春秋大梦。于是，"烂芋头""老不死"的称呼便此起彼伏，气得艄公只好吹胡子瞪眼睛；有时遇上外地没有多少礼貌的过客，仗着自己年轻力壮再加上本地没有人认识他们的原因，他们会高高提起老艄公的衣领将其浸入水中，待到艄公嘴里

"咕咕"直冒水泡才把他提起来扔在船舱里，吓得艄公全身抖动，涕泪俱下，跪在船板上向老天不停地叩拜诅咒：

"天老爷，你要有眼啊，把这个短命鬼崽收去啊！"

"不得好死的短命鬼啊，欺负我这样的可怜人哪，老天会收你去的哟！"

诅咒声、哭叫声时高时低，时而激越高亢时而有气无力像悲歌一样跌落水面，呜呜咽咽不绝于耳，惹得周围看热闹的老人们扼腕叹息，深感人心不古、世风日下！

艄公也有快乐的时候，每逢过年过节时，岸上的人家总是或多或少地给艄公送些好吃的东西尝尝：端午节时的粽子、鸡蛋、包子，中秋节时的月饼，过年时的猪肉、油豆腐、鸡腿等等，虽然每家拿得不会太多，但加起来就够他吃上好些天。尤其是过年的时候，从大年初一到正月十五，过河的人都要给艄公发红包的，数目不多，一角二角乃至一块钱的都有，倘若是外地客人有不知趣的或不懂行情的，艄公就会上前说几句好话开口讨要，丝毫不会感到羞涩，以至有人私下说艄公之所以愿意摆渡图的就是这几天能拿红包。只要是在这几天之内，过客在河对岸一叫，艄公便马上把船划过来，表现得极其热情好客，过了十五元宵节，艄公就会知趣地收起他那个"聚宝盆"。于是，一年三百几十天的撑船日子又开始了！

当然，过客和艄公的争吵也不全是恶意的，也有诙谐有趣的时候，有的争吵甚至几十年后还是村民们茶余饭后的经典笑谈！

有一年春夏之交，江河里突然涨大水，也许是洪水涨得太快太邪门了的缘故，那个外号叫"烂芋头"的艄公晚上竟然把渡船系在岸边一棵大树下，躲到一户人家里睡觉去了。河水涨得快退得也快，绳索经不住大渡船的拉扯之力崩断了，等到艄公第二天早上起来看船时，早已无影无踪不知去向。"烂芋头"年过七旬且无依无靠，根本就没有任何赔偿能力，村里也就只好认倒霉让他回家去了。但两岸村民不可一日无船，只好请人重新打造了一艘大渡船，从外村请来了一位体格强健但脾气十分暴躁的老艄公，只因为艄公的头上除了脑门周边有一圈头发外，其余的地方都是光溜溜的，所以背后别人都会偷偷叫他"癞痢头"。

可这个"癞痢头"却不是一盏省油的灯！

倘若有人叫"癞痢头"被他听到的话便是祸事一桩，只要是村子里的过客无论男女老少，喊一声"癞痢头"都会招来他的一顿痛骂，有时甚至会不依不饶地追到别人家里砸人家灶台止的锅，全然不顾别人的劝解和赔礼道歉；倘若是外地过客骂了他"癞痢头"的话，那就更有好戏看了，他会从船舱里抽出雪亮的菜刀照头就砍，吓得那些会游泳的外地过客只好跳河游水逃走，如果不会游泳的那就只有跪下来向他叩头讨饶才算作罢。很快，方圆几十里地的村民都知道白鹇坑渡口有一个不能骂的"癞痢头"！

偏偏有一年夏天的中午，刚吃过午饭的艄公正好躺在船舱里面歇昼，突然河对岸传来一声紧似一声的呼叫：

"癞痢头，喔呼！快撑船过来！"

艄公"腾"的一声跳起身来，气冲冲地拔篙就撑，嘴里开始不停地咒骂"少教头的（没家教的意思）短命鬼，等下我要斫你的脑壳"！说也奇怪，一般人过河如果看到艄公开始撑船的话，谁也不会再叫他的外号，只是因为等得太久或有急事才骂艄公的，可今天这个过客头戴一顶草帽，明明看见艄公在撑船过来，嘴里还是大呼小叫：

"喔呼，癞痢头！撑船啊！癞痢头！"

真是哪壶不开拎哪壶，气得老艄公全身打抖，额头上青筋暴突，呼吸越来越粗，恨不得一下就飞过河去砍他几刀出出心头这股恶气！就在船头急速地撞向沙滩的一刹那，艄公把手中船篙一扔，早已飞奔进船舱里摸出一把雪亮的菜刀，跳下船帮照着那顶草帽兜头就砍。说时迟，那时快，只见那个过客一闪身取下头顶上的草帽大喝一声：

"你算什么癞痢头！看看我的头上，咱们比一比，谁癞谁是爷！"

艄公一看，一下子愣住了，手中的菜刀高高举起却放不下来了，脸上闪过一丝像是高兴又像是痛苦的表情，实在是哭笑不得！

只见眼前的过客头顶上一根头发也没有，锃亮锃亮的，被太阳一照，竟然有点刺目！仔细一看，似乎头顶上还有一层厚厚的油！两个人面对面大眼睁小眼，好一阵子，突然同时大笑起来："哈哈，我还真的没有你癞呢！老弟！"艄公有生以来第一次被人骂了还能笑出声来。过客更是快乐起来，口中还飞出几句好听的山歌来：

癞痢头，何须剪？

白天省得剃头钱，

晚上不用照油灯，

做个癞头真神仙。

……

两个人又呵呵大笑起来，仿佛多年没有见面的朋友一样，相互搀扶着上了渡船闲聊起来，不时从船舱里传来爽朗的笑声。从此以后，再有过客生气发急骂起"癞痢头"来，艄公只当没有听见一样，独自摇着船桨，口中哼着不知名的小曲悠悠荡来，弄得过客反倒不好意思起来！

如今，世代祖居此地的村民们早已像柳絮一样纷纷扬扬四散而去，那条木制渡船也曲终人散不知去向，只是不知那不再怕人大喊大叫"癞痢头"的艄公和那位快乐无比的过客是否依然健康地生活在这片蓝天之下！

别了！我那可敬的老艄公，别了！我那可爱的木制渡船！别了！我难忘的白鹇坑渡口！

屠　　夫

朱一刀，因为力大无比，杀猪之时下手稳、准、狠，无论性子多么暴烈的大肥猪在他手下都是一刀毙命，人送外号"朱一刀"。久而久之，村子里的人们都习惯喊他朱一刀，本名倒让人给忘记了。

一刀杀猪有"三不杀"的规矩：一曰非过时过节的猪不杀，二曰患病不干净的猪不杀，三曰来历不明的猪不杀。凡不合规矩者，无论是谁前来登门相请，他都会断然拒绝直至面红耳赤，让上门者怏怏离去。那年月屠夫不像现在大街小巷遍地都是，一个村子方圆数十里地也就只有一两位屠夫；那时节猪养得也不像现在这么多，一家一户一头猪以备过年过节之需用。朱一刀在村子里的地位就可想而知，令人敬畏不已，说出来的话就像板上钉钉——有板有眼的！

朱一刀身材高大魁梧，足有一米八几高的个头，头上寸草不生，太阳一照，发出刺眼的亮光，发怒之时，浓眉大眼中更是隐隐有一种杀气迎面扑来，让人平添几许威慑的压力。村子里的小孩没有不怕他的，要是在路上对面相逢，小孩总是远远地躲在大人身后，因此他又成了寻常人家父母夜间吓唬小孩的必备工具。每当小孩大声啼哭不止时，父母必故作惊慌："别哭了，朱一刀来了！再哭就把你扔出门去。"于是小孩哭声戛然而止。

出门杀猪之前的头天晚上，朱一刀就忙乎开了，先是把放置在楼板上面的各式刀具一一拿来，在磨刀石上反复来回地磨，直到刀刃闪闪发亮，一晃就发出一丝隐隐刺目的光芒才算作罢。放好刀具后，一刀就会叮嘱婆娘到厨房烧一锅洗澡水，然后到后屋檐下的台基上洗一个滚烫的热水澡，换上干净的衣服后，一刀就会悄悄到房里角落处安置的神台前点燃一炷香，向那尊祖宗流传下来的木雕菩萨庄严地三鞠躬，默默地祈祷几遍，然后才安心地上床歇息。第二天一大早，一刀就肩扛一端带圆环的铁棍出门了，铁棍另一端拴着一只小篮子，篮子陈旧得早已分不清颜色，油迹斑斑闪闪发亮，篮子里则放着一应俱全的各式刀具，放血刀、剔骨刀、开膛刀，有长有短，有厚有薄，薄的如纸片，厚的如斧子，应有尽有，皆闪闪发光，令人不寒而栗。

村子里除过端午节、中秋节杀猪外，一般就是过大年的时节才杀猪。所以杀猪的场面就像过节本身一样热闹：常常是一个人揪住猪尾巴，一个人抓牢猪后腿，一个人抓紧猪前腿，还有一个人死死地扣着猪耳朵，四五个大男人把大肥猪架到木凳上，遇上性子刚烈暴躁的猪还得再加几个帮手，杀一头猪无异于打一场恶仗。要是加上旁边前来看热闹的人，那就更是热闹非凡，门前场地上不时传来猪的惨叫声、大人的呼喝声、小孩的尖叫声、噼里啪啦的鞭炮声，各种声音汇合成一种温暖的氛围，率先点燃起节日时分的热闹和快乐。

朱一刀来到场地上，放下肩上的挑子，双手摊开，往手心上各吐一口唾沫，使劲搓上几下，上前一步双手一抱，就夹住猪的整个前胛，一个人就把半个猪身子夹上板凳，长长的放血刀"嗖"地砍在用来盛猪血的木盆沿上，腾出右手，"叭"的一掌击打在猪心窝上，然后左手扣紧猪嘴巴，右手取下放血刀在空中划一个漂亮的弧形，薄薄的刀锋悄无声息地深深插入猪心窝口，然后飞快抽刀放血，猪血箭一般地喷出来，远远射在早已放置好的大木盆里。朱一刀右手把刀一扔，在木盆里用力来回搅动几下，再用血淋淋的右手揞紧猪嘴左右扭动几下，猪的号叫一声比一声低，不出五声就一动也不动了。挥刀、插刀、抽刀、扔刀，几个动作一气呵成，据他自己事后与别人说，只有这样动作干脆利落，猪才会死得毫无痛苦。

朱一刀从不把杀猪当成一种赚钱的职业，更不会当成一种娱乐来寻求刺激，用他自己的话说，杀猪与宰杀其他牲畜是不一样的。猪与牛、羊俗称三牲，自古以来就是民间百姓祭祀神灵与祖先的最佳贡品，三种动物当中，牛与羊都无须花太多精力喂养，它们能上山吃草下沟喝水，天天早上被主人轰出去，游荡到晚上才姗姗回栏圈里。唯有猪最受主人疼爱，给它弄好干净舒适的猪圈，一年到头，粗粮细粮甚至是磨米浆给它们吃，天天盼，月月盼，希望它们早日膘肥体壮的，为人们欢度节日增添一丝美好的气氛，所以他只杀那些专为节日增添热闹气氛的猪。朱一刀坚持"猪合为时节而杀"的规矩，正如古文人所说的"文章合为时而作"一样，他坚决不宰杀任何染病的猪，不宰杀来历不明的猪。

因为不是职业的缘故，朱一刀替村里人杀猪是不收取分文的，但杀一口猪下来得忙上半天，累得够呛，主人家常常过意不去，除收拾干净后立即端上一大碗热气腾腾的猪肝瘦肉汤让他尝鲜外，还会送上一两斤猪肉让他带回家。礼尚往来，朱一刀杀猪的整个过程也是格外精细完美，杀猪于他来说，从来不会匆匆忙忙地应付敷衍，杀一口猪就像是完成一副自己心仪得意的作品，朱一刀用他的各式刀具一道工序接一道工序地精心打磨，使本来血腥味十足的杀戮场面变得优雅起来。

猪被放血后躺在地上一动不动，仿佛静静地睡着了，一刀一边擦着手上的血迹，一边绕着猪身子转几圈，仿佛是在默默欣赏自己刚才进刀的稳、准、狠，也像是在揣摩着接下来如何做才能最快最完美地让猪们化整为零，成为主人家炒制各种美味佳肴的原材料：正所谓，生得肥头大耳，长得白胖肥美。天天吃喝酣睡，日日乐而忘忧。如今化整为零，端上餐桌美味。直入肠胃逍遥，早登极乐仙界。

猪们好像睡着了一动不动地躺着，任凭一刀在它脚腕处轻轻地划开一道口子，然后用那根油光可鉴的长铁棍轻轻捅入，有规则地在它的前胛处、后胯处来回穿梭，不到两分钟，原本皮肉紧凑的皮肤下面就有了一条四通八达的供屠夫吹气运行的羊肠小道。这个看似随意而简单的动作，其实是杀猪褪毛过程中最为重要的基础，力度、速度、平衡都要把握得恰到好处，力度大了或者速度快了，就会把猪皮捅破，力度小了又难以打通这曲径通幽的通道，铁棍运行的平衡度也是不可或缺的，把握得不好同样会把猪皮撑破，也有可能插到猪肉里面，气体根本无法在猪皮下面运行。这样打通气体运行通道的过程很有点像武侠小说里的绝世高人为练武之人打通奇经八脉一样重要，打通了则又一个武功高手横空出世，打通不了则成废人一个，前功尽弃。当铁棍从猪体内慢慢抽出来的时候，朱一刀头上竟然沁出了一层密密的细汗。

接下来的画面就更有美感了：百八十斤重的猪被一刀轻轻提起来安放在半人高的木制大腰子桶里，随手拿起一个铁钩钩起猪鼻子挂在桶沿上，猪们依然安睡着，任一刀手持铁钩在桶里前后来回拖动，两旁的帮手高高举起大木桶，将烧得滚烫的开水像瀑布一样均匀地、轻轻地淋在猪身上，刹那间，蒸腾的热气、一刀前俯后仰的身影、猪身溅起的水花、巨大的木桶、纷纷脱落的猪毛，组成了一幅极富动感的美丽画面。一刀前后来回地游走忙碌的身影，让围观的人们真切地感受到了"三百六十行，行行出状元"的玄机奥妙，如果没有这一番刀刺水烫人拖的煎熬过程，猪们又如何能够体面地走完世上的最后一程呢？

脱毛的过程还在持续着，一刀两手把已经半裸的猪提起来横放在木桶边沿上，双手牢牢抓住那只被割开口子的猪脚，鼓起腮帮用尽全身力气使劲地吹，随着持续有力地吹，猪身子开始慢慢肥胖起来，最后像一个气球一样胀得鼓鼓的直至猪身子膨胀欲裂的时候，一刀开始用刨子在猪身子上用劲刮。一刀把为猪们烀毛这道工序看得很神圣，他细心地刮光猪身上的每一根能看得到的毛碴，那种精心的状态仿佛是农村人家为新娘出嫁送行一般，临行之前一定要把新娘子好好打扮得如花似玉才肯让她出门上轿。刨子刮完以后，猪身子大部分都露出了洁白的本色，一刀转身从篮子里又拿出一把很锋利的小刀从头到脚认真地修一遍，尤其是猪头、猪脸、猪脚这几处地方皱褶太多，一刀耐心地修理着，仿佛剃头师傅给男人刮脸一样，弄得一干二净，一根毛碴都不剩。很快，一只全身光溜溜没有一根杂毛的净猪横空出世了，那胖乎乎的五官笑容可掬，白亮亮的身子格外晃眼，这种景象常常令人感慨不已：无论是多么脏兮兮的黑毛猪，经过煺毛这道工序后都露出来它赤条条的本来面目。

说一刀杀猪的时候非常讲究，一招一式必须做到尽善尽美甚至是到了吹毛求疵的程度一点也不假。他常常对猪的主人家说，猪是一种生灵，它是有灵性的，大小都是生命，既然是生命，就值得人们尊重，它们生前喜欢干净，走的时候也必须给予应有的尊重，绝不可以让它们生得肥美、活得幸福走时却窝囊至极。所以人们在欢度节日之时必须把猪侍弄得干干净净。如果是染病而亡的猪是不可以宰杀供人食用的，应该把它们就地深埋，以免贻祸人间或者传染到其他的猪，对于那些贪图小便宜宰杀病猪的行为，朱一刀是深恶痛绝的。也许这就是朱一刀常常为自己心中尚存的工匠精神而感到无比虔诚和自豪的原因吧。

有一段时间，也许是因为杀猪煺毛的过程太过复杂费劲，也许是国家需要收购猪皮的原因。总之，上面有规定，村子里面杀猪时不再煺毛而改为剐猪皮。朱一刀认为剐猪皮不但有违自己心目中的规矩而且极不讲究卫生，把好好的一头猪弄得面目全非的，所以断然拒绝为猪们剐皮，最后终于放弃这门手艺。

高大威猛的朱一刀，从此不再上门为别人杀猪了。

铁　匠

　　话说江南某个逼仄的小山村，有一个好听的名字，它叫龙岸。一条小溪自西向东蜿蜒流过，在两岸高山的挤压下，把村子一分为二切割成两大块，岸边的缓冲地带分布着数十幢小土屋，靠溪东边是三进三重的全家大屋，靠西边是村里杂姓人家的居住地。每到三四月的时候，就会有个铁匠来村子里打铁，铁匠姓陈还是姓程，到现在我也没搞清楚，在江南水乡的农村，"陈"与"程"的发音是分不太清楚的，因属陈年旧事，姑且让他姓陈吧。

　　陈师傅精瘦精瘦的高个子，他和徒弟说话，满口浙江音，叽里呱啦一句也听不懂的，偶尔和大人说普通话也很生硬，我们做小孩的总是躲得远远的，怕生人，特别怕满嘴普通话的陌生人，这是农村孩子的共性。

　　全家大屋虽是土墙瓦屋，过道里的门窗全是古色古香的木雕，说雕梁画栋也不为过。因为整个家族无人博得功名，门前场地上自然少了旗杆石、进士墩等光宗耀祖的重要物件。但进大门之后，仍然有气势恢宏之感，上、下两个大天井格外透亮。听老辈人说，天井是房屋的"心"，如果"心中有山水"，房屋自然就有了生气和格调，"气"顺人自然就更鲜活，纵使足不出户也能吸天地之精华，聚日月之光阴，把心中山水延伸至方寸之地。但在我的眼里，天井除采光、通风、排气外，更多的时候是为了泄洪排水。江南多暴雨，没有天井排水的房屋是很危险的。

　　两个大天井之间的中厅堂除做红白喜事宴请宾客外，长年都空荡荡的，好像是特意为铁匠们准备的用武之地。于是，每年春暖花开之际，铁匠老陈就像候鸟一般从天而降，砌炉埋墩，开张打铁，叮当、叮当、叮叮当当的铁锤敲打在铁砧墩上，发出悦耳动听的声音，绕着屋梁，直冲屋顶瓦片，或许这才是我一生之中最早接触到的余音袅袅，"绕梁三日"吧！

　　老陈身穿一件污迹斑斑看不出年头的长围裙，左手持铁钳，夹上一坨生铁投入火炉中，右手开始拉风箱，脸带微笑，轻迎慢送，全身配合着拉杆，或前俯，或后仰，俯仰之间，火炉里的火苗呼呼作响，上好的硬木炭火，果然可以铄铁熔金，很快烧得通红的铁块被老陈左手迅速抽出来搁到铁砧墩上，徒弟立即双手挥起大铁锤轻轻砸下，火星四溅，金光闪闪，我们旁观的小孩立马后退至安全距离，睁大眼睛盯着看。老陈推拉风箱的右手早换成一把小铁锤，也叫师傅锤，叮当之声立起，锤声由轻至重，又由重变轻，叮当叮当叮叮当当，声音搭配得非常动听，轻锤落下，叮当作响，重锤落下，铁砧墩会发出沉闷的咚咚声，声音顿时转为急促，老陈与徒弟两个人紧盯着那砣红铁，点头如捣蒜，拱背弯腰翘臀，仿佛十面埋伏之兵，一声号令，千军万马顿时奔腾冲杀起来，红通通的铁块迅速变形，或长，或短，或扁。徒弟胳膊上的肌肉突出，汗水也开始滴落在地，声音又渐渐慢下来，徒弟双臂有力，十几斤的大铁锤举重若轻，在他手里仿佛轻如无物，老陈的小锤倒显得随意散漫，还不时在铁砧旁的"耳朵"上轻敲两下，这样的动作与打铁无关，纯属配音，让整个敲打过程和谐动听，居然没有半点杂音。以至多年后我读到白居易"铁骑突出刀枪鸣"的诗句，眼前竟然会莫名其妙地想起老陈打铁的场景来。煅打中的红铁块慢慢褪色变黑，老陈将它往旁边掺有黄泥巴的水桶里一扔，"吱"的一声，冒出一股青烟，然后又扔入火炉里，重复着下一轮的锤打，反复锤打数遍之后，一把柴刀或菜刀就脱颖而出。

　　如果你觉得一把刀的横空出世就这样搞定了，那你就大错特错了，刀具出来后必须先开刃，开刃的过程让人很震惊：一条长木凳，一头是用木头做的模具把刀具紧紧卡住，老陈坐在另一头，用一把锋利的纯钢打造的铲子，一根横杠穿过铲子，两边各有一个把手，直接在刀薄处用力铲，很像木工刨花一样，铁屑纷纷落下，利刃立现。以至多年以后老师在课堂上讲"削铁如泥"的锋利宝剑时，我脑袋里想的却是老陈"铲铁如刨花"的过程。刀具开刃过后，还有一个不可或缺的磨刀过程，用清水在磨刀石上来回磨锋刃。这磨刀看起来容易，实则有很多小巧之处：外行人磨刀，能把刀刃磨圆，纵使新开刃的刀也没法用；内行人磨刀，会斜着刀刃来回磨，恰到好处之后，寒光闪闪，几达吹发立断之境。

老陈打制出来的刀具，轻重合适，刀刃锋利且不易折，刀背附近有或方或圆的线条框框，里面赫然一个"陈"字，纵使多年以后刀刃依旧寒光逼人。小时候我们上山砍柴，常以拥有一把老陈刀具而自豪几分：老陈斧头背厚刃薄，入手厚重，劈柴劈树，一斧落下，再硬的实木也当啷两开，无须补刀；老陈锄头多种多样，羊角、铲锄、蔸锄，无不经久耐用，锋利依旧，是挖土方除炸药以外最有效的工具；特别是老陈菜刀，这几乎是妇女们使用频率最高的工具，一日三餐，砍瓜切菜，喂猪备饲料，拥有一把锋利的老陈菜刀，几乎成了十村八里女人们的最大梦想。用现在时髦的话来说，老陈可是当年十村八里拥有红粉军团人数最多的铁匠大V，生产队长、大队长之类的芝麻官是不能与老陈相提并论的。

有粉丝就会有经济收入，有红粉就会有情感故事发生，只是铁匠老陈的故事都发生在夜幕降临以后，对我们这些入夜即睡的小孩来说当然毫不知情，事情的来龙去脉是十几年以后村民嘴里流传下来的。

村西头有一户张姓的人家，男人是退伍军人，身材高大魁梧，说话声若洪钟，公社武装部让他担任大队民兵连长，家里有上级组织配发的步枪，寻常人家敬而远之。妻子名叫莲花，小时候因家穷，被父母送人抚养，长大懂事后，出落成一个漂亮的小姑娘，不料继父继母守口如瓶，临终之前都没有告诉她亲生父母是何方人氏，她就这样孤零零一个人生活，长大成人后嫁给张连长，生了个女儿，一家三口过着幸福的生活。不料，有一年发洪水，张连长为了抢救生产队堆放在河边的木材，不幸被洪水冲走了，本以为可以在张家开枝散叶的莲花转眼即成寡妇，剩下母女二人过着相依为命的凄苦日子。

莲花的女儿叫梅姑，与我们年纪相仿，大大的眼睛，高高的鼻梁，梳着两条又黑又粗的辫子，一笑脸上现出两个深深的小酒窝，人见人爱，她不像我们那么胆小怕事，见到比她年纪大的人，不管认识不认识，张嘴就来：哥哥、姐姐、叔叔、婶婶、伯伯、伯娘……嘴巴就像喝了蜜一样，叫得大人眉开眼笑，叫得半大小子屁颠屁颠，特别讨人喜欢，害得我们常常挨家里大人骂：你看看人家梅姑，多懂礼貌，见人三分亲，你呢？三棍子打不出一个屁来……

自从张连长走后，生产队里的老人就劝莲花搬家，孤女寡母的，住在空荡荡的房子里怕是不安全，换个地方住，或许可以换个风水，图个吉利。在生产队长出面协调下，她们搬到了全家大屋空余的房间里寄居，并且很快就融入了全氏家族的生活，和大屋里的各户人家关系处理得很好：春天山上掰的竹笋、秋天树上摘的猕猴桃，河里捞到的鱼虾、过时过节的杀猪饭，家家都会互相赠送，数量不多人情在，有肉大家分碗汤，无肉酸菜也凑合尝。家家户户房门大开，从不需要锁门，一年到头从没听说过谁家被偷啦，谁家又少了什么。夜不闭户，道不拾遗，绝对不是传说中的典故，那可是我小时候亲身经历过的。

幸福的家庭总是大体相同，不幸的家庭却常常有事找上门来。那年夏天的一个中午，队长夫妇提了一串刚从河里捞到的鱼来看望莲花母女，莲花开始忙活着剖鱼、做饭，让梅姑去灶上烧开水泡茶。当梅姑提着一壶开水到堂前正准备泡茶时，不知从哪里钻出一条野狗，从大门直扑梅姑而来，梅姑吓得一哆嗦，脚一歪倒在地上，一壶滚烫的开水全部泼在脸上，顿时，一阵撕心裂肺的喊叫声直冲屋顶。莲花乱了方寸，只知道一旁呼天抢地大哭，队长夫妇也吓得直打哆嗦，不知所措。梅姑痛得在地上直打滚，全家大屋里所有的人都跑过来了，铁匠老陈也过来了，一看此情此景，赶紧叫旁人去打几桶凉水过来，然后抱起梅姑平放在天井石头上，用冷水不断地冲淋烫伤处，用完几桶水后，梅姑的哭声才慢慢止住。老陈赶紧松开围裙，去箱里拿自己平时准备好治烫伤烧伤的药末子，用菜油调好敷在梅姑的脸上，凉丝丝的草药敷上以后，梅姑很快就不疼了。几个星期之后，梅姑脸上的烫伤完全好了，居然连一点疤痕都没有！原来这是老陈家祖传的治烫伤秘方，因为打铁是一个高危职业，烫伤烧伤司空见惯，只是老陈几十年来从不示人，眼下为了救梅姑竟然破了祖上家传的森严戒律。

待梅姑伤好了以后，有一天中午吃完饭，趁各家大人都收工回家了，莲花带着梅姑来到中堂厅里，"扑通"一声，母女两个跪在老陈面前就三跪九拜，梅姑那张小甜嘴再一次显露出其独特的魅力：她嘴里一口一个"干爸"，毫无生涩之感，一口一个感谢"干爸"救命之恩！老陈一下子仿佛被吓傻了，只是站在铁砧墩旁嘿嘿地笑着，不敢答应这个称呼。眼看跪在地上的莲花母女不起来，他和徒弟赶紧伸手去牵母女两个，莲花起来了，但梅姑不愿起来，一定要老陈答应做她的"干爸"才肯起身。这下倒把老陈弄成一个大红脸，赶紧答应了一声"哎"！梅姑这才兴奋地站起来，拍拍膝盖上的灰尘，高兴地喊起来，我又有爸爸喽！旁边的莲花却流下了一行复杂的泪水，说不清楚是想起张连长走了难过还是替梅姑拜了"干爸"而高兴。

但全氏家族从此似乎更热闹了，莲花身上慢慢地也有了一些微妙的变化：先是脸上的笑容多了起来，后来皮肤越见光滑，愈发红润起来，常常惹来姊姊、娘姨的羡慕眼光，再后来，莲花嘴里又哼起了不知名的曲儿，真的很好听，可惜我们都学不来，问梅姑，梅姑一脸的不屑一顾，好像是我们得罪她了，竟然仰起脸不屑搭理我们了。

那时候村里还没有电灯，电视就更不用说了，每逢夏天有月亮的晚上，小孩子在地场里玩捉羊游戏，玩累了都早早上床睡觉了；大人们则坐在地场上有的抽黄烟，有的天南海北、神聊瞎侃：某某人夜里走路碰到"鬼"了，被吓得一路狂奔，撞进家门就口吐白沫，昏迷不醒了；某某地一头"公牛"下崽了，几天工夫就可以下田拖犁耕田了；某某河里涨大水，一条大蟒蛇顺流而下，旁边有人看到大声惊呼，结果蟒蛇尾巴一摆，波浪滔天，河两岸的房子都倒塌了；某某古树显灵了，只要烧香去拜，所求之事无不应验……在这群聊天的大人里，总少不了铁匠老陈。他的嘴巴子像他打铁一样干脆利落，因为长年在外漂泊，自然见多识广，一口浙江普通话，让本地人觉得格外有趣、神秘，每当聊得兴起，莲花就会端出几碗菊花茶放在各位叔伯的眼前，老陈面前自然也少不了一碗热气腾腾的菊花茶，只是里面豆子、芝麻一类的茶料要比别人碗里的多一些。

　　喝了菊花茶的老陈会想些什么我们做小孩的当然不知道，但莲花家的菜刀削铁如泥，过年过节斩猪骨头都不会缺口子；莲花家的柴刀也是锋利无比而又小巧省劲，我们和梅姑去砍柴，她总是最早砍完下山的；特别是修水库用的羊角锄头和菀锄，挖在树根杂草上，齐斩斩的，一锄下去就掀翻一大块泥土，修水库的时候，莲花总是把别的女人甩得远远的……这种种迹象，无疑又引出了一些新的蛛丝马迹：比如夏天的深夜，全家大屋的侧门偶尔会响起狗的叫声，先是低沉而又警惕的呜呜声，然后是一两声传得很远的汪汪声。深夜犬吠证明一定有客光临，而犬吠的位置又常常在莲花的窗台之下，当然很容易吵醒上了年纪的人们，奶奶就说过好几次，但我们做小孩的哪里知道其中的意味深长呢？

　　老陈除能侃会聊外，还有一手相面的绝活。他曾煞有介事地告诉我母亲，说全家大屋里几十位小朋友，只有我长大以后是吃轻快饭的。"吃轻快饭"的意思就是长大后会跳出农门，不再待在山沟沟里吃红薯丝饭，烤茶壳火。说者无心，听者有意。母亲常以这句话来激励我，希望我长大以后能像父亲一样做一个"公家人"，不用下田耕种那么辛苦，不用上山砍柴下水摸鱼那么劳累。偏偏我不那么争气，高二年级那年就辍学回家，从此务农三年，吃尽百般苦楚，受尽万般委屈。记得有一次稻田干旱放水灌溉，与村里大人起了争执，对方振振有词：老陈不是说你长大后会吃轻快饭吗？怎么也跟我们一样拿锄头柄呢？白读一肚子书……我愤然掉头而去，结果正中对方奸计，哗哗的渠水全部流入他家的稻田。原来不只是母亲一个人记得老陈相面的典故。好在三年之后我便离开田头地里去县城补习学校复读，从此远离故乡，过上了一种与村里同伴完全不同的另类生活：或许老陈的相面术不全是子虚乌有吧？如今身居皇城根下整日与文字为伍的我，偶尔还会想起当年老陈的未卜先知来。

年年岁岁花相似，岁岁年年人不同。可老陈却年年依约而来，年终岁末又悄然离去，这在当时那种环境里确实不容易啊！现在想想，浙江离老家千里之遥，当时既无火车亦无汽车，靠的就是一双铁脚板，挑着那么沉重的各式铁制工具，奔走在异乡的土地上，驱动老陈的动力到底来自何方？或许是四村八里农人劳作生活工具的需要，或许是养家糊口为了生计而四处奔波？或许就是莲花们丰乳肥臀的万有引力吧！可惜当时少不更事，懵懂无知，直到如今也猜不出老陈年年从天而降的玄机来。

裁　　缝

　　记不清是什么时候，反正是我刚开始懂事的日子，就知道对面大屋堂里住着一位老裁缝师傅。

　　裁缝师傅姓甚名谁，是哪里人，家中还有什么人？我们这些做小孩的一概不知，但我却知道裁缝师傅是村里长得最胖的人。脸上肉鼓鼓的，脖子又粗又短，红光满面，头发生得上，前额光亮亮的，说起话来轻声轻气，仿佛一辈子不曾发过脾气似的，个子矮矮的，在当时村里个个面黄肌瘦的人当中自然显得最富态！

　　这个最富态的人名义上是主人家请来教大儿子学缝纫技术的师傅，实际上就像一家人一样生活在一起，关系处理得非常融洽，看上去三分不像师徒，七分倒像祖孙俩。

　　其实，当时在农村不管是哪个行业，前去拜师学艺的徒弟是非常辛苦的。除天天给师傅家里干苦活累活外，一言一行都得看师傅一家人尤其是师母的眼色行事，碰上脾气暴躁的师傅往往还得挨打挨骂。说得难听点，当时师傅收徒弟就是为自己家里找一个不花钱的苦力罢了，活要干最苦的，比如挑水、挑粪、砍柴，什么活苦干什么活；吃要吃最差的，吃饭的时候还不能随便吃碗里那些好一点的菜肴，而且一年三节礼（春节、端午节、中秋节）还得精心准备，马虎不得，否则这当徒弟的就不

113

会有好日子过！

当时有一句在学徒中流传得很广的俗语："徒弟徒弟，三年受罪；三年一满，师傅莫造徒弟的卵。"可见当时为徒学艺是多么不容易！对学徒的家长来说，更可气的并不是自己的儿子在外吃苦受累令人心疼，而是当师傅的根本就不愿意教弟子专业技术。有许多师傅生怕弟子学会后超过自己，抢了自己的生意和饭碗，充其量就是带着徒弟一同去干活，至于徒弟能否学到技术他可不管，甚至是千方百计地保守自己的独门绝技，根本就没有眼下那些电影小说里面的师傅那么客气慈善和认真细致传授技术的，这也就是农村当时流行"教会徒弟饿死师傅"说法的真实写照！

可这个裁缝师傅不但没有给徒弟任何苦吃，反而离开自己的家人上门传授缝纫技术，这在当时简直就是一个天大的奇迹。尽管也有人私下曾嘀嘀咕咕、风言风语的，但很快就没有人说闲话了，因为老裁缝的和蔼慈祥和高超的技术让整个村子里的人都心服口服，敬佩不已！

当时村子里的人家不像现在一样可以随便到街上买件衣服就穿。那个时候大人小孩身上的衣服都是小补丁上加大补丁，偶尔有一件没有打补丁的衣服那是要留到过年过节走亲戚时才舍得穿的，正是"新三年，旧三年，缝缝补补又三年"。村子里仿佛约定了一样，家家户户每年都要请裁缝师傅到家里来做上一两天活，大到棉袄棉裤，小到衬衣短裤，当然，如果生产队上按人头数发放的布票还有剩余的话也有做上两三天的时候。对我们做小孩的来说，只要有裁缝上门就意味着有新衣服穿！

第一次见到这位老裁缝的时候，他就拿着一把软尺在我的身体上量来测去的，然后拿起一块薄薄的名叫"画粉"的小块块在布上不停地画着记号，接下来就用一把非常锋利的大剪刀沿着画粉画的标记裁剪起来，剪刀发出"咔嚓、咔嚓"的响声。转眼之间，一大块完整的布料在他的手里就变成一堆大小不一的条条块块放在桌上，随着老师傅的双脚前后有节奏地踩动缝纫机的底盘，桌面上的机针就会发出"哒哒哒"的响声，针头灵活而又整齐地在条条块块的布上来回移动，很快一件成形的衣服就出现在案板上。然后，那个小徒弟就会拿起案板上的熨斗在衣服上轻轻移动，熨斗可不像现如今那些电动的高级好用。记得当时裁缝的熨斗就是一个小铁盒，铁盒上面有一个木柄可以向上提起来，放入烧得通红的木炭再扣上，熨斗所到之处，衣服便会冒起一团团水雾，皱巴巴的衣服于是笔挺起来，再经手指甲修长的小徒弟轻手轻脚地折叠好，一件衣服就算是大功告成！

我就是在老裁缝慈祥的笑容里第一次穿上崭新衣服的，也是第一次看见老裁缝和他的小徒弟竟然都留有长长的手指甲。十个手指头的指甲都是尖尖的、长长的、光溜溜的样子，这在日出而作、日落而息的农村里头确实是一个罕见的现象，也许这就是当时农村里吃"轻快饭"的特殊印记！尽管大家都知道这是出于裁缝职业的需要，但那些和小徒弟一般年纪的小青年还是暗暗地羡慕不已，在心底不断埋怨自己父母的无能为力。

年复一年，随着徒弟一天天地长大，缝纫技术越来越成熟了，由开始给师傅打下手到后来能够独立接活了，老裁缝的生意也就慢慢地冷落起来，在徒弟家里的地位不再那么尊贵。于是，在一个大雪飘零的日子，老裁缝又挑着缝纫机走进了村子里的另一户人家。

这户人家的男主人是一个长年在外搞副业捞外快的人，家里只有妻子和两个小儿子，老裁缝又像自家人一样开始了新的生活。不知是真的日久生情还是别的什么原因，一来二去，竟然有人风传老裁缝和女主人好起来了，消息就像长了翅膀一样迅速传遍几个村子，也传进了长年在外挣钱的男主人耳中。男主人越想越气，最后想到了一个妙招：偷偷地把老裁缝放在箱子里仅有的八十元私房钱拿走了。在那两分钱一个鸡蛋的日子里，八十元钱可不是一个小数目，找不到钱的老裁缝顿觉下半生的日子毫无着落，只好坐在大门口流涕痛哭起来，恰好被下派到当地搞社教的队长知道了。于是，一场风波平地而起：几个全副武装的民兵把男主人五花大绑起来，一面铜锣挂在脖子上，一个三尺多的高帽子戴在头上，上面写着"我是贼"几个毛笔大字，全身被捆得像粽子一样的男人一边敲着脖子上的铜锣"铛、铛"，一边无可奈何地喊着"我是贼，我不该偷别人的钱"。游街队伍沿村子里的石砌小路溯溪而上，成群结队的大人小孩跟在后面看着热闹，不时发出嘻嘻的笑声……事隔多年之后，男主人那弯腰驼背紧皱眉头的狼狈样子总是伴随着铜锣悠长的回声在我脑海里慢慢移动，渐行渐远消失在远方。

在徒弟家度过了大半生的老裁缝终于又一个人挑着缝纫机悄悄地走出了小村子，从此不见踪迹，亦无人说起过。

李 师 傅

当我写下这个标题的时候，我和李师傅已经失去联系二十几年了。

李师傅是来自南昌的老知青，阿姨是来自上海的女知青，两个人相识相知相伴在庐山脚下、浔阳江畔，儿子李俊聪明调皮、长相帅气，是一个人见人爱的小男孩，一家三口过着快乐自在的幸福生活。听李师傅自己说他是高级钳工，善于修理各种机械疑难故障，按时下流行的职称划分，他也许属于高级工程师的级别了吧！那个时候，电梯之类的高消费品在九江这样的小城市里来说并不多见，也只有为数不多的几家宾馆和商场里面才有，李师傅是一个当时就可以维修电梯的能人。据他告诉我说，给人修理器械是有技巧的，有时候只要几分钟就可以解决问题赚到几千块的活，但得装模作样地弄上几个小时，这样的话拿起钱来才会理直气壮，维修方也会觉得物有所值，丝毫没有当冤大头的感觉！

现在想来，当时在校读书对社会一无所知的我能和李师傅这样的高级专业技术人员相识结成忘年交，真是一种缘分！

事情得从那年我刚从外地实习期满回校的日子说起。有一天晚上学校隆重举办迎元旦文艺晚会，坐在台下观看的我突然感到右下腹有种像针尖不停地扎的刺痛感，我用手顶住痛感区，以为过一下子就会好的，谁知刺痛感越来越强烈，最后我只好悄悄提前退场，回到寝室躺在床上，希望休息一下疼痛就会消失。这样的症状于我而言已经是第三次了，最早发作是读初二的时候，那一天正在教室上课的我突然痛得直往地上蹲，最后是老爸闻讯前来把我背到医院打了止痛针；第二次是读大一时，有一次周末和医学院的同乡们在步行街闲逛时，突然右下腹痛得走不了路，只好蹲在地上等同乡去药店买止痛片，吃下不久后才站立起来；这一次就是第三次，而且间隔时间越来越短，痛的程度也越来越厉害，虽然我对医学方面的了解近乎白痴，但凭直觉我知道这不是好兆头，好在我还算是比较有克制力的，右下腹翻江倒海地痛了一整夜，全身大汗淋漓，最后整个腹腔都麻木起来，居然没有哼出一声半句来，除下嘴唇被咬出两个深深的牙印外，硬是没有让睡在下铺的同学知道。

第二天上午，我一个人赶紧来到学校指定的医院——一家医科大学的附属医院检查身体，结果很快就出来了，急性阑尾炎——必须马上动手术，否则就会造成阑尾穿孔，引起腹膜炎甚至会危及生命，医生如是说。我立马就傻了，没有想到我这个坚持天天锻炼身体（当时我是练万米长跑、足球前锋）的小伙子居然会和开刀做手术联系在一起，想起"开刀"二字，我就会想起曾经见过的病人：或面带菜色，或有气无力，或身子佝偻，或痛楚呻吟……因为父亲在医院里工作的缘故，我从读初一时起就住在医院的宿舍楼里，各式各样的病人可见得多啦！做梦也没有想到有朝一日自己会变成其中一分子，好在面对这突如其来的意外情况，我并没有被吓倒，有条不紊地做好手术前的各项准备工作：首先我来到校医务室开转院的证明，这是最基本的，如果没有校医务室的允许，到其他医院看病回校是不能报销的；第二步是找同学借钱，按当时学校的医疗规定，住院时必须由学生自己垫付费用，出院后再凭发票到校医务室报销，至于报销标准如何我是全然不知的，但听有经验的人说学校是不会全报的，有一小部分要学生自己承担。我自己手中并没有这么多钱，再说我也不想让家人知道我要动手术，所以必须去借钱，好在平时人缘还可以，一开口我就从本系的老乡处借来四百元，那个时候这可不是一个小数目，可见当时这个同学的家庭条件相当不错；钱准备好了，我托寝室的同学代我请假，也没有说是要去住院，拿了一本从图书馆借来的小说就往附属医院去了。

到了附属医院，我通知了一位在医学院读书的好朋友，于是我们两个人说说笑笑就来到了急诊室，医生上下打量着我们两个人，不解地问，你们俩谁住院也？我点点头，告诉医生是我来住院的，办好手续后我就坐在床上看书，我交代那个朋友，让他在我做手术的时候穿上白大褂进去，万一有个三长两短就托他通知我家里人，当时说得有点悲壮也有点无奈，毕竟身边没有一个亲人。再说医生告诉我，病人能上手术台并不意味着能百分百地走下手术台，言下之意做手术是有风险的，我也怕那千分之一或万分之一的意外落在自己头上，我清楚地知道自己的生命十分脆弱且只有一次，况且我对这个世界还是充满希望的！本来像我这样的病患者是要立即进手术室的，因为找不到签字的人只好一拖再拖。医生要我的父母或家属前来签字，我故意说家里离这上千里，没有办法赶过来，再说我压根儿就没想到要通知他们，我是怕家里人知道会着急的！我说让我的朋友来签字，医生拒绝了，说我朋友本人就是一名学生，且是他们医学院的学生，更不能代我签字。我有点莫名惊诧了，我问医生，要是真的没有人签字的话是不是我的病就不能做手术了？是不是要等到我阑尾穿孔了生命出现危险才可以替我做或者说要我写下遗嘱才能做？我口气还是蛮平静的，但心里早就想拿起板凳往那个白大褂的头上砸过去，最后医生还是不依不饶地要我找人签字。我突然想到了我的班主任，一个体态发福、满脸慈祥的教授，我认为他从哪个方面都能代表我的家人，因为他是我的长辈且是班主任！医生勉强同意了，于是一直等到晚上七点多钟班主任来签字后，我才被推进手术室。

这一次进手术室，前后的经历就像从地狱里走了一遭，想起来就锥心刺骨地疼，噩梦一般令我久久难忘：主刀医生看我没有任何亲人陪护，竟然叫来七八个学生旁观实习，而我则成了他们师生教学实操时的"小白鼠"，一个小小的阑尾手术，竟然给我做了七个多小时，刀口缝了十几针，而且还是全身麻醉，直到第二天下午我才被尿憋醒过来！而醒来睁开第一眼看到的却是手掌背肿得像馒头一样大，原来是打点滴渗液了，旁边好心的病友赶紧大声喊护士……手术时因为超量的麻醉药物注射，我像一具尸体一样毫无知觉，阑尾病灶被实习生一个接一个地摆弄、鉴别清楚了牢记于心了才被一刀割去，这些详细情况是我醒过来以后那位医学院朋友告诉我的。我这才明白过来，为什么我这样的小手术医生竟然给我全身麻醉，原来是在"救死扶伤"的光环下把我当活标本来免费使用。虽然恨得我牙关紧咬，但也无计可施，只好自认倒霉！

俗话说，人在屋檐下，不得不低头。我深深地理解了这句话的真实含义且有切肤之痛：手术后来给我打针的护士也是实习生，一针打不进去按理应拔出来再进针，可这小姑娘也许是怕我生气，或者是怕周边其他同学笑话的缘故吧，竟然没有拔针就再往里戳一下，疼得我直钻心，但我脸上还得挤出一丝笑容，夸奖她说："没关系的，只管打吧，你的技术还不错嘛！"姑娘的脸红了起来，我不知她是内心有愧还是当真以为我在夸她呢？

也许是班主任来医院签字的缘故吧，我住院的情况还是被班上同学知道了，当时正值期末考前复习的重要时刻，可他们还是抽空前来看望我，各种补品把我床下塞得满满当当，以至值晚班的护士（又是实习生）还来我处拿罐头水果吃呢！一间病房有八张病床，只有我一个人是外地乡下的穷学生，其他七位都是本市的市民，可是病房里经常被来看望我的同学朋友坐满了。几位病友对我这个穷学生不时射来好奇的眼光，这些好奇而又有一丝同情的眼光当中就有一位名叫李海水的师傅！

李师傅五十岁左右的年龄，性格幽默开朗，开始诊断时被医生怀疑是癌，他自己并不知道这个情况。有一天，他的夫人来病房送营养品给他吃，正碰上病房里只有我一个人在，于是阿姨就和我聊起来了，阿姨整天愁眉苦脸的，也不敢对李师傅说出真相，只是不停地宽慰李师傅要开心乐观。

阿姨走后，我把阿姨来过的事情告诉李师傅并和他聊起来了，李师傅果然是个乐天派，竟然邀我晚上一起去看电影。我摇头婉拒他的好意，因为手术刀口过长，且没有人照顾，从手术第三天起我那朋友就到医院的大食堂给我买饭吃，营养明显跟不上，伤口痊愈很慢。我对面病房有一位女病人，也是阑尾炎手术，因为有熟人的缘故，只做了十分钟就完事，体力恢复得又快又好，比我后来一个星期却比我提前一周出院了！我前后住了十八天院，一个小得不能再小的手术，却按大手术的标准来实施，这所医科大学附属医院恶劣的医德医风是我所不愿意提及的！

有一天，我们正对面病房的一位患者走了，家属呼天抢地号啕不止。躺在病床上的我面对雪白的墙壁和惨白的日光灯，透过窗户看到屋外雪下得正紧，风卷鹅毛一般地飞舞着，一股凄凉悲怆之感顿时袭上心头，泪水不由自主夺眶而出，在脸颊上纵横流淌。就在这个时候，李师傅进来了，他轻轻坐在我旁边，劝我不要难过，疾病并不可怕，怕的是不敢面对自己的病情！其实我当时哭的不是病痛，哭的只是寂寞孤独难挨！被李师傅这么一劝，我不禁"哇"地哭出声来了，赶忙拉紧被头把自己的脑袋蒙起来，好一阵子才恢复常态，原来人在情绪失控的情况下果然是身不由己！

漫长的十八天，说度日如年一点儿也不过分，但值得欣慰的就是认识了病友李师傅，这是住院期间最为高兴的事情。李师傅平时只要不出门，就会拿出藏在枕头下面的扑克牌陪我玩。他不说九江本地话，怕我听不懂，用普通话告诉我他年轻的时候当过采购员，走南闯北，上过当，受过骗，尝尽了一个人出门在外的苦楚和寂寞。他还不时地夸奖我，说我住院做手术这样的大事都不通知家人，除有孝心外还很自强自立，还不时说各种笑话与故事来逗我开心，很快我们就成了好朋友。

漫长的十八天终于挨过去了，尽管我的身体恢复得不是很理想，但我还是决定办出院手续了。一来手头上借来的钱所剩无几，担心费用超支后学校医务室不给报销；二来手术结束后医生就只给我的伤口换过一次黄药水浸的纱布,其他的都是打点滴,或者吃几颗不知名的药丸,自认为没有多大问题了;三来期末考试快来临了,也怕功课落下太多,过不了期末考试关,下学期还得补考,那会是一件很丢人的事情。就在我准备收拾东西时(来的时候只带一本小说来,没想到出院的时候光是朋友同学送来的各类营养品就装了满满一袋,记得当时中文系的团委书记还代表中文系的领导来看望我),李师傅兴冲冲地跑进来,他的化验结果也出来了,不是癌症。他又叫又跳地嚷着要和我一同办出院手续,老顽童一样的性格让我和前来接我出院的朋友都笑了起来!

在落日余晖的黄昏时刻,我和李师傅同时迈出了医院的大门,互道珍重后依依不舍地挥手告别了。

本以为出院后我再也见不到李师傅了,谁知就在第三天中午时分,公寓楼下面有人在叫我的名字,我出来一看,原来是李师傅。他头戴鸭舌帽,身穿大棉袄,一手端着一个搪瓷盖碗,一手推着辆自行车正在仰头叫我的名字。我一边赶紧向李师傅招手,一边纳闷李师傅碗里端的是什么?我向楼梯口走去,李师傅上楼了,把碗端到我的寝室,原来里面是热气腾腾的鸽子蛋瘦肉汤,我的眼泪立马就掉下来了,太出乎我的意料了。李师傅告诉我,他家养了好多鸽子,因为我没有亲人在身边照料,营养跟不上,所以今天特地炖了鸽子蛋瘦肉汤端过来给我吃,还说过两天杀鸽子给我吃,我赶紧推却他的一番好意,因为我实在不知道该如何来表达我内心的感激之情。

走廊两旁站满了闻讯而来的同学,李师傅看到我很不好意思的样子,他说在我们学校附近有一家小作坊,他一个星期会有几天到那里接私活干,让我有空到他那里去,他可以在那里炖有营养的补品给我吃。在李师傅的催促下,我含泪吃完了他送来的鸽子蛋瘦肉汤,李师傅拿起空碗转身就走,我站起身来要送他下楼,李师傅按住我的肩膀,示意我坐下休息,不要送他。我站在寝室门口,看着李师傅那并不高大魁梧的背影,在北风呼啸中一步步走远,直至消失在公寓门外。几个同学立马围了上来，询问这个送肉汤的人是谁。因为大家都知道我在这座城市里举目无亲，而这大冬天的冒着刺骨寒风前来送汤肯定非亲即故！当我把事情的前后经过说出来后，他们像小说家一样地猜测，这老头家肯定有一女儿，他是看上你啦，想要你毕业后留下来做他的上门女婿。我笑了笑，我知道李师傅家只有一个宝贝儿子正在念初一呢，不知为什么，我竟懒得和同学们解释，我知道就是解释他们也是不会相信的，又何必徒费口舌呢？很多年过去了，我至今还记得那碗鸽子蛋瘦肉汤是我今生吃到的一碗味道最为鲜美的汤！

　　接下来的几天，李师傅又依约送来了鸽子汤，他真的把心爱的鸽子给杀了，炖给我这个刚认识几天的病友吃！我千恩万谢地劝他不要再来了，并告诉他过几天我就要请假回家了，因为我的身体状况不适应紧张的期末复习，老师和同学们也劝我提前回家休息，我决定向系领导提交申请免考的报告，以便早日回家养病。李师傅也很赞成我的这个想法。于是很快我就踏上了回家的路途，经过四百多里的一路颠簸，我回到家里像散了架子一样，卧床休息两天后才能下地走走，看到父母得知我做了手术一副后怕的样子，我暗暗庆幸自己做手术的时候没有把情况告诉他们，否则还不把他们给急死。父母埋怨我瞒报病情的做法，说如果真的有个三长两短，岂不是最后一面也见不上了，想想医生说的那句"病人能上手术台并不意味着能百分百地走下手术台"的话，我也觉得自己的做法有点过于冒险！不过好在自己的动机是不想让父母为自己担惊受怕，挨父母几句埋怨实在算不了什么。

　　经过一个寒假的休养生息，我的身体算是恢复了不少，过完春节后，我如期地返回了学校，只是这时的我已经不能参加剧烈的体育活动，多年来每天早上跑步的习惯都不得不中止了，身体明显胖了起来，我知道这是经常锻炼突然停顿下来的结果，但有心无力，只能如此啦！为了感谢做手术时前去看望的同学和朋友，我一次买了五十张电影票，请他们看了一场电影，因为以我的家庭状况是无力请他们吃饭喝酒的，尽管当时同学之间已经开始流行请客吃饭喝酒的风气了。

这次手术不但给我的生理健康带来严重的影响，对我的心理健康也是一个很大的打击。特别是有一次在班上和同学聊起住院的悲惨遭遇时，班主任正好来班上检查纪律，他告诉我说，当时我住院的外科主任是他的好朋友，只要他打一个招呼，这个手术只要十多分钟就能解决问题！我的心里顿时郁闷难过起来：作为一个班主任，年龄上可以做我的父辈，怎么说也应该伸出手帮我一把的！不用花钱，难道说一句好话给医生打个招呼也不成吗？可他当时签完字转身就走了，连到病房看我一眼都没有。也许我不是漂亮女生的缘故吧？也许我当时并不是班上成绩最优秀的学生吧？或者说在他的眼里根本就没有我这个学生吧？我不由得又想起那位相识只有几天的病友李师傅来，想起他冒着严寒端着为我亲自炖熬的鸽子蛋瘦肉汤、推着自行车戴着鸭舌帽的模样来！

春节后返校的第二天，我按照李师傅说的地点，找到了他在学校不远处开的维修店，李师傅十分热情地招呼我快坐下，又为我做了一碗鲜美的肉汤，要我趁热喝下。我道谢之后十分认真地提了一个要求：希望每个周末可以去他家为他儿子李俊免费辅导功课，作为我对他的回报。李师傅爽快地答应了，我也松了一口气。从此以后，每个周末我都会邀上医学院的朋友一同去李师傅家，我辅导李俊的文科，朋友辅导理科，我们这样毛遂自荐的举动，阿姨十分高兴。阿姨是上海人，长得十分漂亮，心地善良，只要我们去都会亲自下厨做好丰盛的午餐为我们解馋过瘾。平生吃的第一块大牛排，就是阿姨亲手为我们烹制的。现在想起来，当时与其说是去为李俊辅导功课，还不如说是去李师傅家改善生活呢！

转眼就到了毕业前夕，我们的功课也十分紧张，阿姨让我们暂时不要去为李俊补课了，先把自己的学习搞好，力争以优异的成绩顺利毕业。并且从市场上买来两身布料，要给我们两个各做一件衬衫。布料是当时流行的花格子的确良。阿姨是除父母外第一位为我添置衣服的人。每当穿上这件衣服时，我就会想起李师傅一家人来。毕业前两三个星期的时候，我又一次去李师傅家，主要是帮李俊再温习一下功课，因为他们也马上要期末考试了，我不想让自己一个学期来的努力付之东流，希望他能考好关键的期末测试，这样，我这个初为人师的辅导老师也脸上有光！

我真诚负责的态度也深深地感动了李师傅和阿姨，阿姨说要去借一个带三脚架的高级照相机给我拍照作为留念。可是直到我离开学校之前，这座小城市一直在下着大雨，和李师傅一家人合影留念的想法始终没有实现，这也就是我现在手头上没有一张关于李师傅一家人照片的缘故。

离校那天，接我们的车子是直接开进校园的，我来不及和李师傅一家人正式告别就离开了这座生活几年的小城，整个暑假都待在家里等着分配工作，因为没有任何背景和关系，再加上当时自己也不懂得毕业分配是要去找人活动送礼的缘故。我理所当然地被分配到一所乡镇中学去教书，正应了当时毕业生分配"从哪里来到哪里去"的原则，我也明白这个原则是非常适合像我这样没有任何靠山的农家子弟的。事实上我们班上那些有关系或者家庭富裕的同学有的分配到市里、县里，甚至还有跨省分配到大城市里去的，唯有我是分到了最底层的农村中学！

尽管被分配到了最底层的农村中学，可我丝毫没有难过的感觉。因为我初中的美好时光就是在这所学校里度过的，现在作为一名年轻老师回母校任教，反而觉得颇为亲切，于是我全身心地投入到教学之中并担任了班主任。我深知班主任在学生心目当中的重要性，暗暗发誓要做一位合格的、关心体贴学生的好老师，绝对不能像自己当年做手术时的那位教授班主任一样冷漠无情。我把学生当成自己的弟弟妹妹一样去关心爱护，在学习上严格要求，在生活上无微不至地关心照顾他们。记得当时班上有一位同学因摔跤跌成轻微脑震荡，每天都需要温开水服药治疗，而当时的学校因为条件简陋，学生是没有开水喝的，我让他每天到我房间倒开水服药，并时常提醒他按时服药长达一个多学期，自始至终没有丝毫冷淡之意，感动得家长多次在我面前感激涕零，千恩万谢！

我知道自己的所作所为与李师傅对我关心备至的影响是分不开的。

我常想，一个素不相识的病友尚且能够如此待我，作为一个班主任又有什么理由不关心照顾自己的学生呢？在此期间，我给李师傅写过信，寄过贺年卡，可总是杳无音信，我甚至怀疑过李师傅是不是因为不认字才没有给我回信，可惜当时不像现在一样有电话，那个时候只有写信才是唯一的联系方式，我不由得时常牵挂起李师傅一家人……三年时光很快过去，无论是在班主任工作上还是在专业教学上，我都取得了比较理想的进步，于是我顺利地调进了县城中学任教，其间我继续给李师傅写信联系，始终没有结果，如何才能见上李师傅一面成了我当时最大的心结！

机会终于来了，有一年我校抽调部分老师到庐山区参加高考监考工作，我有幸被选中，于是在那年高考监考工作结束的当天晚上，我们又乘车经过九江市区返回单位，我让开车的师傅务必停下车等我半个小时，我一定要去看一下我时常牵挂的李师傅。征得司机同意后，我三步并作两步跑步到了九江东门口路居民楼李师傅住的二楼，一敲门，果然有人来开门！门一开，李师傅见到我出现在门口既吃惊又很高兴，看我跑得上气不接下气的样子，赶紧打开冰箱拿出一个易拉罐给我。突然间，我发现李师傅走路一跛一瘸的，赶紧询问李师傅的脚怎么啦，他唉声叹气地告诉我前段时间大腿静脉曲张，结果落下了后遗症。我边喝边纳闷，怎么只有李师傅一个人在家，而且精神状态也不是太好，我左看右看就是不见阿姨和李俊两个人。

李师傅因为我这么晚登门也感到惊诧莫名，我三言两语把别后及此次前来监考的情况说了一下，并告诉李师傅我只有半个小时的时间，大家都在车上等我一起回家。话题很快就切入了阿姨和李俊的身上，原来前几年因为李俊就业的问题，阿姨带他回上海了，开始的时候阿姨还偶尔回来看看李师傅，后来就不回来了，最后一次回来竟然是办理离婚手续。为了能让李俊顺利地回上海落户就业，有一个好的前程，李师傅和阿姨两个只能无奈地选择离婚这条路。前段时间李师傅因为大腿静脉曲张住院，一个人备感凄凉，他也想开了，为了儿子只能牺牲自己的幸福，所以准备着手找一个女伴来陪自己走完剩下的人生之路……面对这突如其来的变故，我说不出更多的好话来安慰李师傅，只是交代他要好好保重自己，有机会来九江再来看望他，说完我就匆匆地告别李师傅，一路小跑地回到车上。现在回过头想，其实在当时那种大环境里，又有多少家庭为了子女能有一个好的未来而不得已选择了离婚呢？李师傅只是这其中一分子罢了！

都说好人有好报，李师傅这么好的一个人，偏偏妻离子散的事情就落到他的头上！我心里替李师傅打抱不平，可是这种情况又能怪谁呢？很快车子就发动了，我坐在车上，满脑子的问号，久久不能平静下来。我真的没有想到一别数年后我和李师傅竟然会在这种情况下见面，短短半个多小时，既不能从容叙旧，又不能安慰满心创伤的李师傅，只是徒增李师傅的伤感而已。我突然有点儿后悔，不该在这种时候去打扰李师傅的，看来"相见不如思念"这句话用在同性朋友身上也是别有一番滋味的！

一九九八年下半年，我因为参加自学考试又一次来到了九江，考完试后我邀上九江学院中文系的一位朋友来到了九江市东门口路的居民楼下，想再次拜访李师傅，因为我的心里一直在牵挂着这位忘年交，不知他近况如何？自从那一次夜访李师傅后，一别又是两年，也许李师傅又组建了幸福美满的小家庭吧？我边走边兴奋地想象着见到李师傅时的情景。

当我举起激动的手指接连敲门几次以后，李师傅微笑着前来开门的情景始终没有出现，我不知道是不是李师傅已经搬家了？也不知李师傅是不是已经回到南昌老家去了？我一边向过往的邻居们打听着，一边不停地猜测着各种各样的答案。我只好来到楼下，和朋友一起坐在街边的防护栏上，一直等到夜幕降临路灯亮起时，又一次上楼敲门，还是没有动静，如此反复几次，我终于心灰意冷地放弃了。我和朋友怏怏不乐地往回走，我知道这一走又不知是何年何月才能来到此地，看来我与李师傅的缘分已经到了尽头，莫非真的是"缘来则聚，缘尽则散"吗？我知道这次九江之行是见不到李师傅了，因为我已经买好了第二天的车票，一大早就要离开九江回去上班了。我不停地叮嘱朋友，在我走后一定要在周末的时候再来查看几次，万一碰上李师傅就告诉他我来找过他，并且把我的电话号码也转告他。可惜的是，我的朋友也来过两三次，始终没有见到李师傅。

第二年，因为一个偶然的机遇，我一个人单枪匹马北上漂流了，在寒冷的北国，我经历了许多曲折离奇的事情，正所谓身在江湖思故乡，回到故乡恋江湖。从此一发便不可收，转眼二十年过去了，九江这座小城已经发生了翻天覆地的变化，东门口路那一带的居民房早就无影无踪，取而代之的是高楼林立，一副现代化大都市的模样。站在街头东张西望，我完全找不到方向了，我是多么渴望有朝一日，能在这片高楼大厦的某个窗户里，看见李师傅的脑袋突然伸出来，并向我招手致意，这样的话，我就可以回到从前，坐在李师傅的家里喝茶聊天，面对面回忆当年住院时的点点滴滴……但现实中的九江城在我眼里却成了一个中转站。我总是在春节前后往返于京城与九江之间，下车以后接着上车，每次都是匆匆而来，匆匆而去，再也不曾去寻找过李师傅，但我的心里始终在牵挂着他，不知他现在身体是否健康如旧？不知他是否重新组织了小家庭过得不亦乐乎？不知什么时候我们还能再次相见？

有人说过，没有上过手术台的人生不是完整的人生。也有人说过"有什么别有病，没什么别没钱"。我觉得这两句话显然都有夸大的成分在里面，但一个人无论平时有多么强悍能干，就算能呼风唤雨也毫不例外，只要一躺在无影灯下任医生手里的各种器械在自己身体里纵横决荡时，瞬间就会明白人世间的财富、地位、名望、利益都是过眼烟云，唯有生命与健康才是无价的。这样的顿悟，比平时生活当中任何苦口婆心的说教效果都要好上一千倍、一万倍，正所谓"不到黄河不死心，到了黄河心已死"，这是多么痛的领悟。不幸的是这两者都被我撞上了，身为一介书生，手无缚鸡之力，身无分文之财，不可谓不悲催，但因为李师傅的悄然出现，又让我顿时有了"悲欣交集"之感。如果说，当年在医院里十八天的磨难是我人生道路上的第一笔财富，那么李师傅的出现就是我人生路上具有启蒙意义的一座灯塔。他的幽默风趣，他的乐观淡泊，他的热情温暖，他的妻离子散……让我感受到了生命中所不能承受之重。在我的印象中，他的形象要比那个当班主任的大学教授高大伟岸得多，他的良心道德、悲天悯人的胸怀更是有过之而无不及。尽管现实中的李师傅并没有多少文化，只是一个头戴鸭舌帽、推着一辆破自行车的普通工人。今生今世，无论时光如何变幻，无论远在天涯海角，李师傅那高大温暖的形象已经融入了我的血肉之中，成为我生命途中不可或缺的一道风景。

相见不如思念，思念还想相见。但愿，我和李师傅还能重拾前缘，一起下棋喝酒看电影！

源氏兄弟

　　站在石拱桥上一眼便能望见河对岸，除一片沙滩映入眼帘外，还有一条平坦的柏油路格外引人注目。就在柏油路与河堤之间这片狭长的平地上居住着一个生产队的村民，因为靠河近，田地也不多，所以村民们的生活除田地里微薄的收入外，基本上是"靠河吃河"！

　　"靠河吃河"其实就是到河里捉鱼捞虾卖给街上人家，以弥补一年到头总是不足的口粮和日常各种开支。在这支捉鱼捞虾的队伍当中，源氏兄弟当属佼佼者，水性之好令人叫绝，说起捕鱼的各种趣谈方圆几十里地没有不知道他们哥俩的，甚至有人说，就是当年梁山好汉"浪里白条"张顺再世也不过如此。

　　严格地说，捕鱼捞虾只是二十世纪六十年代以前的事情，也许是因为修建公路的缘故，到了七十年代的时候，一些有门路的人不知从哪里弄来了许多威力无穷的炸药雷管开始炸起鱼来。于是，几千年来平静安宁的修河水面不再平静，时不时会响起"轰轰"的爆炸声，几层楼高的水柱夹杂着白花花的鱼肚白冲天而起，白茫茫直刺眼，等到水柱"哗哗"落下后河面上顿时白花花一大片，有时数千斤大小不一的鱼儿同时毙命，远近不一的村民都会迅速赶来，"扑通扑通"跳入水中捞个不停。这哥俩就是在这种水里捡鱼的扑腾声中慢慢长大的，他们一个猛子扎下去，左手一条，右手一条，口里还能咬着一条，高超娴熟的水性让人羡慕不已。据说，几层楼深的水底哥俩扎个猛子就能把别人丢下的有标记的石头捡起来，至于这一百多米宽的河面就更不在话下，一口气能往返游上几趟不停不歇。每到夏天的时候，兄弟俩整天就只穿一条短裤，在河边树下的阴影里来回闲逛，悄悄等待着别人扔炸药包后的爆炸声，捡上几条鱼回去让父母高兴高兴。

捡鱼的人是快乐有趣的，除能够锻炼游泳的技术外，还能白吃白喝到鲜美无比的鱼肉鱼汤，但炸鱼佬却免不了要付出一定的代价，有时甚至是终身的遗憾。

刚开始的那几年，修河里多的就是成群结队的鱼儿来回游动，只要你能弄到炸药雷管，随便往河里一扔，鱼儿以为是岸上的人们来喂食，纷纷拥上来抢着吃，一下就炸得满河翻白，少则几百斤，多则上千斤。可是几年下来，鱼儿越来越少，而且似乎也变得更聪明了，炸药包扔下还没响之前就跑得无影无踪了，炸鱼也就不再是那么简单的一扔炸药包了事！于是，为了能炸到更多的鱼，炸药包的引线就越来越短，有的炸药包一落到水面就响，当然也有的炸药包还没丢出手就响了。那个时候，县城里的医院技术水平有限，因为炸鱼这种野蛮的渔猎方式极容易造成伤害，有的炸断手腕甚至手臂。总之，村子里很快就出了好几位"独臂英雄"。但炸鱼这种野蛮的恶习丝毫未能得到有效控制。

记得村子里有一外号叫"老三"的炸鱼佬，炸鱼时炸药包没有扔出手就爆炸了，为此住院时被截掉了手臂，出院后休息了几个月，因为少了一只手，不能再干地里的农活，只好又重操旧业。

每到夏天的中午，他嘴里总是叼上一支劣质香烟，在河边上走来走去，一旦发现了鱼群，他就会把炸药包放在地上，然后弯腰用烟头点燃导火索，用脚一踢，动作准确，迅速有力，炸药包在空中划一个漂亮的弧形稳稳当当地落入鱼群当中，冲天而起的水花和鱼肚白让他平日惨白的脸上顿时充满笑意。就因为这一脚百发百中，无论是在船头还是在陆地上，从来没有失手过，圈子里的人从此称呼他为"神腿三"！以至多年后数学老师在课堂上大讲抛物线时我脑海里却老是想起"神腿三"炸鱼时漂亮潇洒的身影来！

每到夏天的中午，天气格外热的时候，河边树荫下总是有些不三不四的人在嘀嘀咕咕，而不远处总是有一两个戴着草帽的人在来回走动，有时候站着纹丝不动，有时候干脆坐在草丛中，不用说，肯定又是炸鱼佬在准备炸鱼，用行家话说叫"蹲场"。

只是如今的炸鱼佬也慢慢学聪明了，自己炸鱼却没有旁人捡得多，这买卖实在太不合算了。有时候，蹲上一天他也不会扔炸药包的：要不是因为鱼儿实在太狡猾了，一碰头就立刻四散分开，不聚群；要不是因为在旁边准备趁火打劫捡鱼的人太多！总之，随着时间的推移，老想躲在炸鱼佬的旁边空手白捡便宜的好事是越来越少了。炸鱼佬也越来越神出鬼没的，让人摸不着规律，有的时候，炸鱼佬会把导火索留得很长，炸药包一直沉到水底才爆炸，而水面上只有大人放屁那样轻轻一响，一股混浊的水浪夹杂着鱼肚白直往上翻滚，如果不看水面就是站在炸鱼佬身旁的人也听不到任何响声，等到别人有所觉察时，炸鱼佬早已吹着快乐的口哨满载而归。这样一来，一向靠水性取胜专捡炸鱼佬便宜的源氏兄弟也开始沉不住气了！

到了十六七岁的时候，哥俩就开始自立门户了，为了不让旁人白白捡自家的便宜也为了炸鱼的方便，当然更多的是为了逃避相关部门的打击追捕，他们俩特意请人打造了一条丈把长的小划子。划子船体小，十分灵活，双桨一经划动真的有如离弦之箭，除那些机动快艇外，其他的船根本不可能追得上，而机动快艇除涨大水救人外是不可能随便开出来的。从追捕的角度来讲，这哥俩炸鱼的风险几乎为零。这样一来，兄弟俩炸鱼的劲头也就格外猛，别人炸鱼有次数，一个月几次，他们哥俩天天都要炸几次鱼，短短几年之内，竟然盖起了平顶房，大哥还娶了一房媳妇，过起了衣食无忧的富裕生活。

村里人有时候开玩笑说他的房子和老婆身上都充满了鱼腥味，是两手沾满鲜血（当然是鱼的）的刽子手，当心遭报应！好在他们并不介意，只是淡淡一笑，笑过之后依然拿起炸药包往河边走去。

就在村子里的后生们都羡慕他们炸鱼收入颇丰的日子里，一件让人意想不到的事情发生了。

那是一个夏天最热的日子，一个当地俗称"六月六，晒得鸡蛋熟"的正午时分，哥俩像往常一样，拿好炸药包和捡鱼用的篓子叉子，驾起自己那轻巧灵便的小划子向河中心射去。很快他们来到了充满神秘传说的"抱子石"附近的一个深水潭，碧绿的潭水平静得连一丝涟漪都没有，岸上连一个人影也看不见，正午的阳光直射水面仿佛要透进水底一样，成群的鱼儿时而跃出水面，自由自在地嬉戏……据事后住在"抱子石"附近的居民回忆说，当时正在屋里睡午觉歇昼，突然一声惊天动地的爆炸声把他们震醒了，紧接着就听见有人在大喊救命，等到跑到河面一看，只见河水全是鲜红鲜红的一片，一个小伙子躺在小划子里面不省人事……

原来，"抱子石"就是修河中游地段一条山脊的余脉伸进水面形成一座酷似慈母抱子的悬崖绝壁，高数十丈，刀削斧劈一般地屹立在水岸边。绝壁下有一个深不可测的水潭，相传有好事者曾用四两花线（钓鱼用的尼龙线）都没有探到潭底。在水潭的中央曾有一个巨大的漩涡，每逢涨大水时总会有许多漂浮在水面上的鸡鸭猪等动物被卷入水潭。抗日战争时期，曾有一艘满载日本兵的炮舰也在此地被卷入漩涡而沉没，几百名凶恶的鬼子兵出人意料地遭到了老天无情的惩罚。

从此，这个地方就被当地人视为邪恶之地敬而远之。不要说炸鱼，就是白天路过也要结伴而行才敢轻声说话谈笑，晚上是万万不敢单独路过此地的。

传说有一年，从外村搬迁来一个外号叫"王大胆"的人，从不信什么妖魔鬼怪之类的恐怖传说，老是走夜路。一天晚上，当他外出归来路过"抱子石"时，竟然看见一艘炮舰从对岸水面向自己快速开来，下面水浪翻滚，上面旗帜飘舞，人影幢幢，吓得他没命地狂奔回家，推开家门时就跌倒在地直吐白沫。第二天早上起来后就疯疯癫癫，胡言乱语，偶尔清醒的时候和常人没有两样，一旦发作起来就会在地上乱滚，口中念念有词，最后家人没有办法，只好从外地请来了一个得道的"大仙"前来作法驱魔，从"大仙"口中才得知"王大胆"原来是遇到了"阴兵"，中了邪。于是，"大仙"便叫人弄来一只大米筛，用纸扎了许多漂亮的花放在米筛里面，把米筛放在摆满香烛的神台上，神台下面的地上用灯芯点起了九十九盏菜油灯，像梅花桩一样摆了个八卦阵，"大仙"披头散发，仗剑作法，倒踏七星步，在油灯之间灵活地转来转去，口中念念有词，一会儿跳、一会儿唱：

> 扬州镇，镇州扬，
>
> 扬州镇上好风流。
>
> 二十四条花街巷，
>
> 任你玩耍任你留。
>
> ……

这种传统的驱魔方式有个名称叫"吵花筛"。意思就是把室内和病人身上的邪魔哄骗出来，然后送到扬州那个花花世界里去逍遥快活，就是邪魔以后想回来经过八卦阵也会被困在里面的。当然，前提是"大仙"必须法力高强，否则就会惹鬼上身，祸害自己！

说也奇怪，经过"大仙"这么一折腾，"王大胆"竟然慢慢好了起来，只是别人问起那晚的事情来，他怎么也说不出个所以然来，只知道有一艘炮艇正向自己开过来，后面的事情全部都忘记了。不过，从此以后，"王大胆"再也不大胆了，就是打死他一个人也不愿意走夜路了，村子里的人们对"抱子石"这个充满传说的地方就更是讳莫如深，敬而远之！

这哥俩本来也知道"抱子石"这个地方邪，只是他们不知从哪儿听来的说法，说是六月六这一天的中午阳光最厉害，什么妖魔鬼怪也不敢出来作祟和捣乱的。所以，两兄弟也就大胆放心地驾船前来炸鱼，准备大捞一把去街上卖个好价钱。因担心抱子潭水里有邪气炸药不管用，兄弟俩特意将炸药包换成比平常大上一倍的，而且在炸药包上装了三个雷管，导火索也比平常长得多，威力比平常大了好几倍，这样一来就不怕它不响。谁知老大将炸药包点燃后往水里一扔，竟然没有响，看到这么多的炸药眼看就要沉入水底，老二心疼得不等老大说话就纵身一跃跳入水中，想要捞起那个没有响的炸药包。就在此时，炸药包"轰隆"一声爆炸了，只听老二惨叫一声"哎哟"就往水底沉去，老大只看见一股血水直冲上来，大脑顿时"嗡"的一声便昏死过去，倒在船舱里不省人事。刚好河对岸有人经过看得个一清二楚，于是便大呼"救命"……

从此以后，村子里的后生们再也没有人敢去河里炸鱼，源氏兄弟出事纯属意外，可村子里的大人们一口咬定这就是报应，年轻人也就不敢再冒天下之大不韪去河边炸鱼。好在不久以后，便有了去深圳各地打工赚回大把钞票的好机会。几乎一夜之间，村子里的年轻人无论男女都纷纷南下，不再有人在河边树下闲逛游荡。

然而，修河里的鱼们并没有因此过上无忧无虑的好日子。因为上游造纸厂和纤维板厂大量排放有毒的废水废渣，鱼们成片地翻起了雪白的肚皮，河水亦不再是当年那种清澈见底的碧绿湛蓝。取而代之的是那些散发出恶臭难闻的白色泡沫一路漂浮一路放纵，令过往行人不禁掩鼻，心痛不已！

好在电站修起来后，造纸厂和纤维板厂都因经营不善而停产了，往日半死不活的鱼儿又开始嬉戏自如、往来穿梭于修河里！但愿它们在这片水域里能够不再担惊受怕，过上自由自在的好日子。

阿　松

　　用"八山一水半分田，半分道路和庄园"这句话来描述小时候生活居住的小山村是再恰当不过的！村子不大，可山头接着山头，连绵不断，层峦叠嶂，百草丰茂，巨木参天，一股股清泉从山间潺潺流出，随意点缀在山间田头人家之间。远远望去，浓淡两抹总相宜，漫山遍野的翠绿就像是一幅刚刚展开来的山水画，只是这幅山水画的大气和磅礴让凡人不敢随便在卷上落款题签而已。

　　自太公那一代开始，我们的家族就开始生活在这幅山水画中。而事实上我们物质上的生活是极其艰苦的，因而对身边的自然美景基本上是无动于衷的，用我们当地的话来说就是"柴方水便"罢了。除此之外，实在毫无优越之感！

　　尤其令村民尴尬而痛苦的是因为村里缺少良田的缘故，一年之中三分之二的粮食是靠田头地角的空地上种些番薯和南瓜来补充的，能够吃上一顿雪白的大米饭是每个村民年头年尾的最大梦想。所以，村子里头的姑娘长大以后都想嫁到那些良田充裕能够吃上白米饭的村里去，而那些吃白米饭长大的大姑娘尽管浑身黑不溜秋（平原地区日照时间长，姑娘们在户外劳动自然晒得不会白）的毫不显眼，却打心眼里瞧不起这些山里长大的穷孩子，开口闭口"吃薯丝饭长大的"，相亲时一听说是白鹇坑的小伙满脸顿生不屑之意，让小伙子们自惭形秽，退避三舍，从此再不敢随便前去赴约。

阿松就是这支相亲队伍中的一员，阿松长得一点也不难看，用现在的审美观来评价，甚至可以说是标准的美男子。只是因为性格内向不善言谈而已，加之伯父早年跑到国外，家中没少被连累。父母因疾病缠身早早离世，兄弟姐妹几个全靠他这个顶梁柱支撑着，冷一顿热一顿的日子总算能勉强过得去，村民们看在眼里痛在心里，总想帮阿松找个婆娘过日子，至少回到家中有口热饭吃！

可是，任凭媒人如何的能说会道，姑娘们就是不吃那一套，不见面还好说，一到家里看到那黑漆漆的老屋和阿松脸上木讷的表情，说什么也坐不住了，转身便走，弄得媒人也灰头土脸的不好意思收场。

阿松心里也清楚，论人貌长相自己并不比别人差，只是家中太穷，要想改变这个状况比登天还难。

有先天的因素，比如伯父的去向按理说与自己是没有任何关联的，因为自己根本就没有见过伯父的面，再说伯父走的时候自己都没有出生；有后天的因素，父亲是一个残疾人，能吃能喝却不能干活，在这个壮男劳力一年只能赚到一两千工分（一个工分只能合五分钱）的穷村子里，家中的生活能富裕起来吗？何况自己下面还有几个弟妹要照顾，每当想到这些实际困难时，阿松丝毫不怪那些姑娘们无情的选择，怪只怪自己的命不好！

阿松决定这辈子不娶亲，也不再听媒人的劝告去相亲。只要队上一有外出务工的活（当时每年村里都要派人到外地去兴修水利的，工分由村里计算，这种活是最苦又最孤独的，一般人根本不愿意去），阿松总是第一个报名参加。只有年底时才回到家中，兄弟姊妹一起过一个缺油少盐的年，大年初三又要动身赶去工地支援建设。这种建设在当时是没完没了的，一个地方修完了又得赶往另一个地方，有时一去就是几年。就这样，阿松在异地他乡默默地度过了自己最为宝贵的青春时光。

等阿松回到村里不再外出的时候，姐妹都已经嫁出去了，一个弟弟到外乡做别人的上门女婿，一个弟弟因为报名参加民办老师考试没过关被刷了下来。这致命的一击让小弟弟醒悟之后立即和一个公社干部家的宝贝女儿结了婚，不但没有花一分钱聘礼反而得到了许多意想不到的照顾，结婚之后到村里当了民办老师。这个弟弟有点文化长得也英俊潇洒，到了学校后很快就吸引了几位年轻女教师的眼球，不再天天回到近在咫尺的家里而在学校里寄宿起来。

不再年轻的阿松从此便和弟弟一家过日子，既尴尬又无奈的滋味远比在他乡异地修水库时要痛苦得多，年纪轻轻的弟媳常常拿阿松来出自己心中那股莫名的恶气，开始是大呼小叫直至最后破口大骂，常常闹得人声鼎沸、鸡飞狗跳。因为阿松长年在外修水库，家中许多的农活反而生疏起来甚至不会干，每逢这时弟媳会大呼小叫：

"光知道吃，一餐吃几大碗，连这点小活都不会干，你去死吧……"

一个没读过几天书又失去宠爱的村妇发起火来的场面不是每一个人都能体会出来的，语言之粗俗、嗓门之强健、面相之狰狞让阿松心中犹如刀割一样，既痛苦又耻辱万分。阿松心中又何尝不知道自己是在替弟弟挨骂呢，再说自己和弟弟也得罪不起弟媳家里的势力！于是，一声不吭成了唯一的反抗方式，每天吃完早饭他就拿起刀和扁担进山砍柴，一年四季，春夏秋冬，只要不是下雨下雪，一天两担柴就是阿松雷打不动的任务，没有完成这个任务连饭也别想吃下去。

有一回，阿松砍柴不小心摔了跤，空着双手回家后立即遭到弟媳的一阵恶骂，中午吃饭时饭碗也被弟媳摔得粉碎，忍无可忍的阿松第一次提出要分家单独过。可是，当弟媳娘家人跑来给阿松脸上几个耳光之后，阿松又平息下来了，不敢再提分家之事。左邻右舍都纷纷摇头叹息："阿松这孩子真苦，比旧社会地主家的长工还不如呢。"议论归议论，谁也不敢主持公道，替阿松说句好话。

阿松砍柴有个习惯，不管早上出去多早，晚上回来多晚，一天只砍两担柴，绝对不会多砍的，时间多他在山上的动作就慢些，时间少他的动作就会快些，反正从来没有人看见他在外面偷懒。年年如此，月月如此，天天如此，让看不惯他的弟媳挑不出任何毛病来。事实上大家都知道阿松这是在无声地反抗，凭着他多年在外兴修水利天天挑土上水库大坝练就的本领，一天砍五六担柴也没有问题。也许弟媳的尖酸苛刻让他已经心灰意冷不想那样自找苦吃，也许生活的无奈已经让他身心疲惫真的不再强悍！可是，阿松砍柴时的山歌却是唱得有滋有味的：

正月长工去上工，土箕扁担不离身，去时一担牛屎粪，转身一担草皮茎，还说长工不忠心。

二月长工去犁田，扶犁赶牛猛挥鞭，上午犁了二亩半，下午又犁两亩三，还说长工偷了奸。

三月长工忙育秧，秧田耙得镜面光，日里选种浸禾种，晚上催芽把水淋，烧坏种子要赔铜①。

四月长工栽禾回，手指磨去几层皮，腰骨要断伸不起，汗水湿透全身衣，倒在铺边流眼泪。

五月长工耘禾忙，肩挑石灰手拿棒，先将石灰满田撒，禾梢田面白如霜，脚烂手破叫爷娘。

六月长工去锄薯，汗水湿了地里土，脚上烙起火子泡，背上晒掉两层皮，口干舌苦不敢回。

---

① 赔铜，修水民间俗语，即为赔偿。

七月长工去砍柴，刺扯裤脚两边开，请向财主讨根线，"对面山上有葛藤"，想起长工真可怜。

八月长工去割禾，肩着谷桶打哆嗦，早上吃了两碗粥，中午饭菜又不多，闻到谷香肚子饿。

九月长工晒薯忙，半夜三更叫天亮，挑薯大担加小担，刨薯刨到黑夜深，手上刨得血淋淋。

十月长工冬种忙，种了麦豆种小粮，冬豆小麦刚下土，又要砍柴又挖塘，脚踩冰水手抓霜。

冬月寒天雪纷纷，长工砻谷把米舂，烧茶煮饭铡猪草，挑粪扫地又搓绳，天光到黑手不停。

腊月长工要散工，主东翻簿把账清，过时过节办了货，损坏东西要赔铜，年头到尾一场空。

歌声嘹亮动听，高亢之时穿云裂石，震得群山回音袅袅，久久不绝；低沉之时如泣如诉，哀怨缠绵，令人落泪，神情黯然；俏皮之时则诙谐可笑，让人忍俊不禁，差点笑破肚皮！

尽管阿松回到家中忍辱负重不言不语，过着牛马一样的生活，可还是没有平息弟媳心中那股莫名的恶气，再加上她十月怀胎生下个女孩，丈夫敬而远之，干脆报名到外地搞社教宣传去了，一走就是半年几个月。这样一来，娘家还得前来照顾产妇和婴儿，女婿的无情无义终于激怒了弟媳的娘家人，尤其是老丈人更是怒不可遏，想当初看在女儿面上给他一碗轻松饭吃，如今居然不识好歹起来，于是就和村里几个头头脑脑打了个招呼，很快，这个不识好歹的"负心郎"就灰溜溜地卷着铺盖回到老婆身边了。从此，三天一小吵，五天一大吵，原本破旧不堪的黑屋子竟然常常引来邻居的围观议论，只是阿松的日子就更难过了，因为弟弟的民办老师头衔被老丈人一句话给摘掉了，心中自然也憋了一肚子的气，不敢往老婆身上撒，只好拿自己的大哥当出气筒，两夫妇竟然都把阿松不当家人看，仿佛是家里不花钱的长工一样，长期的压抑使阿松很快就开始老相起来，人也愈发瘦弱起来，好在这种非人的日子在一个金色的秋天终于结束了！

二十世纪八十年代中期的一个秋天，那位他们从来没有见过面的伯父终于从国外回来了，除了大量的金银珠宝外还有几十万元的款项，这从天而降的财富让一家人顿时欣喜若狂。为了让大哥阿松的那一份给自己保管起来，小弟弟居然做到了平常做不到的事情：让自己的老婆当面向阿松道歉，从此不再骂他，阿松以后砍柴的钱可以不上交了。但始终没有人提起要给他娶一房媳妇，让他也尝尝男女之间的甜蜜恩爱，年近五旬的阿松注定要一辈子打单身了。好在阿松并没有表露什么不满来，人也似乎变得精神多了，只是一天两担柴的生活习惯依然没有改变。事实上此时的弟弟已不再贫困，在村子里面已经是呼风唤雨的头号角色！

阿松的日子刚刚有了点小起色，小弟弟又开始不安分起来，竟然跑到城里买下一套商品房住了进去，说是要做生意，其实谁也不知道他到底在做什么生意！只是这时的弟媳娘家再也不敢吭一声了，毕竟老丈人也早已下台威风不再，而且女婿手上的钞票珠宝是货真价实的。弟媳也就睁只眼闭只眼，在家拼命地劳动积攒着那一分一角来之不易的钢镚儿。阿松依然是早出晚归，一天两担柴三顿饭地打发光阴岁月。村子里的人们在同情阿松的同时，也开始觉得弟媳够不幸了。许多人都说她是傻瓜蛋，不应该再待在家里干那些又苦又累的农活，而应该跟老公去城里享享清福，可是又有谁能真正理解她这样一个又丑又没文化的乡村女人的无奈呢？不管怎么说，那个独自住在城里享清福的男人始终是她的老公呀，那些个骚女人除能在床上抢夺她的老公外，下了床还不是外人一个，只有她才是老公的合法妻子。每当想到这些，丑媳妇的心里便格外满足起来！

　　如今，家乡被水淹了，阿松和弟媳也不得不搬到城里，阿松与弟弟一家又住在一起了，只是不知道没有媳妇聊天又没有木柴可砍的阿松将如何打发接下来的光阴！

第三辑 北漂记忆

在生命长河缓缓流动的岁月路上，每一段
往事都是由时间的珠子串联而成，在这条时间
项链上，每一颗珠子都沾有一段令人难以忘怀
的记忆，每一颗珠子所发出的迷人光芒都是记
忆在大脑深处的绽放映现。"嘈嘈切切错杂弹，
大珠小珠落玉盘"，有多少往事如雾似烟，就有
多少回忆值得留恋；有多少苦难如影随形，就
有多少美好时光在这条项链上熠熠发亮！北漂
二十年了，其间遇见的各种掌故逸事就如河水
一样滔滔不绝。我本善良，却偏偏被人骗过、
蒙过、坑过；我本诚信，却常常遭遇欺诈与背
叛。幸好天可怜见，终不至于被人拐卖！

北漂日记

暂 住 证

刚到北京城的时候，正值炎炎盛夏，走出西客站第一眼看到空中飘浮不定、纷纷扬扬的柳絮，顿觉手足无措，一种举目无亲的苍凉感袭上心头，跟所有的漂泊者一样囊中羞涩，当务之急是先找一份工作，解决吃喝拉撒睡。至于工资待遇方面是无所谓的，不去计较、不能计较也不敢计较啊！

因为来京前的工作主要是与文字打交道，凭着经验，很顺利地找到了一份与文字有关的工作，在一个名叫菜市口的小巷深处的一个四合院内住了下来。院子不大，且破烂不堪，到处堆放着杂物，塞得满满当当的，与影视剧里干净整洁的四合院相去甚远！然而房租却贵得惊人！和家乡小城里的房租相比，绝对是一个天文数字！两间加起来不足十六平方米的房间，其中一间房里靠墙装了一个水龙头，龙头下面用水泥铺了个能洗浴、洗衣用的小池，几近占去四分之一的空间，外加一个屋檐下搭起的小厨房，月租八百多元！房间除一面是砖墙外，其余都是用木板相隔而成，上半部是玻璃窗，既谈不上隔音效果更不能防盗。我相信，我们当中任何一个都能一掌打破或一脚踹开房门，可令人奇怪的是，就这样一套简陋的房子，据房东大妈说竟从未失窃过，叫我们只管放心地住下来！

由于白天上班比较辛苦，中午就在单位随便吃点，几个人下班回来后轮流动手熬稀粥买几个馒头对付着，也算是一顿丰盛的晚餐！因我从小到大都是一天三顿大米饭，初来乍到，啃起那些硬似铁、白似雪的馒头来，不像其他几位北方同事狼吞虎咽且津津有味，就像有一只无形的大手在捏着自己的脖子往上提，有时咽得眼泪都出来了。我常跟同事们开玩笑说，用北京城里的白馒头打我们家乡的野狗，饥饿的野狗肯定会逃之夭夭的（现在想起来仍然无夸张之感）。每天收拾完桌上的残羹剩饭后，我们就会拿出那种一块钱一副的微型象棋放在小桌子上杀几盘。在那段日子里，下象棋成了我们唯一的娱乐，因为房里没有任何电器，哪怕是一台收音机都没有。说起来真的有点不好意思，我们几个在家乡被别人称作是"作家"的文化人，到了北京城里每天听新闻只能站在门外檐下，竖起耳朵听邻居电视机传出来的声音。一天两天也就罢了，天天这样就难免不让邻居大妈警惕起来，眼里的目光不再像刚搬来那阵子热情友好了！

一天晚上，老板吃过晚饭又出门溜达去了，我们哥几个照例坐在小桌旁边杀将起来，突然门外传来急促的敲门声，我站起身上前一开门，三四个荷枪实弹的警察一拥而入，再一看走廊上还有三个手里端着枪向屋里做瞄准状。望着警察如临大敌般的架势，我脑袋"嗡"的一下大起来，幸好心里没鬼很快又冷静下来，其他几个同事也都大气不敢喘地望着警察，只见一个浓眉大眼、有点像头儿的上前威严地盯着我们问：

"你们是干什么的？"

"我们都是打工的！"我虽然镇定自如地回答，但口气绝对没有后来那些来京漂流的师姐们面对此种情况敢大声叫板"老娘是作家"的豪气和胆识！真是惭愧得紧！

"把暂住证拿出来！我们要检查！"另一个块头像座小山一样的人大声说。

我们赶紧掏出暂住证双手捧给他，谁知他眼光一扫便大声说道：

"不对，这是你们工作单位所在地派出所办的，暂住证必须迁移到居住地派出所，明天赶紧去办，过几天再检查没有办，就得罚款并且必须立即离开这里！"

望着几个黑洞洞的枪口和几个威武庄严的警察，我们这些从阡陌田头走来的乡下小子哪敢多问半句，连连说道一定办、一定办！于是几个警察退出门外收队走了，闻声赶来围观的大妈们略带一丝遗憾的表情怏怏地散去。我们赶紧关好房门，各自拿出毛巾擦一下额头渗出的冷汗，连说侥幸！要是真的有一个人没办暂住证，那就惨了，肯定要被遣送回家！

几天以后，我们都搬到单位上班的地方去住了。办公室不大，幸好沙发打开放平就可躺，办公桌拼起来也是一张床。于是哥几个有的睡沙发，有的睡办公桌，因为老板怕麻烦，不愿意再办暂住证迁移手续。当然，也有另外一个版本的说法：原来我们租住的隔壁是一位在娱乐场所上班的小姐，而老板生性又是一个喜欢"助人为乐"的热心人，尤其对这些单身女孩更是倍加呵护，有我们在他去隔壁串门聊天蹭点便宜自然不大方便！再后来，老板在和我们讲一些关于隔壁小姐见多识广的奇闻趣事时又神秘兮兮地告诉我们，那次公安查夜是院内大妈们去告的密！说我们几个乡下小子老坐在门口一动不动地看他们家的电视肯定是另有所图，越看越像非偷即盗之辈！

原来如此！怪不得四合院内从不失窃，有这样警惕性强觉悟高的大妈们把守，自然万无一失，只是可怜我们哥几个，初到北京城就被荷枪实弹的警察虚惊一场，幸好没有人因此而留下后遗症！万幸！

电　话　单

　　上班的地方在二环边上一个已经倒闭的厂家院子里的一幢楼里，从外面看就像鲁迅先生笔下的雷峰塔一样，破破烂烂，叫人看着心里颇不舒服，然里面却装修得漂漂亮亮，看上去挺像那么一回事，而且每间房都配有一个小卫生间，关起门来还算是一个小天地，吃喝拉撒睡都不用出门。

　　于是，在天气开始渐渐变冷的时候，我们哥几个卷起铺盖住进来了，白天办公，晚上就当卧室了，虽然空间小却比原来住的地方自由多了，没有隔壁小姐袒胸露背的诱惑、没有荷枪实弹的警察来查暂住证、更没有多嘴大妈们在背后的指指点点。下班后，整幢楼就剩下我们哥几个，可以大声地唱歌、喊叫，可惜都是清一色的老少爷们，空气之中明显可以感觉到一种冲人的火气，缺少异性阴柔之美的滋润调和，于是打电话便成了我们与外界沟通的唯一途径！

　　办公桌上有一部电话，虽说是楼里的分机，但也可直拨长途电话，老板锁住长途功能后把钥匙悄悄给我，吩咐我没有公事不能打长途电话，我知道这是一种吃力不讨好的苦差事，弄得不好老板和同事都会得罪，就干脆没有告诉别人我处有钥匙，装作不知道一样！尽管市内电话随时都能拨，遗憾的是我在市内一个熟人也没有，想打电话的欲望始终无法释放出来，看到隔壁公司的秘书小姐拨电话的手指像打电脑一样熟练优雅地弹奏着，真的是一种美的享受！于是晚上我们哥几个就在电话机上练指法，故意按错电话号码，手指停下来，电话机里就会传出悦耳动听的女声："对不起，没有这个电话号码！""对不起，你拨的电话号码是空号，请查对后再拨！"这样一来，房里的单调枯燥似乎冲淡了许多！

　　有一天晚上，一位小同事神秘兮兮地告诉我们大家一个好消息，说是有一个电话号码，只要一按就会有小姐来和你聊天！绝对不是电脑控制模拟的假女声，我明白那种电话叫信息电话或曰黄色电话，专门靠小姐（或老姐）如糖似蜜的话语来掏男人们口袋里的钞票的，费用特贵！但考虑到大家都是同事，再说老板也没有赋予我管理别人的权力，于是也就装糊涂不吭气，几位年轻的同事顿时兴奋起来，立即按下免提键，按那位小哥的指点拨通了电话，果然，电话里传来了嗲声嗲气的小姐声音，那软绵绵、甜酥酥、撩人心魂的温柔声音像一双无形的大手，把几个年轻脑袋不约而同地拉向电话机旁提起来再提起来，个个憋得脸红脖子粗地直喘气。

终于有一天上午，脸色阴沉的老板气冲冲地走了进来，我依然像往日一样认真地修改稿件，老板泡了一杯茶在我对面坐了下来，静静地盯着我一动不动，我小心翼翼地询问：

"老板，您有什么事要交代吗？"

"噢，对了，我想让你猜一下，这个月电话费多少？"

我愕然，心里却一清二楚，知道纸是包不住火的，担心的事情终于要发生了！但想到自己并未打电话，也就不在意地随口回答：

"几十块钱吧！"

"几十块钱！你说得倒轻巧！"老板把一张电话缴费清单重重地摔在我的桌上："你看看，怎么回事，长途没有几个，话费却这样贵？"老板的声音陡然提高了八度，脸上肌肉因气愤而扭曲得变了形，往日英俊潇洒的风度早已不见踪影！

望望电话缴费单上"八百元"几个字赫然入目，我的天！我心里大吃一惊，这是我在家里一年的电话费呢！望望几位闻讯而来脸色煞白却不敢吭气的同事站在一旁，个个用一种求助的眼光看着我，我脑海里闪过一道电弧：千万不能说出事情的真相，否则，他们非恨死我不可！干脆自己找个理由搪塞过去，于是我用十分平静的口气回答老板：

"对不起，老板，我确实不知道，不过有几次我拿起听筒发现有人在打电话，是不是有人偷电话，这种分机很容易做手脚的！"

"对，对，我也听见过！一打就是一个多小时！"几个同事几乎是异口同声地证明！老板将信将疑地看着我们，紧绷的脸色丝毫没有缓和下来，他指着我气冲冲地叫道：

"我把钥匙交给你，你就得负责，跟其他人没有关系！"

"好吧！老板，这个月的电话费从我工资中扣吧！不过，从下个月起我不能再保管钥匙了，现在我就还给您，我怕自己担当不起！您亲自把关或委托更为信任的人保管吧！"我既平静又无奈地自我解嘲一笑，"就算我这个月病了一场吧！"

他脸色一变，大概没有料到我这个穷小子竟会一口答应为话费买单吧！这下轮到老板自己有点不好意思了，他借口说还有要事未办，话费改天再说，然后夹起皮包扬长而去！

第二天，老板满脸笑容地进来了，后面跟着一个还算漂亮的女孩："来，给大家介绍介绍，这位是新来的打字员小芳！"说完老板意味深长地望了大家一眼，"希望下个月的话费能降下来！"

那个叫小芳的女孩满脸疑惑地望着大家，不知老板这最后一句话是什么意思！直到许久以后小芳还时时提起，但均被我们拒绝，大家一致为这个男子汉们共同的秘密而守口如瓶！

果真，再没有人打那个电话了，工作起来也更卖力了，也许"男女搭配，干活不累"的氛围真在起作用了！我暗暗佩服老板的精明世故，同时也为自己主动承担责任的良好习惯而深感庆幸：不但分文未出，反而赢得几位同事的一致好评！

祸兮福之所倚，福兮祸之所伏。看来，老子的这句经典名言在现代大都市的生活中也是很灵验的呀！

邢 老 板

整幢写字楼里，有几十家大小公司的办公室，其中最有趣的要数两位同姓的老板——邢老板。背地里我们都以"大邢""小邢"来加以区别，当面自然都称邢总！

大邢老板是个子不高、身材却特别发福的中年人，一笑起来眉毛鼻子都皱到一起，眼睛眯成一条缝，确实是一个典型的能说会道的老板形象。他是专门经销气枪的，气枪不是普通打子弹的那种，气枪前面带一把弓，射出的不是子弹而是一支十分锋利的短箭，据说能猎杀飞禽走兽，亦能射中水中来往的游鱼，枪上还带有红外线激光瞄准器，可以说是百发百中；还有一种吹箭，用嘴贴在上面用力一吹，一支短箭便"嗖"地射向几米外的靶上，入木三分，威力奇大，令人防不胜防。前来购买的人都是有钱的主！吃饱喝足玩腻后买去狩猎取乐！应该说是一种十分危险却又刺激性强的娱乐器材！

小邢老板则是一家广告公司的法人，谈吐幽默，十分风趣，常常妙语连珠，令人捧腹不已，深得楼内女孩们的青睐！高个头足有一米八以上，站在他面前，足足高出我一大截，真正的一个北方大汉！可他开口闭口总是叫我老师，常常让我在虚荣心满足的同时暗暗惭愧不已：因为他年龄与我相仿却拥有一家公司，而我只能远离亲人为别人作嫁衣度日。尤其是他办公室的秘书小姐是一位非常迷人的京城女孩，身材苗条，气质高雅，谈锋甚健却又处处礼貌温柔，开口闭口"邢哥"，叫得我们这些邻居们心里都痒痒的！宽敞明亮的办公室里还有好几个位子空着，桌上摆放着一摞书刊报纸，仿佛办公的人刚刚离去。据秘书称，这几位小姐长年在外地各省驻点，一两个月才能回京一次，让我不得不从内心佩服小邢老板生意做得这样好！

大邢老板办公室里同样有一位女孩，十八九岁，也姓邢，自称是他的妹妹（后来才知道她是沧州人，只是与老板同乡而已，属于八辈子打不着的兄妹），此女个头不高，身上肥肉却不少，尤其是胸脯发育异常，挺得高高的，走起路来像有两个兔子藏在里面上下跳动，性格活泼，常常大喊大叫，整日疯疯癫癫的，楼上楼下人都背里称她"波霸"！她的任务就是接电话，接待每一个上门的顾客，为顾客们演练各种汽枪的性能状况，工作轻松得近乎无聊，于是老上别家串门，追打玩耍，每天把整幢写字楼搞得沸沸扬扬的！不过，自从有人早上跑步看见大邢老板从她卧室里匆匆走出来后，"波霸"的野性似乎收敛了不少！

时间过得飞快，我们几个与两位邢老板都渐渐熟悉起来，于是下班的时候，要么到大邢老板办公室里练吹箭；要么就到小邢老板办公室里打扑克、看录像、讲笑话，也许是因为我的性格中书生气稍浓点，也许是他们看我每天要修改删节一大堆稿件的缘故（记得当时的任务是三个月之内删节修改完一千二百篇论文，共计四百余万字），竟然都尊称我为老师，连他们的员工都跟着一起叫老师，始而愧焉，久而安焉！这倒使得我跟他们更易于接触了解，较其他人而言，两位邢老板与我的接触似乎更为亲热些。

在整幢楼里，大邢老板的生意最好赚钱又最轻松，常常在来人试射后的谈笑之中成交。虽然是在破烂的旧楼里办公，生意却日益火爆起来，后来发展到在王府井百货大楼都设立了柜台，楼上楼下的人都眼热起来，大邢老板整日在呵呵大笑之中招财进室，很快便买了一辆红色小轿车来回兜风，几次许诺要送我一套吹箭，并鼓动我回家乡的省城办连锁店，弄得我好几天都睡不着觉，心里痒痒的，也想试试当老板的滋味……

然而，好景不长，临近元旦的日子，大邢老板的吹箭、气枪店被《北京晚报》的记者暗访曝光了，大幅照片在报纸的显要位置刊登出来，文章认为这些杀伤性强的器械有危害社会公共安全秩序之嫌，几天之后大邢老板就退出了王府井百货大楼的柜台，并开始转为经营保洁公司了。尽管他小楼里的办公室依然悄悄经营着气枪吹箭的买卖，但明显已近尾声，没有了往日的热闹与快乐！

与此同时，小邢老板的笑话也越来越少，整瓶的"红星二锅头"不断地被他消灭掉，尽管他的秘书小姐常跟我们提起那四位驻点小姐，但实际上从来就没有见过她们来上班，也许她们根本就不存在吧！最奇怪的是几乎所有的公司老板都小心而热情地与厂办主任——写字楼的真正主人搞好关系，唯独小邢老板最牛，经常对厂办主任吹胡子瞪眼睛，厂办主任倒每每跟他客气寒暄半天，后来听我们老板说，交房租时才知道小邢老板已经一年多没有交房租了；起初厂办工作人员想赶他走，因怕他不交房租，无人敢承担这个责任，终于导致越拖越多，厂办再不敢催他。邢老板丝毫不急，终于在一个大雪纷飞的日子里锁上办公室的门不再来办公了，厂办既不敢强行撬门而入，又不甘心被邢老板白住白占，便用封条封了起来，双方就这样僵持着！

事实上小邢老板早已另租办公楼房了，两年以后，当我从这座城市的东面给小邢老板打电话时，非常意外地听到了他的声音，他高兴地告诉我在某幢大楼里的十八层办公，并约我有空聚聚。念旧的我在一个双休日里特地从通州赶过去拜访两位邢老板，当我从公共汽车上下来时立马傻眼了，原来我待过的写字楼早已荡然无存，不，整个厂房已经变成二环路边上的一个小花园了，遍地的花草与两三人高的绿树都在笑迎春风。我赶紧拿出 IC 卡在公用电话上直拨小邢老板的办公电话，里面传来一个陌生男声告诉我没有这个人！再拨大邢老板的手机电话，他居然乐呵呵地告诉我，他仍在破楼里的老地方办公！本来想中午与两位邢老板举杯痛饮叙谈别后之情的我一下子反应不过来了：真的没有想到两位风趣幽默、很好相处的邢老板竟然会以这样的方式从我眼前消失，让我大感意外之余，竟有一股凄凉落寞之感袭上心头！

人生不如意者常八九！用此话来描述我与两位邢老板相识相知相离的过程，真是再恰当不过了！也许他们真的有难言之隐呢？如今当我坐在京郊楼房里某盏灯火下拿笔来追忆这段往事时，我还是拨不通他们的电话，无奈之余，只能在内心深处默默祝福两位邢老板一生平安！并祈祷笔下笨拙的文字能尘封那段过去了的美好时光！

别了，两位邢老板！别了，我曾工作居住过的破写字楼！！

矿 泉 水

　　随着时间的推移，公司的业务也越来越忙，老板一直紧绷的脸上开始露出了久违的笑容，在一个炎热的中午，老板兴冲冲地搬来一台崭新的饮水机，一个肩扛一桶"燕京"矿泉水的中年人紧跟其后，于是我们都为以后能喝上矿泉水而兴奋不已！

　　早就听说北京的水硬度大，水质不尽如人意，直接喝自来水有诸多不利之处，尤其是我这个初来乍到的南方人，嘴唇常常干得发裂，喝水也自然比别人多些。同事之中还有一位姓雷的小伙也是南方人，嘴唇不但发裂而且脱皮，于是我俩就像比赛一般轮流在饮水机前打转，随着"咕噜、咕噜"的水泡冒起，矿泉水桶里的水面迅速地下降，尽管有几次无意之中发现老板看见我们喝水时直皱眉头（当时我还以为老板是看我们喝水馋的样子不习惯呢），也无法遏制喝水的念头，于是，一桶矿泉水三两天就报销了，好在供水处就在院子里面，只要到那里登记一下便可送水来，钱自然要等老板来后再结账。

　　也许是北京的阴雨天太少的缘故，那段日子每天就像下火一样，令我们口干舌燥，格外地渴，喝水的劲头丝毫没有递减的迹象，矿泉水有时一两天就空了，送水的老板越发服务周到，送水时的笑容愈来愈温和热情，纵使深更半夜，只要一拨电话，保证及时送水上门。就在我们大肆用矿泉水滋润干燥的嘴唇而快意无比的时候，老板终于沉不住气了，拿来一个"热得快"和一个热水瓶，吩咐我们，饮水机里的矿泉水只能有客户登门的时候喝，平时自己烧开水喝！

　　由于天气太热，烧开的水太烫，一时三刻不能喝，实在等不及喝了下去，背上、头上的汗立刻就冒出来，感觉越喝口越干，但看着老板那张不愉快的脸，我们只好硬起头皮在北京炎热的秋季开始试着喝滚烫的白开水，慢慢地竟喝出了一种甜味，原来白开水也是有味道的！尽管如此，我们还是眼馋那矿泉水的清凉可口，于是趁老板出差外地的时候，我们三下两下便把那桶用来慰劳贵客的"甘泉"消灭了！

等到一个星期后老板回京时，我们又在记账簿上留下了一串数字，这回老板也没有说话，只是望着矿泉水桶出了一会儿神便出去了，于是我们又开始喝起矿泉水来了，只是当我们再拨电话叫水时，却不见送水人上门，等到我们提着空桶去送水处要水时，水店老板竟然让我们交现金，看着十五元一桶的价格，囊中羞涩的我们谁也不敢吭气了，只好提着空桶回来。望着一个空桶倒插在饮水机上，我们总觉得有点不舒服，于是便到水龙头上接上大半桶自来水放在饮水机上，权当摆设而已！

谁知道，第二天老板进来时竟然非常开心的样子，坐在我对面的小雷是个心直口快的小男孩，开口就问：

"老板，看您这样高兴的样子，一定又有大项目了吧？"

"小雷，矿泉水是谁买的？涨价没有？好喝吗？"老板笑眯眯地答非所问，看不出他是在调侃还是在询问。

"还是老价钱，是我们大家凑的，因为水店现在不能赊账了。"小雷张口就来，一点都不像撒谎的样子。

"怎么能让你们付钱呢？只管去拿，就说记在我名下，以后一次来结账，你们上班这样辛苦，喝点矿泉水是应该的嘛！"

老板满脸堆笑，然后拿出水杯接了一大杯"矿泉水"咕噜咕噜一饮而尽："北京的矿泉水就是不一样，好喝！"说完就到电脑房转悠去了。

从此以后，矿泉水桶里装的就不再是买来的矿泉水了，而是我们自己到水龙头上接的自来水，只是喝的速度明显慢下来了，终于有一天，老板念小学的小女儿从外地来京欢度国庆节，也到饮水机旁大喝特喝起来，只是第二天就开始腹泻了，据说住院花去上千元，我们每个人都心知肚明：都是自来水惹的祸，只是不敢明说而已！

再过几天，水店老板竟然又开始送水上门了，只是我们喝水的速度彻底地慢下来了，不再像从前走马灯似的在饮水机前来回转圈，老板的脸上终于又挂满了慈祥的笑容！

新　同　事

　　新来的同事叫小陈，是个十八九岁的南方姑娘，据说与老板是同乡！

　　她是随老板送老婆女儿回家返京时一同来的，记得当时办公室里只有我和小雷两个，其时天气正热，我们正在吃中饭，因老板回家的时候比预期的日子要晚得多，走时给我们留下一百元的生活费早已入不敷出，我们只好买些"老干妈"之类的下饭菜来打发日子！突然电话铃声响起来，拿起听筒里面就传来老板的指示：

　　"小全，小雷，你们赶紧打车到西客站，车费回来我报销，每人买两张站台票到站台上接我们，还有半个小时要进站了！"

　　"老板，干吗要两张站台票呢？"我疑惑不解地反问。

　　"我们同来的两个人只买到山东聊城的票，出站时怕查票，如果有站台票就不要补票，可以省几百元呢！"老板爽朗的笑声震得我耳膜生疼。

　　放下听筒，我和小雷立即丢下饭碗，赶紧出门往西客站方向奔去，到了公共汽车站牌下，却久久不见有车来，一看手表，时间快来不及了，于是，一狠心招手叫了一辆 Taxi 直奔西站，因家乡的小城是没有出租车的，最多也就是几个破"拐的"在大街小巷里折腾，就像农民进城时说的那样："这是什么东西，不吃饭，光放屁，放完还得冒股气！"因此，准确地说，这是我与小雷这辈子第一次打出租，因为我年纪比他大，车费当然由我掏腰包，再说老板在电话中说报销的，只是暂时垫付而已。到了站台，把站台票递给老板后，我们才发现离老板不远处站着一位秀气的大姑娘和一个老实巴交的中年人，我和小雷立马上前帮他们提皮箱，果然不出老板所料，在检票口几个人顺顺当当通过了检查。当时我心里就有点儿纳闷，老板来北京时间不算久，怎么连逃票的技巧都拿捏得这样准呢？轻轻松松，两张价值一元的站台票在他手里竟然起到了几百元的作用。

好不容易挤出站台，我们来到路边打出租车，也许有警察的原因，许多出租车都不愿停下来，我们只好一直往前走，到了看不见警察的拐弯处，许多出租车从身旁往过时都慢了下来，揽载的意思十分明显，可老板一看是每公里一元六角的那种，就像没看见似的和我们说话，不予理睬，好不容易碰见一个每公里一元二角的夏利车，老板急忙挥手截住。可五个人怎么也塞不下，无奈只好让小雷坐在我的怀中，幸好办公室离西站不算太远，很快就到了，尽管如此，下车时我的左腿还是一阵发麻。

原来小陈是老板所在县城一家打字社的职员，打字速度快且长得清秀。其时老板正需要人手，几乎跑遍了县城所有的打字社，最后看好小陈，于是三天两头往打字社跑，借口复印东西，或打印文件，瞅空游说小陈，对一个小县城的年轻人来说，谁不向往北京这个人人自小就神往的圣地？何况是来北京工作，何况老板答应的各种条件都十分优厚，于是单纯的小陈很快辞去了那份并不太差的工作，又很快说服了自己的父母，千里迢迢跟着老板来到了北京。转眼就到了发工资的日子，正当大家高高兴兴地相邀到外面餐馆撮一顿的时候，突然发现小陈一个人躲在自己的工作间里抽泣，在大家的再三询问下，她才告诉我们事情的真相：老板在来之前信誓旦旦许诺上班后试用期一个月，试用期间除提供吃住外，每月工资六百元，当时对一个打字员来说，这样的工资标准不算太低，可现在老板只发给她三百元，而且试用期延长至三个月，这样一来小陈的收入比在小县城里还低，事到如今，小陈才明白自己被老板耍了，想要回家，原来的那个职位已经有人了，再说来时还借了路费，不赚点儿钱回去也不好意思，情急之下只好一个人偷偷地躲着哭泣！

听完小陈诉说后，我们几个面面相觑，实在不敢相信小陈所说的一切，但看着她脸上滚动的泪珠和那副伤心欲绝的模样，再想想那天我和小雷接站时老板许诺让我们打车接站却再不提报销车票一事，又不能不相信小陈所说的是事实。但谁也没想到，接下来的一件事情会让我们几个打工仔忍无可忍，出离愤怒了！

因为工资发放之后，小陈并没有向老板提意见，甚至不满情绪都没有流露出一丝一毫，老板对小陈倒是关心起来了，有时去中关村买耗材都让小陈一同去，大清早出去，总是要到夜色很浓时才回家，周末休息时带小陈出去逛长城、看故宫、游颐和园，让我们几个羡慕得不得了，尽管我们都比小陈来得早，除到过天安门外，其余的名胜古迹一处也没有去过，甚至连休息日也没有，更不用说老板亲自带去全盘买单，于是我们背后常取笑小陈说，你的工资虽然低，但活得比我们值钱多啦！终于有一天，快下晚班时，老板一言不发地来到了办公室，手臂上竟然缠上了绷带。等到老板走后，小陈躲在自己的工作间又一次痛哭起来，我们只好让小芳前去安慰她，并顺便打听一下事情的真相，谁知小芳进来后竟然破口大骂老板是一个畜生，并扬言要告他！

原来老板的资产有上千万元，在好几座城市都有房子和情人，可惜膝下只有一个女儿，重男轻女的老板一直希望有一个儿子来继承香火，可身边的情人除风流快活外，并不愿意为他生儿育女。于是老板苦心孤诣，从家乡把单纯的小陈带了出来，目的是想让她为自己生个儿子。他知道小陈家住农村，即使生不下儿子，玩弄一番也无太大风险，于是故意压低工资看小陈有无激烈的表现，以便达到自己的目的，可令老板想不到的是小陈虽然单纯但并不为钱所惑，当他在自己的住处提出要小陈为他生儿子的无耻要求后，小陈非但没有答应，反而狠狠咬了一口老板那只强行伸进她内衣的手。老板退却了，毕竟他是有地位有身份的人，不想因此而撕破脸皮败坏名声；在抽出他被咬伤的手的同时，大方地把一叠百元大钞塞进了小陈的手里。谁知小陈并不买账，把钱扔得满地都是，老板只好彻底打消了念头，匆匆包扎后送小陈回来了。

在小陈领取第二个月的工资时，时间已经十一月了，北京的天气已经是相当寒冷，可穿着单薄的小陈态度坚决地提起背包直奔火车站，她要回到自己虽然贫穷却很温暖的家里！作为她的同事，我们哥几个除从口袋里掏出有限的一点心意让她在途中买点吃的东西外，竟然无话可说！

当然小陈不可能知道在她走后不久，我们哥几个终于鼓起勇气集体炒掉了这个外貌英俊潇洒的老板，离开了那幢外表破烂里面却装修得不错的写字楼。如今当我写下这段文字时，我只能默默地祝福昔日的同事平安快乐！

应　聘　女

在离开破写字楼里的老板后，我很快又找到了一份工作，除依旧与文字打交道外，待遇较以前相比也升级换代了，而且头上还戴了一顶业务主管的帽子，腰里揣上了"大哥大"——那种砖头一样的老式摩托罗拉手机。因为业务繁忙，人手不够，需要招聘新的人手，于是前不久尚属应聘者的我一转眼便成了招聘者，坐在宽大的老板椅里，深感自己肩上压力山大，竟然没有一丝一毫的轻松得意之感！

很快便有了许多应聘者上门面试，因为招聘的是录入排版员，所以第一道题目应是上机操作，实际测试打字的准确率、速度及排版的熟练程度，就在我吩咐工作人员准备安排应聘的小女孩上机测试时，老板进来了，他要求应聘人员先出示相关的证件，逐一查对后在名单上圈掉了好几个名字，我颇感意外，瞧瞧老板似笑非笑的面容，一时无话可说！

于是，刚才还热闹的办公室里很快安静下来，这下我才发现留下的只是清一色长相漂亮的小女孩，我有点纳闷，又不是招聘公关小姐，何至于如此重视应聘者的外在形象呢？我心里开始替那些没有入围刚刚离去的几个男孩女孩不平起来。我以为应聘也是一种竞争，应该在同一起点上公平竞争，再说人不可貌相，岂能光凭外貌就断定对方是否有真才实学呢？

果不其然，上机测试下来，几位女孩不是速度慢，就是错误率高，或者干脆不会排版，勉强能排出来的又无法输出打印，我心里想，这下看老板怎样决策。毕竟我也是刚来不久的职员，我知道在私企里，老板是唯一能够拍板的主，其他人最好不要多嘴多舌，否则就不会有好果子吃。我不动声色地将测试结果递给老板，谁知老板提笔勾了两个名字后却用商量的口气对我说：

"就留这两个试用几天吧！"

"这……"我为难地摇摇头，再看看两个名字，原来留下的是里面最漂亮的两位女孩。老板不再言语，意味深长地笑笑，起身走了，我只好通知那两位女孩立即回住处取行李，第二天正式上班。

到了第三天上午，我刚进办公室坐下来，几个编辑便气冲冲地进来了：

"全总（他们习惯去掉一个'管'字），这打字员是您的亲戚吗？"

"不是，不是。"我把头摇得像拨浪鼓一样。

"那肯定是熟人吧！"

"也不是。"我仍旧摇摇头。

"那您是怎样让她们蒙住的？您看看这稿！"几个编辑的脸拉得更长了，眼中明显露出疑惑的目光，"啪"的把稿件扔在我的桌上。我的妈呀！真是眼前一片漆黑，页面上没有了空余的地方，不是错别字，就是漏字漏句，有的干脆掉一大段。我知道编辑的工资是计件制，这样的打字水平除编辑吃力费眼神外，更重要的是关于钞票进项的大问题，我刚要说是老板的主意，转念一想不妥！于是立即哈哈一笑：

"不好意思，不好意思，让兄弟们受累了，这样吧，等下让老板找她们谈谈，提醒提醒，实在不行再说吧。要不这样，晚上我请几位夜宵，算是弥补损失，如何？"

"哎哟！看来全总是有意要我们帮忙打磨出一个红粉助手喽！"最爱说笑的小潘开始单刀直入了，弦外之音谁都能听得出来！

就在我难以招架的时候，老板进来了，我朝几个编辑一努嘴，于是他们几个又围上了老板，老板摆摆手，一脸灿烂的笑容：

"我都知道了，你们先去工作吧！我会想法处理的！"

几个编辑只好不情愿地回到各自的办公室，于是两个新来的漂亮打字员就顺理成章轮流进出老板宽大的办公室，出来时一个个脸色绯红，兴奋不已，本以为肯定要被炒鱿鱼的两位打字员，竟然稳稳当当地留下来了，并且跟老板的关系日渐见深，奇怪的是几个文字编辑虽然常皱眉头，却始终没有再提意见了！

到了两个月以后，两个打字员的录入速度和准确率终于赶上来了，当然她们身上穿的衣裳也比来时靓丽多了，紧接着又悄悄在各自的无名指上戴了一枚戒指。谁知半年以后，两个打字员竟然又先后辞职不干了，走得理直气壮，丝毫没有留恋感激之情。

就在我深为老板白白花费财力物力好不容易培养出来的打字员扬长而去摇头叹息时，老板满脸笑容灿烂无比地说了一句让我一辈子难忘的话：

"全兄，有什么可惜的！这比我进娱乐场所消费实在是安全合算多啦！"

原来如此！看来老板又得委托我开始招聘了。

李 老 板

李老板有一个好听又文雅的名字，和唐代著名诗人贺知章同名不同姓，或许这是他留给我第一印象比较好的缘故吧！我们是什么时候认识的，已经不重要了，但是我们之间曾发生过的一些故事，随着时间的推移就像记忆中的水草一样蔓延，时不时浮出水面，仿佛就在昨天一般。

李老板在北京朝阳区皮村开了一家印刷厂，厂房出奇的大，车间里高大的机器一溜摆开，厂房外面有一个面积十几亩的大场地。因为图书印刷业务上的事情，我们认识了，而且很快就有合作来往。至于我们之间第一笔业务是如何接洽的，在何时何地交接已经没有任何印象了，但可以肯定的是他当时做得还算可以，价廉物美的，让我觉得找到了一位如意的战略合作伙伴。

因为聊得来的缘故，所以我私下不叫他李老板而是直呼老李。老李曾告诉我，他是正宗的北京人，父亲是京城某大出版社的一名资深编辑，后下放北大荒劳动，老李从小在东北长大，和一位本土姑娘有过一场狂热的恋爱。当老李按政策可以返京落户安排工作时，他没有抛下恋人独自回京，而是带着东北姑娘回京成家立业，生下了一个漂亮的女儿。这样一段伟大而又悲壮的异地恋，平时只能从小说里看到，现在活生生地让我碰上了，顿时对老李肃然起敬，特别是听说他父亲又是出版界的名编，更让我顶礼膜拜起来。于是老李在我面前说的话，我都当成是金玉良言，从来不曾怀疑过半句。

记得当时我正给老红军贺芳齐将军编辑《红星闪闪——一个少年红军的传奇故事》一书，就是老李介绍我认识中国人口出版社总编室陈主任的。老李说陈主任是自己的中学同学，两个人关系十分密切，从小一起长大，后来他插队，陈主任考取大学，现在成了出版社的中层领导，自己却成了一家私企小老板。我对老李说的事都深信不疑，从来就没有去猜测其中是否有水分一说。

因为《红星闪闪——一个少年红军的传奇故事》一书最后作为重大选题上报军科院审读，前后时间花去一年左右，图书出来后，说实话，印装质量都很不错，我对老李的印装能力完全认可了，于是不再小心翼翼地提防，两个人开始称兄道弟的，打得火热，我不但把自己单位上的图书全部交给他印刷，还帮着介绍朋友到他厂里去做业务。有一天，老李神秘兮兮地跟我商量，说他接到一个大单，某出版社要印一百万套书，要求他迅速扩大投资规模，吸收股本，问我有没有意向，五万元一股，红利可观，如果我没有投资意向，可以先转给他五万应急，以后在接下来的图书印刷费里按内部优惠价计算扣除就可以。我望了望厂房里一长溜的高大机器和库房里堆积如山的备用纸张，再说五万元当时对我来说也不是大数目，而且能在接下来的图书印刷费中按优惠价扣除，也就是几本图书的事情，再说又可以给朋友救个急，何乐而不为？于是我满口答应了，第二天就取出五万元现金亲手交给他了。

时间过得很快，当我再次去印厂时，只见厂房外面高大的挖土机正在轰隆隆地作业，一个长二十多米、宽十几米的大坑赫然入目。老李兴奋地告诉我，他要挖一口大鱼塘，周边种菜养鸡，里面放养鱼苗，再在池边建两个亭子，以后出版社领导和图书公司老总过来了，可以钓钓鱼，可以把酒临风，可以叙叙旧，平时还可以改善工人的生活质量，在快乐之中把印刷业务做强做大做好。我为老李的这个创意拍手叫好，因为平时见过的印刷厂都是脏乱差的印象，一群外地来的小青年与小姑娘，像夏衍笔下的包身工一样，一餐两个馒头一碗稀菜汤就打发了。老板是从不在食堂里用餐的，每次都陪着我们这些客户去外面餐馆大吃大喝，还常常会带上一两位长得秀气一点的小姑娘去劝酒捧场，明眼人一看就知道是怎么回事。我望着老李厂里那群身体正在发育的姑娘小伙子，按常理都应该在学校读书的年龄，整天却在充满异味的车间没完没了地干活，噪音刺耳的工作环境就不用说了，一日三餐吃的伙食却如此恶劣，心下常常感慨不已。现在老李居然提出要改善一线工人的生活水准，这岂不是要造三级浮屠了吗？此时此刻，老李真的是让我刮目相看了！

接下来老李告诉我，他要继续融资，问我有没有愿意入股的朋友？我突然想起一位老乡作家，平时聊天常常跟我叨叨，说她也想来北京漂一漂，不喜欢自己的教师职业。何不让她跟老李对接一下，说不定一下子就可以来北京当半个老板呢。很快他们就对接上了，听老李兴奋地跟我说，老乡作家第一笔要投资十五万元，这在当时对一个工薪族来说不算一个小数目了，而且她的先生也要来北京跟老李一起干。我为自己的牵线搭桥成功而暗自高兴，与人方便，与己方便，能替朋友分忧解愁也是一种快乐嘛！

可接下来的一连串消息却让我震惊了：首先是老李来电诉苦，说他老婆坚决不同意扩张，把家里所有的钱都转移了，而且要跟他离婚；接着是老乡作家来电，说老李不靠谱，她老公到厂里没有几天，按老李吹嘘的各种指标一算，觉得根本就不可能赚到钱，立马抽身退出了。我大惊失色，赶紧前往老李印厂实地察看，一到厂门口，心里就一凉，想象中的大鱼塘竟然还是一个大土坑，周边长满蒿草，原来进厂的路已经被野草覆盖了，不留一丝痕迹，工厂里静悄悄的。我硬着头皮走进去，里面居然还有一位守门的老爷子在，他告诉我，厂房里的机器是当地村里的产业，其中只有两台是可以用的，其余的全部是待报废的，平时有客户来只是摆摆样子罢了。如今老李已经搬走了，也不知到哪里去了。

我脚下一个踉跄，赶紧掏出手机拨打，幸好电话通了，老李并没有换手机号，电话里传来他爽朗的笑声：老弟，我在北四环汽配城这里呢，什么时候有空过来看看吧，我请你吃饭！我想骂人，但又张不开嘴，只好开玩笑说，我在你的大鱼塘边上看鱼呢！老李嘿嘿嘿地笑着说，唉，一言难尽，见了面再说吧。我哪里还敢怠慢，立马说，你别走，我现在就坐车过去，把路线图告诉我，今天不见不散。

果然，老李在北四环汽配城附近又弄了一家小印厂，厂子不大，人也不多，老婆还是那个老婆，并没有换人，但没有印刷图书的资质，只能接点别的印刷活干。我不知道老李身上发生了什么样的变故，但我知道打人不打脸的道理，有些话当面是不好说的，我就像没有事情发生一样，向老李提出了那五万元不再算投资了，因为我胆子小，怕以后心脏出问题。老李笑嘻嘻地答应了，答应从下一本书开始，印刷费用从我的五万元里扣除，但他有一个附加条件：我不能一次性给他五万元的活，因为他无法垫资！只能一本一本地给他，这等于他拿我给的活再去其他的厂家那里赚第二笔利润，而且图书质量得不到保障，从此我成了北京城唯一低声下气用自己的活去抵扣自己款项的客户，痛苦的还不只这样，老李的报价要比同行业的印厂高出百分之二十，原来说的优惠价子虚乌有了。我有口难言，只能忍痛一刀一刀地割自己的肉，还得装出笑脸来。

不知是我的好说话让老李感动了,还是老李真的心里感觉有愧于我,总之,有一天他竟然带我来到了他地处魏公村的家里。一开门,四五只肥硕壮健的大猫一齐向老李奔过来,吓了我一大跳!转眼,四只肥猫又一齐跳到主卧的大床上,眯着眼睛睡了起来。我问老李这猫吃什么?家里有这么多老鼠吗?老李满脸春风地告诉我,几只肥猫一天吃猫粮得花几十元钱,是他女儿和老婆要养的,他做不了主。我小心翼翼地站着,不敢坐房间里任何一个地方,因为那些掉落的猫毛到处都是,我生平最不能接受的就是人与宠物同处一室的生活方式。那一瞬间,我眼前竟然全是他厂子里那些面带菜色的工人身影、那个未能成型的大鱼塘和我那个电话里满是无奈的老乡作家。好在这是最后一本图书了,此书印完后,我借给老李的五万元总算是"还"清了。

一个借我五万元又让我自己一笔一笔地"偿还"的兄弟,一个让工人活成一脸菜色的印刷厂老板,一个让我诱骗老乡作家前来北京投资的设局者,一个出自文化世家却谎话连篇的名门弟子……我当时真的相信他是遇到了爱情婚姻危机、商业投资危机,可他家里却养了四五只大肥猫,猫们幸福地踱着方步,在魏公村黄金地段的两居室优哉游哉,让我做何感想呢?我拿好刚签的最后一本图书的印刷合同,转身出门走了。

转眼十几年过去了,我与老李居然没有再见过面,他的手机号我早已忘了,我的手机号也换过一次,今生今世恐怕是无缘再见了!在北京这座大都市里,每一个人的遇见相知都是一种缘分,所谓有缘千里来相会,无缘对面不相逢,说的大概就是我与老李这样的吧!如今我已从草根编辑转身成了职业编辑,其间风风雨雨二十年,依旧在做着自己喜欢的文字工作,不知老李又在干哪一行呢?

望着窗外疫情风波趋于平静的初夏风光,我的脑海里忽然又跳出了老李那张笑容可掬的脸庞,不知他那双眯缝的眼睛里又想到了什么好点子?不知道他是否还在北京城里健康地生活?

刘　哥

说起刘哥，我就会想起白居易当年在浔阳城里写下"同是天涯沦落人，相逢何必曾相识"的诗句来，我们能够在茫茫人海的北京城里相识，全都是拜李老板所赐！

当李老板提出用我的图书印刷费来抵扣借给他的款项建议时，我就一直有个疑问在脑海里盘旋，到底是哪家印厂在垫资帮他印刷呢？难道别人也像我一样敢相信他这个落魄的小老板吗？谜底很快就揭开了，图书还是在皮村老李那个厂房里印的，只是这里已经不再归老李管，换句话说，老李终于找到了一个替死鬼，这个替死鬼就是刘哥，一个姓刘的老板。

因为担心图书质量问题，我只好又一次来到皮村那家印刷厂实地察看。走进厂里，那一长溜的大机器还在那里摆着，看门的老大爷已经不在了，一个体型偏胖、满脸和气、五十上下年纪的人向我走来，他自我介绍说姓刘，现在承包了老李的厂子。我这才知道眼前的人就是刘老板，只是这个当老板的脸上竟然没有一丝喜色，愁容密布，看得我心里有点凄凉了，寒暄几句后，我就四处打量起来，空空荡荡的厂房里，只有三五个人低头在忙着，除他之外，还有一中年女的，两个看起来像是夫妻，只是刘老板年纪似乎大了许多。

很快，刘老板就跟我诉起苦来了，说老李把厂子包给他之前说他的客户多得不行，只要他好好干就行，接手后才发现根本就没有几个客户前来印刷，然后拉着我的手，要请我吃饭，希望我以后能多给点儿活！我心里一下就明白过来了，怪不得老李不让我一次性给满五万的活，必须一本一本慢慢扣，原来他找刘老板来当替死鬼了！但我当时真的不敢跟刘老板说破其中的实情，否则我的图书就无法印刷了，我的那五万元钱什么时候能"还完"呢？我明明知道老李就是让眼前这个刘老板来"还"

我五万元的债，但我只能装糊涂，答应有活就给他干，我知道刘老板也像我一样被老李给坑了，但我却有口难言，第一次体会到了"哑巴吃黄连"的滋味！我当时真的好想揭穿老李的真面目，但在个人得失与事实真相的面前，我只能当"逃兵"了。或许世间许多事情原本就是这样的吧，你看到的不一定是真相，你听到的不一定是谣言，只有当你置身其中才会发现，这世间真的有那么一种小人，他们无处不在，他们道貌岸然，他们能让你有苦不能诉，有话张不开嘴来。一向以"留下一人是君子"自居的我，不禁想起鲁迅先生在《一件小事》里说的"要榨出皮袍下面藏着的'小'来"那句话。我深深地自责，我无意之间竟然成了老李的帮凶，原来自己衣服下面也藏着一个见不得人的"小"啊！

因为心有愧疚，我一直以"刘哥"来称呼刘老板，觉得他就像自己的大哥一样，很实诚，如果有可能，我会尽量多给他供活，以减轻自己心中的内疚。

很快就要过春节了，天气越来越冷，我去刘哥厂里的次数极其有限，毕竟从我住的南城穿过整个北京城才能到达北面的皮村，来回四五个小时的路程，不是因为图书的事情，实在是懒得动身出门。可刘哥偏偏不让我省心，他的印刷技术不像他说的话那样动听，也不像他的外形那样实诚，一位知名作家的图书，本来印刷装订都没有什么问题的，可偏偏在最后裁切成品的时候硬是多切掉几毫米，好好的一本图书竟然成了残次品，我默默地赶到印刷厂，默默地看着刘哥沮丧的脸孔，但又说不出什么话来！图书寄出去后，作者早已驾鹤西去，可他的亲属并没有责备我，哪怕是不高兴的话都没有说一句，但我内心却深深地自责起来！十多年过去了，我的心依旧不能平静下来，这或许是我北漂编辑生涯里做得最为糟糕的一件事情。钱花了，时间花了，精力也花了，最后出成果的时候，因为老李的缘故，因为刘哥印刷技术生疏的缘故，把一件本来应该做得很圆满的事情搞砸了，砸得我心里隐隐作痛，却没有赎罪的机会了。

真正认识刘哥是接下来的那年春节，因为我每年要回老家陪父母过年，春节期间很少在北京，跟朋友之间短信拜年也就成了常态，自然我也就给刘哥发了一个短信拜年，让他代问嫂子新年好！但我万万没有想到就是这条友好的拜年短信差点捅大娄子了。节后返京跟刘哥见面的时候，他紧张兮兮地告诉我，我的那条短信差点儿要了他的老命啊！我莫名惊诧，赶紧问为什么？刘哥才告诉我一个不为人知的秘密：跟他一起在印厂的那个中年女人是他的外室，两个人有一个十七岁的儿子，说她从关外来京漂泊做姑娘时就一直跟着自己，不离不弃也不要名分，如今他得为两个人的儿子着想，给儿子置办一份产业，所以才稀里糊涂地上了老李的当，以为皮村这家印厂大有发展前途。刘哥自己家还有一家印刷厂，但没有印刷图书的资格，只印刷广告及其他业务。他想如果有两家印厂，两边的小孩都可以照顾到。这么多年内室外室一直平安无事，却不料春节期间我发的短信里有一句"代问嫂子好"让嫂夫人发现了，一再追问是谁发的短信，为什么她不知道印厂有一个做图书业务的客户。幸好刘哥机智地编织一套完整的谎话，总算蒙过去了，但他不放心，怕我哪天又蹦一条短信出来那就让他吃不了兜着走，只好把事情真相向我全盘托出，以绝后患。

既然刘哥这样推心置腹，告诉我这个不可告人的秘密，我就更不好意思不给他一些印刷业务。但不久我就开始转行了，在一位鲁院学兄的忽悠下，开始触电搞数字电影了，虽然前后策划了五部九十分钟的数字电影，也从当地政府争取到了扶持资金，但到我手上的钞票却寥寥无几。后来只好不停地换合作伙伴，一部电影换一套人马，一个老板比一个老板说得动听诱人，但最后都是肥了公司苦了我的朋友和我自己。当我对所有前来谈合作的小电影公司失去兴趣后，我毅然决然地重操旧业，并通过考试、面试顺利进入中国文史出版社成了一名职业编辑。几年时光过去了，我与刘哥却渐行渐远无缘再见了。

有一年十月份的一个傍晚，正当我在居住的小区里散步时，突然意外地接到了刘哥的电话：秋生老弟，你好吗？我是你刘哥啊！虽然好几年没有听到刘哥的声音，但我第一时间就听出了是刘哥。"刘哥，您在哪里啊？您还好吗？"我一下子激动起来了。

"我现在在北部湾啊，我很好，现在在这里投资呢，你也过来吧，投资一万能回报五万元，你手上有钱吗？过来跟刘哥一起创业吧。"我心里突然一下子全明白了，原来刘哥竟然到北部湾那里去搞传销了，但看破不说破，我告诉刘哥，谢谢他的好意，但我手头上资金紧张，无法前去投资，并要他保重自己的身体。但我心里很清楚，我与刘哥的缘分终于走到尽头了。

挂了电话以后，我默默地拉黑了刘哥的电话，情绪瞬间低落到了极点。刘哥，因为想赚一份外快来养活见不得阳光的孩子，竟然沦落到这种境地。传销人员总是从身边的亲戚朋友们下手的传说，在我这里果然得到了印证！

如今，我在京城深秋的灯下写作这篇小文时，只想在心里默默地祈祷：刘哥，你在他乡还好吗？

"鲁院"的日子

走近先生

自从我来到这个从小就向往盼望的古都城，没有任何熟悉的面孔向我讲述如何生存，如何发展，如何超越自己，为自己的人生寻找一个准确而完善的定位。

自从我离开家人、离开妻子、离开朝夕相处的同事朋友，没有任何人告诉我如何摆脱孤独、寂寞，如何单枪匹马漂泊流浪，去寻求更加快乐的自由日子。

于是，常常独自一人踽踽行走在大街小巷，常常将迷茫的目光伸向北国寒冷孤傲的星空，想象透过摩天大楼耀眼的光芒直刺银河的尽头，是不是有一个天堂真的遥遥在上？是不是真有一块净土在等待人类的飞升？灿烂的银河星系，是否有一个和我一样的凡夫俗子正在天街踯躅前行？

自然，我不会去幻想有朝一日如嫦娥一般袅袅飞升，去寻求一个完美而缥缈的结局。我知道，当我们在平淡的日子里，能抛弃世俗的偏见，力争每时每刻的所作所为都无愧于心，都和圣人一样尽善尽美时，我们便会过起神仙一样的日子，超脱而安逸。因为我已从喧嚣的街道上走进了一个名叫"鲁院"的地方，那里有先生冷峻的面孔和犀利的思维，有一个安静幽雅的人文环境：博学多思、才高八斗的专家学者，精骛八极、心游万仞的作家诗人，点铁成金、穿珠串玉的教授编辑，有藏书万卷、蓬荜生辉、够你一辈子咀嚼徜徉的图书馆藏，更有一群认真负责、兢兢业业的教职员工和来自全国各地年轻的新生代作家。在那儿，可以闻到书香、听到书声、品到书味，还可以独自信笔涂鸦，写自己平常不敢写的文字，想自己平常不敢想的东西，梳理自己平时懒得打点的心情。

深秋，雨过天晴的校园像一幅素净的山水画：高大气派的石质门庭，整齐划一的石砌人行道，偶尔还残留一丝昨夜温柔的雨气，人行小道两旁的柏树如礼仪小姐般亭亭玉立，分明在欢迎来自四方的求学游子，不由得你不多看上两眼。在这个灰尘满天的喧闹都市里，院子里翠绿的生命分明在昭示着先生灵魂不朽的生命内涵。站在门厅里，无论从哪个角度出发，你都会觉得自己距离先生很近："改造自己，总比禁止别人来得难。""必须敢于正视，这才可望敢想、敢说、敢做、敢当。""……只要能培一朵花，就不妨做做会朽的腐草。""唯有民魂是值得宝贵的，唯有它发扬起来，中国才有真进步。"这是我对大厅墙壁上先生"文学是照亮国民灵魂的明灯"的箴言的断章取义。

好在，先生仿佛知道我这类人的心意，不会介意我的无知与浅薄。他那锐利的笔锋，所向无敌，使多少牛鬼蛇神望而生畏，多少魑魅魍魉销声匿迹。更让我惊叹的是，在先生瘦弱的身躯里，出人意料地拥有一份本不该属于他的凌厉霸气，让我疑惑不已，难道文字的锋利真的会胜过钢刀匕首？

每当授课老师夹着讲义走进教室大门时，班长立即大喝一声"起立"，然后掌声雷鸣般地响起。我知道，老师是先生的弟子，老师继承的是先生的衣钵，因此，眼睛便一直随着老师的开场白亦步亦趋，老师们渊博的知识，健谈的口锋，不断牵引着我们爬向高处的美景，一步一步靠近先生的灵魂。此时的我们就像初生的婴孩，伸展着一双双无比稚嫩的小手，紧紧跟着老师的思维向纵深处延伸，仿佛先生清瘦的脸庞正对着我们微笑，仿佛先生正伸出枯瘦而有力的大手轻轻抚摸我们的脸庞、我们的长发、我们的头顶，一股股暖流从心中流过。

在宽大明朗的教室中，满满坐着来自天涯海角的各式脸孔，像晴朗的天空飘起朵朵五彩祥云，每一双眼睛都蓄满了深深的渴望，每一颗心灵，都满怀着对先生的执着和敬意，先生的风骨恍如阵阵轻风，沐浴着我们年轻的心，先生犀利的目光仿佛针尖一样，时时刺痛我们的神经肌肤，使我们不敢偷懒，不时写些令"正人君子"们深恶痛绝、令款爷富姐不屑一顾的文字来。

每当夹着书包从拥挤的公交车中艰难挤下来，远远望见校门墙上先生清瘦的面容时，我心里都会蓦然一惊，不知道自己是在踏进文字的天堂还是文字的地狱？当左脚跨进大门踏上方方正正的地砖，右脚还停在门外的刹那，心里不禁涌起一丝感慨：文字能造就一个人，文字亦能压垮一个人。文字殿堂大门真有这么容易到达吗？跨过这一步之遥，我真的能抖落岁月风尘戴上文字之桂冠吗？记得有位老师说过：只有心无尘埃、充满爱恋之人才能真正进入文字殿堂的大门。我不禁打了一个寒战：匆匆走过的三十载平淡岁月如云影掠过，扪心自问，面对过去的每时每刻，我是否真的无愧于心？但可以肯定，在这不尽如人意的红尘俗世里，每时每刻，我必尽责尽职做好每一项工作，力求问心无愧。

每次从高高的教学大楼咚咚走下楼梯，跨出校门回到住处的路上，我都在冷静地思考。尽管街上人来人往，公共汽车里更是挤得喘不过气来，但先生清瘦的身影总在眼前晃动，将我们隔开，看不见彼此，恍如一个人行走在幽谷深峡之中。我确实需要这样单独和大自然在一起的时刻，悄悄地闭上眼睛，孤独的心从遥远的游荡中回归，慢慢向整个躯体传递着无尽的柔情。我感到，大师们的教诲如轻柔的风儿，把我慢慢托起，向着花的海洋自由自在地飘飞，衣袂飘飘，超尘脱俗。尽管实际上我身着一身洗得发白的夹克，左手高高吊在车厢横杠上，右手紧紧抓住书包，任身体东倒西歪，任各种带着蒜味的鼻息喷在脖子上而痒酥酥的。

川流不息的人群，不断传来放肆的笑声，我知道，融入他们，我也会同样肆无忌惮，但此生我宁愿孤独，尽管内心无法快乐。也许，今生注定要与现实若即若离，才会感到最自由最超脱的快乐。虽然，快乐的源泉是我们心中所挚爱的东西。

能来鲁院求学是意外的、惊喜的一分收获，这就使我在京城格外想念千里之外提供这段缘分的恩师。在北方孤独高旷的夜空里，一弯朦胧的月牙，几朵淡淡的白云，柔柔地笼罩在我居住的楼房上空，我枕着先生的冷峻、睿智入睡，竟然一夜无梦。

走 近 长 城

一

"长城长，长城尽头是故乡。"长城，据说是在月球上能够看见地球上为数极少的建筑物之一。虽然有人出来打假，但我宁可相信这是真的事实。长城作为民族魂，它早已融入了世世代代黄色人种的血液皮肤之中，镌刻在每一位炎黄子孙的心坎上。然而，当我乘坐汽车走近长城登上它的脊梁时，却被另一种摄人魂魄的震撼所倾倒。

此时此刻，仲秋金色的阳光依然炙热地照射着城墙，清爽的风儿吹在脸上格外宜人，宛如慈祥的老人在抚摸儿孙一般，令人踏实自在。我们拥挤着拾级而上，高高的台阶托起我们不算矫健的身体，向上攀缘，一级一级此起彼伏向无尽处延伸，不知不觉中陡峭的燕山已被踏在脚下。稍稍转过身子，只觉阵阵眩晕袭来，我赶紧回过头来向上攀缘。当目光终于淹没了眼前凸出的城堞，遥望远处起伏的山脊、蜿蜒的高速公路和卧龙似的古城墙时，一股博大、雄浑、粗犷的热流突然在我胸中翻滚起来：当年修筑长城时赤裸胳膊、青筋暴起的肉体如群雕一般时隐时现，透过古人如雨的汗珠，依稀可见当年狼烟滚滚、杀声四起的搏击场面，生命在严酷惨烈的搏杀中经历了一个神圣而痛苦的过程，时间、历史、自然、人类、民族，在这凝眸中都具有了不同的含义。

说老实话，自从读到"孟姜女哭长城"的故事后，我对长城的感情总是怪怪的，既想一睹这让秦始皇留下千古骂名的古长城，又实在同情孟姜女的悲苦凄惨，长城便如多味豆一般在心中滚动，那一个个日夜的思念与渴望，那不可理喻的抗拒和诅咒，那梦境中无数的遐想与猜测，如今都将亲眼所见，心情怎能不激动？以至接到参观长城的通知时，我一口气买下了十多卷柯达胶卷，我决定拍它个痛快淋漓，把它带给远在千里之外的亲友们一饱眼福。随着车子的渐行渐近，随着同学们拿腔拿调的搞怪诗朗诵"啊！长城，你真长啊"！我的内心愈发不能平静。

出发前班主任老师反复交代要统一行动，以免走散。还有一位来自广东的诗人说要与我一同攀登，但我一登上长城便忘记了事先的约定，一个人拿着相机拼命地攀爬，说不清是为什么，脑子里不时变幻着各种意象，前人众说纷纭的各种诗句纷至沓来，耳边仿佛响起"不到长城非好汉"的苍劲声音。我只想一个人独自走近长城，让自己那颗心悄悄贴紧长城，尽可能静下来感悟长城的博大。蓦然之间，站在长城上的我恍然大悟：任何留存下来的人类遗迹，是非功过自有后人评说，任何浅薄的推测与求全责备都是无知的，都是对长城的亵渎！

二

手拿相机，吃力地向上攀缘，每走一步，腿脚都在发抖，汗珠串串滚下，咸咸的汗珠浸入眼眶，只觉得眼睛火辣辣的，我生平第一次体会到了力不从心的无奈，只好爬一段歇一会儿。望着一个比一个更远的城堡，我默默地在心里告诉自己，一定要登上最高峰。"宁可死在奔波的路上，也不愿坐下来享清福"，不知谁说过的话语突然跃入我的脑海，我艰难地向前挪动两条如灌满了铅的双腿，终于气喘吁吁地出现在视线里的最高处。

喝光矿泉水瓶里的最后一滴，我真想把矿泉水瓶直立深埋在断垣碎砖之中，让它吸天地之精华，聚日月之光阴。可环保意识让我把矿泉水瓶插入口袋，就算没有人看见也不能四处乱扔垃圾，给古老的长城增添白色污染，一念至此，我长呼一口气，然后拍拍双手，站在城头徘徊：抬头望去，最高处又遥遥在前，原以为的最高峰不过就是普普通通的一个城垛而已，我低下了不愿服输的头颅。是的，在长城面前，再狂妄再霸气的汉子心里也会发虚，足下发软，佩服得五体投地。我举起相机拍下眼前一组组古老的痕迹，透过坍塌不平、杂树比人还高的古长城，我仿佛看见了秦王朝的蓝天白云、风沙尘土，孟姜女的哭声早已被凄厉的北风吹散。确实，长城是一部古老的史书，里面的故事确实太沉重了，太遥远了，如果登长城只是为了挑选小贩们销售的纪念品，或者拍上一两张"不到长城非好汉"的照片就欢呼雀跃起来，那是要辜负当年秦始皇叱咤风云背后那段厚重的历史。

背着相机，手拿外套，走在当年士兵们走过的台阶上，两千多年前的阳光依然炙热地照在身上，可匆匆而行的身姿却不再是弯腰驼背气喘吁吁的民工伙夫，更不是荷枪持戟的铁甲将军。倘若秦始皇当年明白再坚固的长城也经不住自然界风霜雨雪侵袭的道理，又何苦征用全国三分之二的强壮男丁大兴土木呢？倘若秦始皇以后的历代皇帝知道再固若金汤的长城，依然保不住秦一世乃至秦万世的美好梦幻，又怎会劳民伤财对长城进行修修补补呢？"后人哀之而不鉴之，亦使后人而复哀后人也"。真是一针见血的惊人之语！微风之中，耳边又响起"万里长城今犹在，不见当年秦始皇"的慨叹！唉！造化如网，再聪明的统治者也难逃其网！

三

轻轻地抚摸已经风化的城堞、垛口、砖石，如同触摸几千年来一部沉重的历史，如同抚摸打着号子、肩扛巨石的古人脊背，那滚动的汗水凝成了一部民族的心灵史、奋斗史，记载着中华民族几千年的世事沧桑，隐潜着我们民族深重的灾难和坎坷。我仿佛倾听到了历史在不安地呻吟，内心深处不由得慢慢沉重起来。

放眼望去，蓝天之上，白云滚滚，匆匆前行，苍鹰翱翔，搏击盘旋，一股久违的强悍之气蓦然充溢胸间，鼓荡澎湃不已。长城以南一片温暖若春、生机盎然之景，长城以北却草木枯萎，冷风飕飕，凉气袭人。果然是一墙之隔两重天！古老的燕山蜿蜒依旧，而当年人喊马嘶、刀光剑影、鼓角齐鸣、烽火狼烟的搏杀，如今都化为冷峻的岩石、青葱的小草和屹立的大树，化作了金色秋阳下的宁静和墨客骚人的摇头叹息，只有伤痕累累的古长城似忍辱负重的门神，默默守卫在京都的北大门，履行自己防守的责任。沿着长城的脊梁不断向上攀缘，走过刻有"此处没有开发"大红字的城垛口，奋力地向上爬去，仿佛一生之中都在攀爬。到了最高峰，向下望去，一片荒凉的情景映入眼帘，没有经过人工修复的城墙已经脱落、坍陷，极少有游人继续向下。蓦然心中一动，我拿起相机独自拍下了一组组"荒凉古堡"的照片，一股沧桑之感油然而生：用砖石、泥土和血肉筑起的长城纵使工艺再精湛、结构再坚固也有塌落的一天，只有用民族灵魂筑起的精神长城，才会无坚不摧，才能世代相传，在风雨飘摇的历史长河中巍然屹立。

面对古老沧桑的长城城墙，我不禁沉思起来：莫非古代帝王将相身边的谋士大臣就没有人思考个中原因而冒险进谏吗？也许是天威难犯，保全家室功名更要紧的缘故吧！看来，有时统治者个人的独断专行和王公大臣们的苟且偷生带来的往往是民族的悲剧。唉！为官之人，实在不可不慎！

长城是历史给后人留下的一份沉甸甸的礼物，是战争在中华巨龙身上刻下的一道深深的烙印，它已深深地刻入炎黄子孙的骨头，融入民族的热血之中，是一部意味深长的活教材。它静静地告诉我们，封建王朝统治阶级倘若忘记了前车之鉴，横征暴敛，民不聊生，再坚固的长城也挽救不了国家衰亡的命运，只有把长城牢牢地筑在百姓心中，赢得民心，才能真正国泰民安、四海升平历经万代而不变也！如此看来，"以铜为鉴，可以正衣冠；以人为鉴，可以知得失；以史为鉴，可以知兴替"实乃千古治国之真理！难怪雄才伟略的唐太宗常念叨"水能载舟，亦可覆舟"之理，其实有形的长城再厚实再险峻也是无法保证一个王朝的长治久安，只有无形的长城才是统治者最最坚固、无坚不摧的治国之宝！

秦始皇的悲剧，又何尝不是一个古老民族的悲剧！

长城的大起大落，又何尝不是民族历史兴衰的铁证！

坐在回校的车上，窗外各色车辆掠窗而过，一大群金发碧眼的外国游客露出满意的笑容，我静静地靠在窗口，望着远处如梦如幻苍莽的长城，悄悄地闭上双眼，耳边又响起了张明敏演唱的《我的中国心》："长江，长城，黄山，黄河，在我心中重千斤"……雄壮的声音穿云裂石，飘过长城，飘过长江，飘进散居世界各地的炎黄子孙耳中！泪光之中，我恍惚也变成了一块硬硬的古老砖石，砌进了长城的某个角落。

王　歌　老　师

一

认识王歌老师是在千禧龙年的夏秋之交。

那一年，在我人生路上应该是一个充满喜剧色彩的年份。汪兆骞、牛汉、张同吾三位文坛前辈联名推荐和褒奖，让我这个普通的乡下人顺利迈入中国作家协会鲁迅文学院的门槛。到作家班学习，坐在讲台下，静心聆听当代文坛有名的专家、学者、教授讲课，是我多年的梦想。

王歌老师是我们这届作家班的班主任，也是我求学路上的良师益友。

　　鲁院的班主任和其他大、中学校的班主任不同。学员毕竟都是来自全国各地冠以"作家"称号的成年人。虽然班上也有个别少男少女，可也都是非同一般的鬼灵精。这帮人个性强，故事多，见识广，东西南北中各具特色，来鲁院学习都抱有各自的雄心壮志，说句不中听的话，个个都是难伺候的主。对班主任王歌老师来说，带这样的一群子弟，说难很难，说易则易，玩得转玩不转就看你的造化了。

　　我属于个别不住校的学生，上课来下课走，很少与同学老师交谈。每当听到同学们评论老师好与坏、宽与严时，我总会想起宋代有位高僧留下的"何立从东来，我向西方走"，不但置身度外，而且还常常想，要是班主任不知道还有我这一号人在，该多好！

　　老实讲，当时我确有说不出的苦衷。漂泊或漫游的无奈，自卑多自豪少，哪里还有心情故弄玄虚？我不得不白天上课，晚上赶回公司加班补时。每天都来去匆匆，根本无缘体验作家班里那种独有的浪漫新潮与生活情趣。关于作家班的浪漫情趣美丽故事，我还是多年以后听师弟师妹笑谈中略知一二。

　　第一次见王歌老师是在开学第一天。一个着装普通的中年男子走进教室，自我介绍说他就是班主任时，态度谦和出乎我的意料。怎么，这就是作家摇篮——鲁迅文学院的教授所应有的光辉形象？鲁院教授到底应该是个什么样子，我也一下子说不上来，反正觉得不该像王歌老师既随和又普通的样子，至少神色要威严冷峻，令学生肃然起敬，甚至有点恐惧感才符合国情。毕竟"天地君亲师"榜上有名，虽然"师"排最后，可"师道尊严"的传统观念却在中国人心目中根深蒂固，传播了千百年。

　　接下来的日子，我对这位班主任的印象依然陌生。也许是因为学校安排他讲课我请假缺席的缘故吧。然而，之后的一件事却让我对他产生了好感。那是学校举办学员作品研讨会，要求大家无条件参加。当时我正在编校解放军艺术学院小说家宋学武先生的三卷本文集，工作压力重，无暇更无精力顾及其他。人家急等文集在校庆前出版，一日打三次电话来催，急得公司老板坐立不安。我是具体操作者，老板一急自然就发泄到我头上。明知此事难以开口向班主任请假，必遭拒绝不可，但我还是不得不硬着头皮，准备好去自讨没趣。心想，撞大运不成，只好随他去，听天由命。班主任耐心听完我的诉说，在十分为难的情况下还是替我这个学生讲了话，让我争取到了时间，按时完成了工作任务。看着精美的《宋学武作品集》三卷本如期出版，我首先想到的是来自王歌老师的关怀。后来才得知，他对校方的解释恰恰是：同意请假既能保住此学员的生计，又能保住学习，别不选择。人性化管理是他做此决定的出发点。正是这位我不熟悉又不以为然的班主任，全然为我承担了责任。他的这种重实效不重形式敢于担当的作风，一下子改变了我对这位班主任以及鲁院老师的看法，让我由朴素的感激之情萌生了对鲁院师长尤其是对王歌老师的好感与信任。

　　到鲁院学习，对我算是一份意外收获。谈不上有什么理想抱负，充其量是来开开眼界。听说各行各业专家学者教授常到鲁院登台亮相，以方方面面的知识为学员充电。先不说能学到什么，单从能一睹众多名家的风采，就足以令人神往。镀镀金总比无金好。

　　说句心里话，不进殿堂思殿堂，进了殿堂多失望。多年来商潮滚滚横扫一切，文风低吟不见当年之强劲，这从鲁院成立五十周年纪念大会上可见一斑。无巧不成书，鲁院五十周年校庆，竟然让我们这届作家班撞上了！真想不到，场面之清冷之寒酸，让我这个普通学员也感到难以接受。除梁晓生等几位知名作家前来祝贺外，以往各届师兄师姐几乎不曾露面，连只言片语的贺词也不多见。只有我们这帮师弟师妹里里外外上上下下抬桌子搬椅子地忙活着！本想趁此机会认识一下鲁院数十年来培养出的有了名堂的师兄师姐们，盼来的却是"门前冷落鞍马稀"的景象。

　　王歌老师就是在这个时候默默走进鲁院，拒绝上高校名校任教毅然决然选择鲁院的。只有爱好文学敬仰鲁迅的人，坚信无用之用的文学必有大用，才能做出这样的决定。

二

学业结束后，我继续在公司上班。为生存被烦琐的工作捆住了手脚，我不能回鲁院看望师长，可我与班主任之间仍保持电话联系，对先生的了解与友谊也不断加深。记得离开鲁院不久，我便给他写了封信。一方面表达我的感激之情，同时也诉说对自己境况些许不如意与无奈。先生及时回信，对我这个漂泊在外的游子给予理解与抚慰。先生一再表示，在校为师生，离校为学友，相互之间要平等互爱。他那朋友促膝谈心式的鼓励，给我增添了活力。寒流滚滚的北国也有热情，熬过严冬，春天还会远吗？记得他曾用朱光潜教授说过的话勉励我：走路是有阻力的，阻力才让人成材。顺风路好走，逆风路难行，用力克服困难，你才能变得坚强有力。

转眼又是一年。元旦前夕我给先生寄了一张明信片作为贺岁。在当今电子邮件手机短信普及的年代，明信片作为我学生时代的时尚，早已风光殆尽无人问津了。然而，多年来我一直用这种土鳖方式与我的师友进行联系。虽然眼下我身处京都，可我仍然坚持用习惯方式与在法兰西浪漫国度生活过刚刚回国不久的老师问候。虽然显得有些冒失，可我并无他求，只想表达一个学生的敬意罢了。想不到先生不仅回了明信片，还给我这个学生写了一封热情洋溢的信。学生给师长贺年，天经地义，往往贺者多，回复者少，这似乎早已习以为常。先生的信，内容不必说，单说这种令人眼前一亮的意外的大气，让我无法忘却。尤其是先生那种一贯待人谦和亲切的作风，无论是从"自由、平等、博爱"的法国带回来的还是自身固有的，总让我有一种久别重逢的感觉。

说到此，我不由想起学姐张晓芳女士在谈到对先生印象时所说的：

学者，在我的意识中是比较孤傲、冷漠、难以接近的人，这位老师是什么样的呢？我惴惴不安地推开教室的门。

"进来吧，找个位子请坐下。"

王歌老师热情地招呼，一下子拉近了我与他的距离。我就近坐下……

也许，我与先生的友谊，就始于这一封出乎意料的回信！

倘若有人问我，对于事出"必然"还是"偶然"作答，我可以毫不犹豫地说，事出"偶然"的多！如今，我能坐在京城一隅自己的书斋里，静下心来回忆我与先生相处的情谊，岂不就是事出"偶然"所带来的这段难以忘却的记忆吗？

感动之余，我又大着胆子给先生寄出了近期所写的两篇小文，请他批评指点。又一个没想到的是，先生看了我的文章，不以为浅陋，反而褒奖有加，并写了长达六千余字的评论文章（日后收入"王歌谈创作"丛书上卷《行走一夜读》），同时也指出其中尚待修改的不足。我为先生的师德所感动，也为他深厚的功底和清新的文笔所震惊。鲁院求学时的班主任，看上去一个普普通通的人，竟然出乎意料出手不凡。

其实，我对先生的文化背景并不清楚，直到阅读了他谈创作的文章之后才有所了解。先生是"文革"后作协重建不久就在外联部工作的老人，而后赴巴黎留学，属于"海归"一族，以文学博士的身份重回作协鲁院任教。用"真人不露相"来形容他的为人恰如其分。我庆幸自己遇上了一位好老师，资历才学固然重要，但对我更起作用的是一个人的品行。当然，我更为自己被先生发现和看重而多了几分自信。

记得有一次先生写了长达万余字的游记，是一篇有思想个性的好散文。先是投给《中华散文》杂志，因版面有限编辑要求删节，被先生婉拒。正巧我有一位当编辑的上海文友组稿，文章给他很快就无删节地刊登出来。当我拿着杂志去看先生，先生高兴地留我用餐，朋友一般边吃边聊。从此，一有空我就去看他，从聆听教诲到自由交谈，自然而然地走近这位忘年交师友。

如今回味起来，我依然有一丝莫名与不解：在鲁院该走近先生时，我竟然不像他人那样围绕在先生身旁；离开了校园，在人影渐行渐远各奔东西的日子里，我却愈发走近先生并与之靠拢。这，莫非就是佛门认定的"缘分"！

三

时光荏苒，转眼就到了二〇〇三年。记得四月的一天，其时正值"非典"肆虐，因为工作我不得不出门。从公主坟下地铁，一节车厢里竟然只有两个人，戴着口罩拉开距离。经过复兴门和建国门两个换乘站，往日拥挤的站台空无一人。这是我到北京数年乘坐地铁，第一次看到如此凄凉的景象。我的心顿时悬了起来。没想到，连我这样的傻大胆到此也会心生胆怯！回家路上，我再也不敢下地铁而改乘公交了。毕竟地上比地下通风安全。刚一到家，就响起电话铃声，是先生打来的。先是反复叮嘱我要注意防范，保护好自己，并且告诉我鲁院的作家高研班也停课了，说校方为了增强学员们的身体抵抗力，每天给大家增加一杯牛奶和两个鸡蛋的营养。他一再给我减压，说政府有能力对付"非典"疫情的！此时此刻，我为能接到先生这样的电话而感动不已。他的爱心加上话语幽默，还真让我顿感轻松。想必先生理解，像我这样一个孤身在外远离家乡又遭遇"非典"的弟子，真正需要的是怎样的关怀！

在日后的一篇文章中，我不无感慨地写了这样一段话：

> 一场不测的暴雨倾泻下来。此刻，我正挣扎在风雨中。突然，我渴望有所依赖，哪怕一小包干粮、一条旧拐杖、一把破雨伞、一架路边草棚，甚至是一句遥远的祝福。我忽然发现，原来人在困境中是多么容易满足，又是多么容易被感动！

先生的电话，让我顿时明白了一个浅显的容易被忽视的道理：原来人与人之间的交往与沟通，只要发自内心，竟然如此容易感动又如此令人难忘。"君子之交淡如水"，即便一个电话，一句问候，一声祝福，就能架起彼此间心灵的桥梁，沟通彼此间的情感驿站。

先生的为人、为师之道，在他所写的"王歌谈创作"上卷《行走一夜读》一书中有所表现。这部作品是他在"非典"期间学校放假写成的。作为先生的弟子，我有幸参与并成为本书的阅稿人。我为先生谦和的人品、渊博的学识、机智幽默的思辨以及博大的胸襟所感动。当文字编辑已近尾声时，先生又交给我一个任务，要我为他的书稿写一个编后记。生怕笔力不足贻笑大方，有负先生重托，我本想推脱，但面对先生的真诚与期待只好点头答应。硬着头皮作文，总算交了卷，标题为"沐浴师恩"，真应了那句"无知者无畏"的话。

有人总喜欢往脸上贴金，走到哪里都想让自己的脸面闪闪发光。人如此，书亦如此，求得含金量高的名士为自己贴金倍感荣耀。然而，王歌老师对此说不。他的作品无不与学生联系在一起。他告诉我为人为文都要求是，华而不实假冒伪劣是大忌。先生出书自己作序，请学生写编后记更是眼睛向下，便于师生之间的交流互动。教育要改革不是一句空话，从我做起，从点点滴滴入手，不媚俗，才有希望的亮点。面对坦诚，我不断感受先生"文如其人，人如其文"的真实。先生用言行激励我抬头挺胸，走自己的路，写自己的书，唱自己的歌，跳自己的舞。在我困顿时，他伸出援手，雪中送炭；顺利时提醒我小心谨慎，从不锦上添花。无论身处逆境或顺境，遭受寒冬还是沐浴春风，先生总是一如既往鼓励我要目标坚定地往前走，走好每一个脚步，做好每一个细节。一年四季，"心平气和"地过日子，"聚精会神"地干活儿，是先生之所求，亦是我所追求的。工作着是美丽的快乐的。美丽而快乐，不但是一种感觉，更是一种能力。

我在京城的日子渐渐充实起来，似乎时来运转、有"河东""河西"之变的感觉。先生也到点下课，到年龄退休，离开了教学岗位。可我与先生的联系不但没有减少，反而比他在校时多了起来。每过一段时间，我就会给先生打个电话问候，一有空闲依然到先生家里坐会儿，聊聊天儿，谈谈文学创作，说些日常的见闻趣事。让我印象深刻的是两方面：

其一，虽然先生身患糖尿病高血压健康状况不佳，但他退休后的淡定生活、接人待客的朴实平和、读书写作的认真专注，一切都那么从容不迫持之以恒。对我这个正值中年工作精力旺盛的人来说，钦佩之余，看到自己衰老之年的憧憬——先生的今天，就是我的明天。"青出于蓝，而胜于蓝"，我要认真工作，修身养性，为日后打好基础。其二，无论是何季节，无论是刮风下雨还是飘雪，只要我去拜访，告辞时先生总要下楼，送我一段很远的路，直到出了小区大门口，目送我远去才作罢。每当此时此刻，触景生情，总让我想起离开家乡北上京城时，父母亲送我时的那种依依不舍的目光。我在遥远的北国能重温父爱般的温暖，这是先生给予我这个平凡弟子最为宝贵的关怀！

我常为老师默默祈福，盼望他能够尽快重获健康。

四

当京郊的第一抹晨曦悄悄透窗而入时，刚刚点校完先生《行走一夜读》的最后一个标点，我不禁美美地伸了一个懒腰。浑身上下竟轻松无比，丝毫不像已经在书桌旁坐了整整一夜的样子。屈指算来，来京的日子有些年头了，其间编过杂志、报纸，也编过各色书籍：精装的、平装的、大部头的，可让我编后会如此兴奋的经历似乎不多。印象较深的是，几年前编校的"二十世纪留言文学丛书"，其中有牛汉先生的《牛汉诗文补编》、崔道怡先生的《方苹果》、汪兆骞先生的《记忆飘逝》、章仲锷先生的《磨稿余谭》、张同吾先生的《沉思与梦想》……没想到几年之后，我又一次被一本好书所打动，吸引眼球，让我夜不能寐。这就是为先生编校的专门谈文学创作的《行走一夜读》。在通篇阅读中，我的思绪如鸟儿一般穿梭在芳草地上、绿树枝头，任凭风儿轻悠、虫儿吟唱，浩浩乎如冯虚御风，飘飘乎似遗世独立。又仿佛沐浴在春风送爽的湖边，手舞足蹈，尽情享受这来自书中的教诲与关爱。"近水楼台先得月"的侥幸与荣幸，顿时溢满心头。

认识先生，只是一种偶然；走近先生，却是一种必然。我相信"缘分"，倘若无缘无故，没有共同之处，即便近在咫尺也形同陌路。况且，书缘更能拉近师生之间的情感距离，让我由浅至深由外入里地翻阅先生。《行走一夜读》一书的构想，最初是我们师生闲谈时无意中提起的，我意识到会对爱好写作的人有指导意义，便建议先生动笔。而后再与晓萍师妹共同策划，致使这本书得以面世。

在教师生活状态、人文学术状态欠佳，拜金主义、消费主义横行，为追名逐利不择手段的现实状况下，我看到的是责任心与人文关怀的缺失。然而，想不到的是，在留法回国的王歌老师身上得以重现，这一来让我感到困惑，二来又重新点燃了我的希望之火。

教育之所以神圣，是以育人为本，教化人的灵魂。然而，一旦教化失灵，做表面文章的多，文凭变成争饭吃的大小餐具，这样的教育就令人担忧。拜伦说："婴儿不是人，是动物。"强调人类从动物转变成人的艰巨性和必要性，更强调做人的后天性。是父母把子女苦心养大成人，是教育把人从小到大培养成人。培养教育与精神成人，是人类铁定的成人之路。一旦教育出了问题，不能明辨是非，哪里还谈得上对真正美好生活的想象？眼下青年男女毫无顾忌地在众人面前演绎爱情的搂抱，司空见惯；商场上你争我抢，弱肉强食；"有奶便是娘"，一些所谓的知识精英以投靠洋主子为荣，勾结贪官污吏坑害国家，甚至加入外籍，甘愿充当间谍，不择手段盗取情报——假洋鬼子比真鬼子更厉害，给中国造成巨大的经济损失。这样的一些人，如此这般食与性，又与动物有何区别？况且，动物世界里有的还懂得报恩，何况人乎？一个人必须有起码的爱国心，连国与家都不要，就要与汉奸为伍了！值得深思的是，我们的品德教育哪里去了？当年鲁迅先生弃医从文的那一幕，又不由自主地浮现在我眼前。

先生对此不无忧虑。

人的无奈先是面对生死的无奈，明知不可逆转只有顺应其变。其实，想开了就逐渐变得达观，心胸豁达就能悟出生命的真谛。无苦无甜，无忧无喜，人的命运如此，教育亦如此，消极悲观改变不了任何结果。只有勇敢面对，坚持做自己该做的事，像先生一样，默默无闻一点一滴地做，做的人多了，"教育"——教书育人才有希望。

"萤火虫，虽然渺小，但微弱的亮光也是光。聚集多了，也成气候。"先生把自己比作一只萤火虫，而且充满信心。独坐书斋，他一门心思扑在学生身上，为弟子指点迷津，把冷板凳坐成热板凳。这样的教书育人，令子弟信服与敬重，让教育看到希望。提携扶助，虽不敢说是义薄云天，但于我们这些飘移于文学殿堂门外的或已跨入门内的学子来说，先生无疑是一位古道热肠、忠肝义胆的布道者。先生从不拒绝他人讨教，博爱之心浩大，诲人不倦。只要学生向善有悟性，是块"材料"他就格外关注。孔夫子编纂《春秋》，用心良苦，"礼崩乐坏"，让他呼喊"克己复礼"；如今有人出来讲孔子，说《论语》，是因为看到传统文化在流失，发现人性一旦被物化被商品化，必然导致善恶不分。有责任心者只能脚踏实地，不玩虚的来实的，以身作则并且持之以恒，才能有所作为。一旦日后在我们这些学生中，有哪位能走上文学殿堂的制高点，又有谁能忘记先生的启蒙之功呢？

《行走一夜读》共分四章，前三章主要是先生在教学之余，与学员关于文学创作探讨的来往信函及解答分析，后一章是为十几位学员的文章或著作所做的点评。作为第一读者，我完全可以向朋友们，尤其是初上道或即将上道的文学青年们推介：一字一句，真情流淌，坦诚直率；一点一逗，严谨深刻，深入浅出。毫无半点惺惺作态、高高在上的说教，分析透彻；说理生动的文字，平和如同兄弟姊妹之间的侃侃而谈，亲切恰似情侣之间的喁喁私语。似春风、如细雨，在不知不觉中轻轻吻上你的脸庞，湿润你的眼帘，渗入你的肺腑，让你在悄无声息的沐浴中，领受先生真诚的治学态度，感受他的人格魅力。

这样的老师不是随便就能碰上的！

先生造化之深，不是靠玩弄技巧玩转了作家班，而在于凭教师的一颗责任心与奉献精神，感动了走近他的每一位学生。碰上这样的老师是福气。

"文学，原本是人学，人的良心之学；作文，即做人，作文的高下最终是做人的高下。说到底，作家最后的较量还是看素质的高低。"我认可先生这样的做人与作文。作为学生，我和我的师兄师弟师姐师妹乐见他一再嘱咐的"做健康之人，说健康之话，写健康之文，干健康之事"。把健康的精神风貌带给我们的读者，以鲁迅先生的品格打造文字的尊严，提高人格魅力和展示文学的良心。

比大海宽广的是天空，比天空宽广的是人的胸怀。母校应该是记忆的殿堂，是学子灵魂的所在地。作为鲁院的学生，先生期望我们心胸开阔，光明磊落如皓月当空。心无杂念，更无藏污纳垢的死角，只有红日高照云烟袅袅，只有星儿闪烁清风舞蹈，只有鹰击长空雁声阵阵，只有绿树红花农稼飘香……这样的天空既不富有亦不华丽，但却可以一洗风尘，让烦恼随风而去，让清醒迎面而来。

草明先生

　　也许是缘分吧，继二○○八年组编《百年欧阳山》纪念丛书五年后的今天，我又有幸接到了欧阳家族长女欧阳代娜、三女吴纳嘉老师交给的重任，编校为纪念新中国工业题材小说的奠基者、开拓者——著名女作家草明先生一百周年诞辰而创作的《草明评传》；让我吃惊的是《草明评传》的作者与当年《欧阳山评传》的作者竟同为一人，即欧阳家族的第三代、全国特级教师欧阳代娜的大女儿田海蓝教授；在短短的几年时间内，能够马不停蹄为参加过延安文艺座谈会同为著名大作家的外公、外婆连续树碑立传的作者，恐怕在中国现当代文学史上也绝无仅有。当年欧阳山以三十多万字的《三家巷》招致全国各地三百多万字的批判文章的"欧阳山现象"，一生致力于新中国工业题材文学创作笔耕不辍、与工人阶级心连心的"草明现象"，如今呕心沥血为纪念新中国文坛开拓者那一代人数年来如一日坚持笔耕不辍、树碑立传的"田海蓝现象"，恐怕都值得我们用心去仔细把玩、品赏。特别是在这个商品经济大潮冲击现实生活乃至意识形态领域的变革时代，许多年轻人已经不再愿意坐下来读书的"快餐文化"时代，重温红色文化经典、研究红色文化经典、传承红色文化经典就显得格外迫切与需要。

　　说实在话，我对著名女作家草明先生的最初了解仅始于二○○八年编校《百年欧阳山》纪念丛书（六卷本）的时候，而且只是在欧阳山身影背后只语片言地出现过；真正了解草明先生的生活及其文学创作成就，当得益于此次编校《草明评传》时的阅读。作为毕业于大学中文系的我，无知到连鲁迅、郭沫若、茅盾这些宗师级文坛领袖都赞许有加的左翼时期著名作家欧阳山、草明夫妇都不知道，真是够惭愧的。倘若归根究底要怪罪的话，我想应该归咎于当年某些阉割现当代文学史的"权威专家们"，是他们的随意删节与主宰文坛的狂热让我辈无知且无畏的！幸好有缘，二十多年后的我终于能够有机会补上这一课，与草明先生的作品迎面相逢，详尽地了解到草明先生坎坷曲折的文学之路与生活道路。

　　田海蓝教授在评传的开篇不久，就用了大量的笔墨详细介绍了广东顺德地区独有的"自梳女"现象：这是旧时代南中国顺德地区一种独特而又悲壮的人文景观，说她们独特是因为这些自梳女们为了能够争取独立的家庭地位所做出的抗争，这个群体都有一定的经济收入和独立自主的人格魅力，她们都能做到不依赖男人的支持而独立生活，也都不愿意成为男人背后的附属物品而供其驱使、奴役，在三从四德的旧时代里，她们的横空出世无疑是一种进步的抗争，一种无声的呐喊，说她们"用自己的行为颠倒了几千年来封建社会男尊女卑的社会秩序和思维惯式，她们就是中国妇女解放的行动的先行和思想的先觉"（见田海蓝著《草明评传》中国文史出版社 2013 版，以下类同）一点也不过分；说她们悲壮其实在坚强独立的背后往往是不为人知的辛酸与无奈，是对她们人性的摧残与剥夺。作为女性，她们一生无法享受到男人们的呵护，无法体验到传宗接代、儿女成群的天伦之乐："……那些个孤零零的、清冷幽静的姑婆屋，公婆庙，冰玉堂里的自梳女牌位和缕缕的浓浓的炉香，才是她们之中大多数人最后的无悔无怨的归宿和陪伴……"我个人认为，作为一位长期体弱多病的女作家，能够有勇气到本该是男人们去的大工厂从事工业题材的写作一辈子持之以恒且硕果累累，在草明先生这种坚强的个性与人格魅力背后，我们无疑能看到顺德自梳女的形象在出没闪现、耀眼夺目。

  当然，我们不能把接受过马克思主义、毛泽东思想洗礼的革命作家草明与那些自发组织形成的自梳女形象完全等同起来，但两者之间不可分割的内在联系确实值得我们去深思、去探讨研究。很显然，从草明先生的处女作开始，在很长的一段时间内，其文学创作取材一直都是以缫丝女工这个群体为对象，与其说是草明先生同情她们的不幸遭遇，不如说是草明先生对这个群体的礼赞与呐喊，或者说是对这群"无论什么时候想起来都会感到很亲切、很熟悉的家乡姐妹"的顶礼膜拜。许多评论家们都认为草明先生的文学创作之所以一生都扑在工业题材领域且乐此不疲，与她早期文学创作所选择的对象是分不开的，而我却更愿意把她的早期文学创作归纳于她对自梳女现象的崇拜与钦羡，或者说是一种人性本能的自然流露，一种最初不自觉的文学创作现象。

  真正让草明先生全身心地投入到新中国工业题材的文学创作之中，最大的原动力应该是毛主席在延安文艺座谈会上的讲话对她灵魂深处的冲击与洗礼。当然，我们不能排除当时草明先生婚姻的破裂对她个人身心的沉重打击：草明先生骨子里是崇尚浪漫、爱情至上的，要么不爱，要爱就一辈子，是她一生当中的为人作文的座右铭。当年为了心中崇拜的文坛才俊欧阳山，甚至来不及与全力支持她上学的三哥打一声招呼，就毅然与欧阳山一同乘坐装猪北上的货轮远走上海。从此，在鲁迅先生的教育和帮助下，成为中国左翼作家联盟阵营中一位冲锋陷阵的得力干将；为了躲避特务的追踪抓捕，草明毅然冒险代替欧阳山去朋友处索要稿费，不幸落入圈套而被捕入狱，从某个角度来说，还是出自对欧阳山的深爱才受此牢狱之灾；历尽劫难，与欧阳山有了一双儿女之后，一家人千辛万苦先后到达延安，本该安享天伦之乐，不料婚姻突变，这种情感上的致命打击对性格倔强的草明来说，无疑是她人生道路上的又一次严峻考验。

  婚姻破裂了，对一个女人说自然是一次重大的打击，草明先生亦毫不例外。倘若是换了别人，也许会寻死觅活地大闹一场，可倔强的草明先生没有，她只是默默地把对欧阳山的深爱收回来埋藏在内心深处。"从此，我的历史要单独重写了。是啊，重新写罢！我是个有独立人格的人，我是党的女儿，我是属于人民的。让自己一生的精力、工作都献给人民罢。"随后，她就全身心地投入到火热的群众斗争当中去，一辈子也没有再结婚。把自己的全部热情和满腔的爱恋默默地转化为对人民大众的爱，对工人阶级的爱，对新中国工业题材文学创作的爱。这种爱不是一己之私，而是天地之间的一种大爱：为了这份发自内心深处的大爱，草明先生参加过哈尔滨市邮局的接收工作，到镜泊湖水力发电厂体验生活，进而在全国总工会第六次劳动代表大会结束的那一天拿出了第一次反映了解放区的工业建设，让工人阶级第一次以工厂主人的身份出现在文学作品里，在中国现代文学史上具有首创意义的长篇小说——《原动力》；为了这份发自内心深处的大爱，草明先生欣然接受蔡畅大姐的郑重委托，为毛主席的二儿子毛岸青精心辅导中文学习（也许这就是草明先生后来无论到哪家工厂都要抽出时间为工人阶级兄弟创办各种文学创作培训班的最初尝试），沈阳刚解放，草明先生又自觉地深入到皇姑屯铁路工厂的第一线工作，毅然决然地离开了关心她、呵护她成长的蔡畅大姐，离开了优越、轻松的秘书工作环境，写出了反映我国铁路工人生活的第一部长篇小说《火车头》；为了这份发自内心深处的大爱，从一九五四年起，草明先生又打起背包，将自己的户口直接迁到了鞍钢，一待就是十年。

> 没有在五十年代的鞍钢炼钢厂待过，没有在铁屑粉尘弥漫的车间里待过，没有在震耳欲聋的吊车、罐车的呼啸声中待过，没有在烟熏火燎、煤气味儿呛人的现场待过，没有在炉前被辐射热度高达摄氏六百度的热浪烤过，没有在出钢时看见钢花四溅的壮丽同时也伴随着险象环生的危险……

一般的人是无法体验到这里工作环境是何其险恶和艰苦的！可是，体弱多病的草明先生硬是在一片纯属男人们的钢铁世界里安营扎寨。不但成功地闯荡了十年，而且还写出了新中国工业文学的扛鼎之作——《乘风破浪》；为了这份发自内心深处的大爱，一九六五年三月，刚从鞍钢调回北京作家协会不久的草明先生，在年过半百（五十二岁）的时候，又一次信心百倍地深入基层，拿着组织的介绍信正式去北京第一机床厂上班报到：

> 那种震撼人心的声响如同一台训练有素的管弦乐大合奏在歌唱着劳动的颂歌。听着真是让人心花怒放……在这个时候，我在车间轻轻地走着，怕惊动他们（指正在忙碌生产的工人们），看到他们的虔诚的脸面，这也是我最欢快、最幸福的时刻。

草明先生哪里像是去工厂体验生活，分明把工厂当成了自己的家、自己精神世界里的圣地，当成了自己生命中不可分割的一部分，把工人们当成自己的家人、自己的兄弟姐妹们一样深爱着、赞美着。

一个女人，挚爱自己的丈夫，疼爱自己的小孩是天经天义的；一位作家，热爱自己的文学创作，偏爱自己作品中的人物形象也是无可厚非的；可女人与作家二位一体的草明先生，不但深爱自己的丈夫，疼爱自己的孩子，偏爱自己作品中的每个人物形象，她还深深热爱着一个巨大的群体对象——那就是为新中国创建和发展壮大奉献自己毕生的青春和生命的工人阶级兄弟姐妹们。君不见：当年草明先生来到深山老林里的镜泊湖发电厂工作时，就向领导特别提议"应该办个学习班来宣传党的方针政策，并且愿意亲自来教工人们学习文化……草明不但讲政治课而且教工人写信、作文、算术，还给工人讲长征、讲延安的故事，每每讲到这些时，全班的工人们都听得鸦雀无声，还有人感动得直擦眼泪。"如果没有一种对工人阶级兄弟深沉的爱，一位作家无论如何也不会把宝贵的创作时间腾出来去为工人培训文艺知识的。正因为有了这种切肤之痛，所以才会有后来草明先生在鞍钢、北京第一机械厂数十期工人文艺学习班的举办。草明先生深深地意识到，要想更好地宣传中国工人阶级兄弟在新中国成立后的伟大贡献，远远不是像自己一样的几位作家就能够达到了。为此，她每到一家工厂，首先就提出要义务举办工人文艺学习班，让工人阶级培养属于自己的作家队伍。只有这样的文艺星星之火，才可以在工人阶级队伍中熊熊燃烧起来，发出璀璨夺目的耀眼光芒。

一分耕耘，一分收获；一分爱心，一分硕果。草明先生几十年来，除了自己个人创作出了《原动力》《火车头》《乘风破浪》《神州儿女》等为代表的、享誉中外的大量文学作品外，在全国各地还亲自培养出一支二百多名很有作为和创作成就的工人作家队伍，为构筑新中国工人阶级文学大厦立下了汗马功劳，说她是新中国工业题材小说的奠基者、开拓者，新中国无产阶级革命文学题材领域的集大成者，确实当之无愧。

一九九一年五月十八、十九日，中华全国总工会、中国作家协会、鞍山钢铁公司工会、鞍山钢铁公司文联在辽宁鞍山的东山宾馆联合召开"草明同志文学创作六十周年研讨会"的盛况就是最好的证明：著名诗人、时任中宣部副部长的贺敬之先生在贺信中高度称赞草明先生是"六十年如一日，始终不渝，在这个领域执着地耕耘不已，成为一生写工人的唯一的中国女作家"；时任中华全国总工会副主席王崇伦则在贺信中充分肯定"六十年沧桑，您始终不渝深入工矿企业和群众之中，执意书写中国工人阶级的精神风貌，为繁荣我国文学事业，为推动社会主义革命和两个文明建设做出了积极的贡献"；中国延安文艺学会副会长、著名作家曾克大声呼吁"我们要送她一个光荣的称号：'安泰'型的中国女作家。'安泰'离不开大地，草明同志离不开工农兵群众，特别是中国的工人阶级"；著名作家魏巍更是界定了"像草明那样长期深入工人生活，毕生热爱工人阶级，将一切献给工人阶级的精神太可贵了，这是自觉地实践毛泽东文艺思想才会出现的'草明现象'"，提出了要"研究草明现象弘扬草明精神"的文学命题。最后，一个无比激动人心的场面出现了：鞍钢总工会主席齐宝纯同志代表四十万鞍钢全体职工向草明同志赠送了一块题为"延安火种钢铁魂"的紫红色金匾，以表达鞍钢工人阶级对草明同志的无比爱戴与深厚敬意。

　　草明同志在聆听毛主席在延安文艺座谈会上的讲话以后，数十年来如一日，耗尽了毕生精力来印证毛泽东文艺思想放之四海而皆准的伟大创举，也把中国工人阶级的光辉形象推到了世界各地的无产阶级国家甚至是资本主义国家的读者面前。为了让工人阶级真正能读懂自己的作品，草明先生在创作《原动力》时经过了一番脱胎换骨的痛苦折磨：

　　　　我立了一个决心，写浅些，写得明白点，尽量用工人自己的语言，让念过高小的人看得懂就成……我写作时竭力避免写长句子，或者把长句化成几个短句，竭力避免写心理描写，状物描写和自然描写……寓意的，暗示的，要人揣测的地方也尽量避免。

这是何其伟大的爱心，何其伟大的人格力量，为了让工人阶级真正读懂自己的作品，不惜冒着创作失败的风险，放弃已自成风格的创作手法去为工人阶级弟兄描摹画像，为工人阶级兄弟大唱赞歌，这才是一位革命作家的博大胸襟，一位真正意义上"大爱无疆，大音希声"的文化斗士。

　　其实，草明先生除了"大爱"之外，日常生活中的她也会时时闪耀出"小爱"的人性光辉：自从和欧阳山结婚的那一天起，她就把欧阳山的女儿欧阳代娜、欧阳天娜视为亲生女儿，在她们身上倾注了大量的母爱。"文革"期间，她像张开翅膀的"老母鸡"一样，艰难地庇护着远在外地的大女儿欧阳代娜、远在广州与自己毫无瓜葛的欧阳燕星（欧阳山的小儿子，其时父母生死未卜），大家都知道代娜、燕星都不是她的亲生儿女，而在他们最困难的时刻，却只有草明向他们伸出了无私的伟大的母爱之手。草明对自己的子女却爱而不溺，要求严格，在东北的文联作协系统是出了名的。

　　　　她身边只有纳嘉一个孩子，从一岁半就离开父母，受尽磨难，享受不到亲人们的温暖、关心和爱抚，十四岁后，回到草明身边，可草明并没有对她有什么特殊的溺爱和娇宠，要求她进沈阳的育才小学去读四年级，在这之前，纳嘉只在广州读了一年书（还是欧阳山把她接回家里，为了尽快给她恢复健康，留在广州上了一年学），因此学习上的困难可想而知。然而草明硬着心肠督促女儿坚持学下去，三年以后纳嘉如期考上了沈阳的实验中学（当时东三省最好的中学）……可以说，纳嘉从回到母亲身边就没有真正在母亲身边生活过几天……纳嘉大学毕业了，草明却丝毫没有把纳嘉留在自己身边的考虑……送给女儿大学毕业的礼物竟然是两只大大的旅行袋（因为纳嘉已经有男朋友了），为的是方便他们到农村去锻炼，希望他们能在那里扎下根。这就是真实的草明，她就是用这样的方式去爱她的孩子的……

当然，草明先生对她的第三代晚辈也是"爱屋及乌"无微不至地关怀的，据田海蓝教授回忆，小时候总是坐在饭桌旁听姥姥为他们"分析故事"，"不管我们读了什么书或者看了什么电影，都是先让大家自己介绍或者议论一下，然后再由姥姥来分析鉴赏、总结提高一番，从而让我们混沌无知的小头脑醍醐灌顶、茅塞顿开，学得了许多文学知识，懂得了不少人生道理。"当田海蓝身为大学教授甚至后来到北大以学者身份游学之时，依然不时地与草明先生交流着彼此对文学的领悟与探讨并从中获益匪浅。

　　如今，草明先生、欧阳山先生都已离我们远去，我们无法得知他们是不是依然在文学道路上比肩而行，笔耕不辍，但值得他们欣慰的是家族潜移默化传承下来的文化气息依然浓浓地笼罩着他们的第二代、第三代：二〇〇八年，是人民文学家欧阳山百年诞辰的日子，第二代欧阳代娜、欧阳天娜、吴纳嘉动员他们的子女参与进来，大家有钱出钱，有力出力，在家属内部自筹资金，整理资料，终于让《百年欧阳山》纪念丛书（六卷本）顺利出版；二〇一三年，又是新中国工业题材小说奠基者、开拓者、著名作家草明先生百年诞辰的日子，第二代欧阳代娜、欧阳天娜、吴纳嘉又一次动员他们的子女参与进来，在家属内部自筹资金，顺利出版了《草明文集》六卷本和《草明评传》。也许有人会不屑一顾地说，给自己的长辈出版文集是天经地义的，没什么大不了！朋友，如果他们筹措资金出版文集仅仅是为了利用长辈的声望去大赚一笔钞票，那么我会举双手赞成你的说法。可是，要是你知道他们筹措资金千辛万苦出版文集，只是为了免费赠送给全国各地、市级以上的图书馆及各大学图书馆，目的仅仅是为了纪念那些不应该被忘却的一代人，为了让我们的子孙后代要永远地记住这些曾经铸造过共和国历史的那一代人！对此不知您做何感想？

作为这两次文学活动的亲历者和见证者，我愿引用我所尊敬的文学前辈、成仿吾先生原秘书、中国人民大学著名教授余飘先生所说过的一句话来结束这篇小文字，以表达我个人对草明先生、欧阳山先生为代表的那一代文坛前辈们的崇高敬意：如果中国每一位文坛前辈的后人都像欧阳山、草明的后人一样，为他们筹措资金、整理资料出版文集，则中国文坛会出现一束更为灿烂的耀眼光芒，为我们的后代留下更多值得品赏回味的大书，留下一笔无法用金钱来衡量的精神财富。

著名作家曾克

清明时节雨纷纷，路上行人欲断魂。

借问酒家何处有，牧童遥指杏花村。

南国家乡的这个时候正是雨水绵延不绝的季节，也是祭拜九泉之下长辈先人不可或缺的重要节日。此时此刻，我的眼前却不时浮现出延安文艺老战士、著名女作家曾克的影像来，不知道远在天国的老人家是否还在著书立说？不知道满头银发的老人家精神是否依然如我拜见之时一般神采奕奕？

记得那是二〇〇五年初秋的时候，我刚刚接受中国人民大学著名教授余飘先生的邀请前来做他的工作助手。有一天，我受余教授的委托，来到西长安街南礼士路长安商城右侧一幢高楼的三层楼上拜见时年八十八岁高龄的曾老。门铃响起的时候，开门的是一个中年女人，她把我让到小客厅里的沙发坐下，几分钟之后，就看到一个满头银发、个子不高的老太太出现在门口，虽然老人身上不合时令地穿着不少的衣服，但依然精神矍铄、步履轻松。我赶忙站起来打招呼并自我介绍："曾老您好，我叫江上月，是余飘教授让我前来拜访您的，不知您老有什么吩咐？"

曾老满脸笑容，和蔼慈祥地告诉我，她有一本书稿要我帮忙编辑出版，随手就在沙发后座上拿出一个大文件袋，显然是早有准备的，从里

197

面抽出一大沓稿件，其中大部分是复印件，也有一部分手稿，并且简单地做了一些分类。老人家告诉我现在自己的精力大不如前，并且指着身上穿的棉衣说，秋天就把冬天的衣服穿上了，背上还是冷得不行，这是战争年代留下的病根，还告诉我现在每天都要先后服用十八种药。闻听此言，我赶紧拿起稿件起身告辞："曾老，您放心，我一定会尽力编好您的大作，等书稿清样出来的时候我再送过来，如果有什么问题的话我会及时给您打电话的啦！"

其实我的内心是多么想和曾老聊聊，听她讲讲那些战争年代许多不为人知的精彩故事，但我实在是怕自己逗留太久会影响她老人家的休息。这次见面，前前后后不过十几分钟的时间，可曾老给我留下的印象却无比深刻，以至多年后的今天我依然记得清清楚楚，仿佛见面就在昨天一样。

很快我就按照曾老的意思把文章做了编辑处理，清样三校之后我又来到了曾老的家中，看到书稿清样后曾老十分兴奋，她告诉我自己有很多年没有出版个人专著了。然后把她以前出版的个人专著以及和老伴柯岗合著的著作送了我好几部。

说句实在话，来京之前我对曾老其人其文确实是一无所知，甚至就不知中国当代文学史上还有这样一位著名的老作家，尽管我是学中文出身的。只是听余教授说曾老先后七次见过毛主席，是参加过延安文艺座谈会当中为数不多的著名女作家之一（后来才知道是曾老遭"四人帮"迫害所有作品被查禁的缘故）。现在通过阅读手头上的《乘着歌声的翅膀》和曾老送给我的几部书，我才知道眼前这位银发满头的老太太原名曾佩兰，曾用笔名田木恋、海牟、一可，一九一七年四月四日（阴历二月二十三日）出生于河南太康县城内一个贫苦的知识分子家庭。她是一位能文能武、勤苦干练、朝气勃勃的人民作家，是中国延安和解放区文学中不可或缺的重要作家之一。在她几十年的创作生涯中，凭着对国家、民族的赤诚忠贞，辛勤耕耘，为中国人民的解放事业与二十世纪中国文坛做出了不可磨灭的成绩。

《乘着歌声的翅膀》是曾老晚年编写的一部散文集子，因为年龄大，很久没有和出版社联系过，所以她找到了余飘教授，让余教授帮她寻找出版的路子，值逢余教授倡议成立《给后代留下一本书》编委会，于是这部稿子理所当然地成为《给后代留下一本书》编委会的开山之作，而我正好担任具体的编校任务，于是和曾老接触的机会就多起来了。

一来二去，由于我每次都坚持下午三点以后再敲门拜访她的原则，有时车子提前到了我就在楼下转悠着，不愿上楼打扰她老人家的午休时间。我这样的工作习惯和做事的认真态度让曾老颇为高兴，加之书稿清样的设计排版质量也让曾老十分满意，她对我也就愈发亲近信任起来。于是在谈论书稿之余，曾老也说了不少鲜为人知的故事给我听：比如一九四七年春解放战争进入大反攻的前夜，曾老正式参加野战军，在野战军新华总社任随军记者，跟着刘邓大军南征北战，在战士的行列中和行军、作战及大小会议上，都经常可以看到她的身影；比如同年夏，刘邓大军执行挺进大别山的反攻任务，部队决定，除了卫生部门和文工团的女战士外，女同志一律不参加南征。而这时已是一位母亲的曾老焦急万分，在一个月明星稀的夜晚来到司令部向刘、邓二位首长亲自请战，最后首长耐不住曾老的反复请求终于同意她随军南下，一时成为部队的美谈；比如她年轻时随刘邓大军挺进大别山时，夜里急行军一晚要走一百八十多里路，有时人睡着了但脚步还在向前迈，整个部队行军时真的就像铁流一样滚滚向前，没有任何障碍可以阻挡刘邓大军的脚步。当然她也说过当时刘邓大军千里挺进大别山是一次相当冒险的军事行动，用军事术语来说就是置之死地而后生，当时部队付出的牺牲很大，有的地方和国民党军队处于反复拉锯状态，当地居民几乎都被反动军队杀光抢光了。她本人积极投入重建根据地的斗争，担任土改工作队队长，到岳西县二区发动群众，有几次差点儿牺牲在敌人的屠刀之下，幸好有当地地下党和老百姓的掩护才死里逃生！

因为书稿当中有关于曾老随刘邓大军千里挺进大别山，接着又投入淮海战役、渡江战役、解放大西南，亲眼看见和参加了解放战争全过程的文字描写。我特意询问过曾老她和小平同志见面的机会多不多，曾老告诉我在战争年代中见的机会更多。二十世纪七十年代后期，曾老专程从四川赴京登门看望过小平同志，小平同志留她在家吃饭并询问她和老伴柯岗的身体状况。从一九七八年起，曾老调到北京担任恢复中国文联和中国作家协会领导小组党组成员，以后又参加中央军委组织的《刘伯承传记》编写工作，任中国作家协会的专业作家、中国延安文艺学会副会长、全国第一届政协代表，全国文联第一、二届委员及作家协会理事，工作越来越忙，从此就再没有见面了。

后来我还听曾老说过她和丁玲、艾芜、沙汀等人都是中国作协同一个党小组的成员且兼任支部书记等诸多逸事。如今坐在京郊的某幢楼房灯光下回忆往事的我，不禁从内心深处感到无比自豪和幸运：我一北漂游子，竟然有缘能够为这样一位从延安文艺座谈会上走过来、从解放战争的枪林弹雨中走过来的著名老作家编校最后一部书稿（曾老多次说要我帮她再编一本自传，可惜未能如愿），真是前世今生修来的福分！

《乘着歌声的翅膀》一书很快就出版面世了，我去给曾老送书的时候，曾老高兴得亲自下到一楼要帮我拿书，我赶紧扶曾老回到电梯里，告诉她我们会把书直接送到她的房间里去。不久，余教授就专门写了一篇评论文章发表在《人民日报》上，《乘着歌声的翅膀》出版后好评如潮，曾老兴奋地告诉我，说她出版了那么多部书稿，唯有这一部是她个人认为最满意的，她还说接下来要我帮她出版一部自传体的传记，如果她还能有精力写作出来的话。听到她老人家的肺腑之言，我那颗悬着的心总算踏实下来。

书稿已经顺利出版，可我和曾老之间的友谊还在继续着，每逢过时过节我都要给曾老打电话问安，曾老一拿起电话就能听出是我的声音，这让我感到格外欣慰：其一，说明曾老对我的劳动成果是认可的，而且还记得我这个"为人作嫁衣"的后生晚辈；其二，起码能说明曾老耳聪目明，身体状况还是十分健康。我在心里默默地祈祷曾老健康长寿，同时也默默地等待能够再次为曾老编辑她的传记书稿。

二〇〇六年夏秋之际，四川达州籍知名作家何世进先生的长篇报告文学《巴渠战洪图》由我编校，何世进是大巴山脚下一位颇有影响的小说家，先后发表出版了数百万字的文学作品，他非常希望我能帮他找一个在京名家为图书题写书名，于是我和他提起了曾老的大名。何世进先生大喜过望，他说曾老原来就是四川省文联作协的负责人，如果她能为自己的作品题签，那真是求之不得！

于是我立马给曾老打电话求助，曾老二话没说就答应下来了，并且告诉我晚一两天过去取，因为她的手写字有点发抖，要好好练练这几个字！这时我才猛然想到不应该给曾老添麻烦的，让八十九岁高龄的老人家专门为我的要求来练字，实在是罪过！但从另一个角度来说，也可以从中看出曾老那言出必行、认真负责的工作态度和伟大的人格力量！

几天后，我依约来到曾老家中，取走了曾老专门为之练字两三天的手迹，我按照作者的意思想要给曾老一点润笔费，曾老很严肃地拒绝了，并语重心长地对我说：

> 小江，你是一个很优秀的年轻人，你做的工作也很有意义，特别是我的书稿出版过程中你付出了不少的劳动，所以我愿意支持你的工作，如果要是拿润笔费的话，我是不会写这个字的……以后如果你工作当中碰到什么困难需要我帮助的话，你可以来找我的！

我除了连连道谢外竟然无话可说，只觉得心头一阵阵发热，眼泪就快要掉下来了，我真的没有想到像曾老这样德高望重的著名作家居然会这样评价我这个在京漂泊的游子！更没有想到她老人家会许诺给我今后的工作予以帮助支持，这样来自长辈的关心爱护无异于冬天里的一把火在我心头点燃，让我在这个寒冷的北国大都市里感到格外温暖和快乐！

不知不觉，时间又过去了一年，二〇〇七年春末的时候，老家残疾人基金会的领导为了筹资解决残疾人的实际问题，千里迢迢赶赴京城想把几份申请报告递交到中国残疾人事业发展基金会会长邓朴方手中，经多方打听得知我漂泊在京，于是找到我问我有没有办法助一臂之力。我立马给曾老打电话，说明是我家乡残联的领导想为残疾人办点实事，需要老人家帮忙从中斡旋，曾老听说是我的家乡二话没说就满口答应，让我们把文件送过去，她看了文件后再商议怎么办。

一个阳光明媚的下午，我们依约来到了曾老家中，满头银发的曾老早已坐在沙发上等待我们的到来，尽管此时的曾老已是九十岁高龄，可精神还是很健旺，一阵寒暄之后，我拿出随身带着的几份文件给曾老看，曾老一一认真阅读完后也感慨万千，说没有想到老区残疾人的日子过得还是这样艰难。她说再和黄镇同志联系一下，看看他有什么好的办法，一定要想办法转交文件，但结果会怎么样就没有把握了。我赶紧说没有关系的，只要能把文件转送上去就非常感谢，并代表家乡的残疾人向曾老表示发自内心的谢忱。说实在话，一个九旬老人还能出面关心帮助和自己平生没有任何瓜葛的、远在千里之外的老区残疾人福利事业，不管其结果如何，单是答应愿意转交文件这一义举就需要何等宽阔的胸襟啊！换了是别人也许早在电话里就会一口拒绝推辞的，哪里还会让我们上门打扰啊！

如今曾老已离我们远去，但每当我想起向她老人家求助的事情，她那慈善的脸庞就会浮现在我的眼前，仿佛事情就发生在昨天一般，心底深处不禁升起一股崇敬之情，久久不能平静下来。

二〇〇八年春节，我给曾老电话拜年时才知道曾老已搬到儿子家里去住了，也许是因为曾老年龄太大不方便照顾的缘故吧！电话里曾老告诉我新的住址，让我有空去她那一趟，她还想就出版个人传记的事情和我商量，并告诉我去之前先打她的电话，我满口答应一定会抽空去看望她老人家的，谁知这一次的承诺竟然没有兑现，现在想起来真的是十分内疚，深感愧对曾老的厚望！

二〇〇八年是我在京最为难忘也最为忙碌的一个年头，因为要编校二百多万字的《百年欧阳山》丛书（六卷本）和八十多万字的《萧一平文稿》，两部书稿字数加起来超过三百万字，而每部书稿最少要校对三遍。校对不同于阅读，这是一项专门"挑刺"的细心活，必须逐字逐句地推敲琢磨，这样算起来这一年下来我最少要阅读千万字以上的文字，几乎就没有一个周末是可以休息的，真正到了夜以继日、废寝忘食的地步。

去拜访看望曾老的事情就一拖再拖，转眼就过了几个月的时间，等到想起这事给曾老打电话时，电话已经打不通了。我还和余教授说起过这件事，我说曾老的电话可能出故障了，也有可能是家人担心她年龄太大的缘故不让她和外界接触啦！教授也觉得有此可能，并告诉我京城有很多德高望重的老人一般情况下家人都不让外界接触，主要是为了老人的健康着想，否则老人一激动出点儿什么事情那可是担待不起！于是我也就不敢按曾老告诉我的地址直接去找她老人家了，只能在心里默默祝福她老人家健康长寿。

等到手头上两部书稿面世后，已经是快接近年底的时候，参加完十二月十一日在人民大会堂举办的"欧阳山百年诞辰纪念活动"后，我觉得自己整个人都快要崩溃了，实在需要换换环境放松一下紧绷的大脑神经。我立即向余教授告假，取道江苏南通去拜访我的忘年好友南通市委党校陈守礼教授和德高望重的南通专署老专员纪元先生，返京后又南下江西南昌去拜访教育部原副部长、江西省委副书记兼政法委书记刘仲侯先生，然后取道深圳去欢度春节了。

春节期间我给曾老打电话拜年依然是打不通，我开始确信自己的判断，曾老的电话应该是注销了。可我还是时不时地在心里念叨着曾老，默默祈祷她老人家健康。回京之后，又开始了忙碌的编校工作。

有一次，我又和余教授说起我想去看望曾老，余教授说曾老健康欠佳，正在协和医院住院治疗，并说找个时间去看望曾老，于是要求教授带我一起去。教授满口答应去的时候一定通知我，可谁知余教授事情多把我的要求给忘了，他去看望曾老的时候并没有通知我，等到我再次询问他老人家时，教授告诉我曾老的病情很严重，几乎成植物人了，最好不要前去探望，以免亲属徒增伤感。这句话也就意味着我这辈子再没有机会当面向她老人家问候请安了，一股说不出的酸楚之味立时弥漫心头，满脑子的内疚和惭愧久久挥之不去。

其时我手头上正在编校由中国老龄事业发展基金会发起征文的、纪念中华人民共和国成立六十周年的大型纪念文集《怀念最可忆的人》，该书系大十六开本百万余字的豪华精装本。深感愧对曾老的我从那本《乘着歌声的翅膀》中一口气选入四篇文章，全书开篇就是曾老那篇回忆延安时期和毛主席共舞的《难忘教诲》，我还特意在文中配上延安文艺座谈会全体成员的大合影，以此表达我对曾老的无限敬意。其实编委会是有规定的，每一个作者最多只能入选三篇文章，我觉得不多选几篇曾老的文章就不能表达我对曾老既敬又愧的复杂心情，于是破格选入四篇文章。我知道曾老不可能看到这部中华人民共和国成立六十周年以来入选人数最多、内容规模最大的纪念性散文珍藏选本，但后人肯定能从中读到曾老那些具有历史价值的珍贵文字，于我而言也算是对曾老愧疚的一种弥补吧！

《怀念最可忆的人》一书于国庆前夕正式出版，我常想要是曾老能够看到这部选本的话一定会夸奖我的，也会为自己四篇文章入选其中而备感欣慰的，可这一切都是不可能了，只能是我在心底里无数次想象的虚幻情景。就在我幻想着曾老会原谅我的失约而自我安慰的时候，一件更令我内疚不已的事情又降落在我的头上：那是二〇〇九年十二月十三日，正在外地公交车上的我接到了中国作协老干部工作办公室打给我的电话，说曾老于十二月十一日驾鹤西去了！希望我几日之后能够前去八宝山参加曾老的追悼会。顿时我的眼泪夺眶而出：我知道我又要失约了，我连送曾老最后一程的机会都没有！我知道中国作协老干办能给我这个名不见经传的小人物打电话，肯定是曾老把我的电话记入了她的通讯录，换句话说就是老人家真把我这个北漂者当作朋友了。

可我却一再失约，怎能叫我不惭愧内疚？如今当我写作这些文字来追忆我和曾老的忘年之交时，曾老已在天国之路上渐行渐远：也许此时此刻的曾老又在和朋友们翩翩起舞？也许此时此刻的曾老又在挺进大别山的路上跃马扬鞭？也许此时此刻的曾老正在天堂和老伴柯岗悠然漫步抑或喁喁私语诉说着那一段未了的不老情缘？

一路走好！曾老！

长者刘仲侯

都说人生莫测，世事难料，此语于我而言充其量不过是字面解读罢了！没想到今年正月初一还真碰上了，让我悲伤地回忆起纷至沓来的往事。初一早上九点整，我按惯例给远在南昌的刘仲侯老书记打电话拜年，手机里传来嘟嘟声，感觉手机停机了，我并未在意，接着又拨响了百岁高龄的南通纪元老先生电话，里面传来纪老熟悉的声音，互拜年后纪老沉重地告诉我刘老走了！我不敢相信自己的耳朵，怎么可能呢？我放下电话又拨了南通市委党校九十三岁高龄的陈守礼教授电话，陈老告诉我同样的噩耗，放下电话，我立即上网查询，一则消息映入我的眼帘："二〇一五年十月十七日，刘仲侯同志追悼会在南昌举行……"我如电击一般跌坐在椅子上，刘老真的走了！！！

二〇〇八年冬天，离春节还有几天时间，我放下手边的工作，登上了前往南昌的列车，专程前去拜访一位从未谋面的长者——刘仲侯老先生。上火车之前，我怀着崇敬的心情，上百度搜了一下刘老的简历：

刘仲侯，曾用名刘培增，男，汉族，一九二四年二月二十一日生于上海市，江苏无锡人。一九四〇年参加中国共产党领导的读书会等进步组织。一九四二年五月在上海市沪新中学加入中国共产党。一九四二年九月至十二月在苏中解放区抗大第九分校当学员……一九五六年九月任中共江苏省委组织部办公室主任。一九五七年一月任中共启东县委书记。一九六五年十月任中共盐城地委副书记。一九六六年十二月至一九七〇年十月在"文革"中受冲击。一九七一年一月，刘仲侯同志重新走上工作岗位……一九七七年五月至十月任教育部负责人，教育部党组成员、副部长。一九七八年十二月至一九八二年二月任中共江西省委副书记。一九八三年八月任中共江西省顾问委员会筹备小组副组长。一九八五年六月至一九九二年十一月任中共江西省顾问委员会副主任、中共江西省顾问小组副组长。一九九七年一月三十一日经中央批准，离职休养。

长达七百字的篇幅解密了刘老一生的传奇经历，让我惊得目瞪口呆。原来我要拜见的刘老竟然是一位赫赫有名的革命老前辈，他会不会见我这个名不见经传的小字辈呢？心里开始有点惴惴不安起来。下了火车，我一路询问，终于来到了刘老寄居的赣江宾馆，见到了时年八十五岁的刘老和他的老伴，高大而稳健的刘老给我印象极其深刻：一头雪白的头发，就像挺拔的松树一样挺立在我的面前；他握住我的大手，特别有劲，让我一阵温暖，真不敢相信他已八十五岁高龄了。我先做了一番自我介绍，刘老坐下详细询问我在京生活工作情况，声音洪亮有力，威严的脸庞上露出慈祥的笑容。特别引人注目的是他当时还拄着拐杖，据他说前不久摔了一跤，恢复得蛮快！刘老告诉我自己的住房正在维修粉刷，先在宾馆暂住一段时间，以后住房弄好后，路过南昌时一定要去他家做客！

因为时间尚早，我起身告辞，刘老和阿姨一定要我留下吃饭，盛情难却，我随刘老来到宾馆内部餐厅：四菜一汤，不丰盛但三个人用餐恰到好处，刘老还特意叫人开了一瓶红酒。其中有一盘清蒸鱼，硕大的鱼头双眼一直盯着我，让我稍稍紧张起来，因为家乡的风俗是鱼头朝着尊贵的客人，在刘老面前，我连晚辈都算不上，怎承受得起如此厚遇！我吃饭格外小心谨慎起来，生怕有失礼仪之处。刘老知我是南方人，喜食鱼头，便给我下了一道命令：必须干掉它，不能浪费。恭敬不如从命，根据"吃啥补啥"的原则，我运筷如风，第一招便先挖鱼眼，因为近视的缘故，凡吃鱼时必先吃鱼眼珠，至于有无补眼作用倒从未去验证过，但习惯已养成；第二招，用筷子掀开鱼鳃，吃到了鱼身上最柔软的地方，我常想这个地方或许是鱼脑吧，人傻就得多补脑啊。接下来犹如庖丁解牛一般，把个鱼头拆了个稀巴烂，吃得津津有味。刘老满意地点点头：小江眼光不错，办事条理清楚，主次有序，果断坚决，好好干，一定能做好自己分内的事情。我脸上露出一丝难为情的笑意，内心"咯噔"一下，暗暗吃惊不已，刘老八十五岁高龄眼光竟然如此犀利，从吃一个鱼头的简单动作就能判断出我的性格特点与办事作风，真不愧是历经风浪、阅人无数的革命前辈，可惜自己生不逢时，若是刘老在任时能认识，自己或许会有更多更好的机会一展身手。顿时一种莫名的惆怅遗憾油然而生。正所谓：命中有时注定有，命中无时莫强求。

　　饭吃完后，我提出和刘老合影以留作纪念，刘老欣然同意，来到餐厅外的空地上，我先给刘老与阿姨拍了几张合影，然后让阿姨给我们拍照。也许阿姨不太熟练，效果不是太好的缘故；也许是刘老觉得挂着拐杖影响形象的缘故，刘老拉着我到咖啡厅里坐下，然后让领班过来帮忙拍照。小姑娘是见过大世面的人，取景角度也恰到好处，咔嚓几下，刘老那慈祥而又威严的首长形象立马出来了。这张照片后来被我收入散文随笔集《穿过树林》一书里面作插页，以示永久的纪念。

　　第二次见刘老是二〇〇九年的春天，有一天我突然接到一个电话，来电者说是刘老的秘书，说刘老已到京且住在刘家窑附近的江西大酒店，让我下班后直接到酒店，特别交代刘老要见我！！！我顿时心里颇有点小激动，看来刘老没忘记我这个小辈，我早早下班后直奔江西大酒店，到了才知道这是江西省委驻京办的办公场所，作为省委老领导的刘老进京自然要住在此处。

　　敲开门以后，只有阿姨一个人在，她告诉我刘老去中组部某部长家里聊天去了，来电说让我们先吃饭，不用等他！随后就通知秘书一起用餐，年轻有为的秘书一进来，很客气地和我打招呼，并告诉我以前我给刘老的书信都由他办理落实的。我向他表达了真诚的谢意。

吃饭时，照例是简朴的风格，秘书本想多点菜，结果被阿姨制止了，吃完饭，桌上还有一个剩菜，阿姨让秘书打包，说要留给刘老回来吃。秘书很不情愿地露出烦躁的脸色，嘴里还和我嘟哝了一句：老太太真抠门！我微微一笑，心里当时一愣：这秘书正处级的身份，阿姨却让他干这种服务员的活，加之我在旁边，是不是觉得没面子才不耐烦也，要是刘老在场估计他不敢这样吧？

回到房间，刘老依然没有回来，趁此机会，我和阿姨天南海北地神聊起来：阿姨姓蔡，祖籍上海人，家里原是大户人家，上面有姐，下面有妹，几朵金花从小过着优裕的生活，十七八岁的时候，蔡阿姨开始接触到革命事业，悄悄加入了地下党，后来遇上了刘老，从此一生相依相伴，而她的姐妹却无动于衷，天天进出高级娱乐场所，过着纸醉金迷的上流社会生活。阿姨特别强调同出豪门而人生道路截然不同的社会现象当时到处都有，不只是后来的文学作品里才有的。我大为惊奇，脑海里立即浮现出林道静的名字来，以前觉得虚无缥缈的英雄人物竟然就在眼前出现，我对阿姨肃然起敬，正想再和阿姨聊一些远去的往事，外面传来了刘老的敲门声。

我赶紧起身去开门，刘老的大手又一次有力地握住了我的手，坐下后连声问我在京的生活状况，让我感到阵阵温暖！

刘老听了我详细的工作汇报和来自家乡某局长的阻力之后，对我的工作给予了充分肯定，并语重心长地给我打气：你在北京为老干部整理、出版各种图书，传承红色文化没有错，对江西也没有负面作用，我支持你的工作！只要是你自己的问题尽管来找我，别人的事情就打住！！！我连连点头，把刚出版不久的《百年欧阳山》六卷本丛书拿出来送给刘老。老人家翻动书页，感慨万千地说：欧阳山同志是一位极具才华的天才作家，尤其是晚年，能够坚持毛泽东思想和四项基本原则，是一位坚强的无产阶级战士。这样的图书很有价值，我回去会读的！！！

　　不知不觉两个小时过去了，我赶紧起身告辞，临走时我也不知哪根神经搭错了，竟然张口就来：刘老，十分感谢您对我的厚爱，只是这么多年在北京我也没赚到大钱，真没有出息，恐怕要辜负您的期望。

　　赚大钱就是成功吗？刘老的脸色顿时凝重起来，盯着我追问。我结结巴巴地解释：只要不干违法乱纪的事情，当然赚得越多就代表越成功也！刘老拉住我的手靠在门框上，语重心长地告诫我：一个人在事业上的成功标志绝不是用金钱来衡量的，只要能做对人民有益、对社会有贡献的事情，哪怕没有赚钱那也是成功者，反之，钱越多危害越大，最后还有可能成为社会的罪人……我连连点头，满脸通红，惭愧不已，看到我尴尬的样子，刘老语气慢慢缓和下来，一直送我到电梯口。随着电梯门慢慢合上，眼前留下了一幅特写的剪影：刘老雪白的头发，慈祥的面容，挥动的大手，久久在我眼前晃动，直到多年后的今天写这段文字的时候，我依然能感受到老人家的正直、刚毅、慈祥与严厉的担当精神。

　　第三次再见刘老时，已是二〇一二年年关来临之前的一天夜晚。

　　那年的冬天，是一个值得记忆的时间点。因机缘巧合的缘故，我应邀参与电影《万年烛光》的拍摄，开机仪式时制片人给我的头衔是监制，开拍以后定位为外联，拍摄期间我又编简报又兼职拍剧照，同时和忘年老友、作家、编剧帅经芝先生形影不离地协调剧组与当地接洽并处理各种矛盾，可谓尽心尽力。不料电影杀青之后，剧组一哄而散，因为我得顺道回老家过春节，不能随片方一同回京，只好一个人先留住宾馆，颇有道不同不相为谋的味道。

　　好在剧组还有一小演员及家属说要游览一下附近的风景点，邀我一同游玩，我欣然同意，第二天便踏上了游玩的路。

　　按照预定的路线，我们过婺源、上黄山、登龙虎山、玩漂流，最后攀爬龟峰后便分手，我直奔南昌回老家过年，他们则去鄱阳湖观鸟、上庐山然后返京。但人算不如天算，就在从龟峰骆驼峰下来后，情况突然有变，他们必须回一趟电影拍摄所在县城接人，意味着我要么一同回去，要么就此告别！所有游玩时的激动兴奋一下子全都消散了，时间已过下午四点，我迅速地做出决定，恳求司机送我到离龟峰旅游区最近的鹰潭火车站，然后独自去南昌拜访刘老后连夜赶回老家。

离车站还有一段距离，司机让我下车，我一下子被抛进一个陌生的环境里，我推着小皮箱四处张望，远处天边的夜幕已渐渐合拢，火车站尚不知准确方位，那种孤独陌生感真的令人刻骨铭心，而且我还得千恩万谢地感激司机，连埋怨骂人的情绪都不能有一丁点儿。

这种一天之内情绪由极喜至极为沮丧的落差感在晚间化为乌有，夜幕浓重、灯火辉煌的南昌街头，我拨响了刘老的电话，里面又传来了那熟悉的声音。很快我就来到刘老的住处——江西省公安厅附近某某路四十五号，一栋有年头的三层别墅，刘老坐在一张竹制逍遥椅上，来回摇动着身子和我说话。

原来刘老刚从上海华山医院回来没几天，一直在进行治疗，但情绪依旧开朗，看不出一丝异样来，我把特意从黄山买来的太平猴魁茶叶拿出来表示一点心意，刘老说不用买东西，来看看他就行！一旁蔡阿姨高兴地收下了我的茶叶。因为时间不早，我还得赶回几百里外的老家，赶紧起身告辞，阿姨拿出一个她亲自炮制的大肘子，让我带回老家过年……走时我答应每年春节从南昌回家时一定去看望刘老。谁知世事难料，年底的火车票总是一票难求，只好从长沙绕道回家，除每年端午、中秋、春节三个重要节日去电话问候请安外，竟然没有再见刘老一面。

如今，刘老已驾鹤西去，我居然一无所知，实在愧对刘老的知遇之恩。三次谒见刘老的情景不时浮现在眼前，令我感慨，催我奋进，促我自新！！！

刘老，西去路上，一路走好！如有来生，我愿为您牵马扶镫，做您的革命军中马前卒。

贺芳齐将军

从我开始记事的时候起，我心里最崇拜的就是当年爬雪山、过草地的红军战士，他们那天当被、地当床的革命乐观主义精神和吃草根、啃树皮的顽强革命斗志常常让我在梦中也成为一位腰插手枪、胯下骑着大白马的红军小战士，冲锋陷阵，杀向敌人的阵地……可惜的是，梦醒时分我依然是我，一个乡下小子，整天只会和小伙伴头戴小枝条扎成的小草帽，拿着木制小手枪在河边山脚下玩着打仗的游戏。尽管家乡就是当年秋收起义的策源地，一个真正的红色苏区，为大革命奉献了十万多名烈士的老根据地，但在我的人生经历中确实没有见过老红军，哪怕是没有参加过二万五千里长征的老军人也罢，所有关于红军的各种传说都源自书本和县志上的文字。

有谁能猜得到，北漂生涯里我竟然会和一位战功显赫的老红军结成忘年交呢？

因为中国人民大学老校长成仿吾原秘书、资深教授余飘先生的推荐，我有幸担任了中国老龄事业发展基金会"给后代留下一本书"编委会副主任一职。于是，认识少年红军、原北京军区空军后勤部政委贺芳齐将军就成了一种必然：贺老是一位十三岁就跟随贺龙将军参加二万五千里长征的少年红军，曾任晋绥军区警卫排支部书记、班长、联防军司令部警卫排排长，一生历经二万五千里长征、抗日战争、解放战争、抗美援朝、创建地空导弹部队、指挥唐山大地震抗震救灾等重大事件，在由没有进过学堂门的放牛娃成长为中国人民解放军高级将领的漫长过程中，历尽沧桑，积累了丰富的军事知识和文化知识并走上了政治院校的讲台。能够把自己一生当中积累下来的精神财富变为文字留给后人是贺老很早就有的想法，只是因为方方面面的原因一直未能如愿。就这样，为贺老整理编辑文字资料的任务意外而又自然地落到了我这个从小就崇拜红军将士的"北漂"肩上。也许，这就是缘分！

一

《红星闪闪——一个少年红军的传奇故事》的出版过程，正应了"好事多磨"那句古话。本来编辑这样的书稿于我而言不是一件困难的事，当我把贺老手中保留的资料全部录入电脑以后，很快就梳理清楚了全部内容，决定把此书编成一本图文并茂的图书。在征得贺老的同意下，我把此书分成三部分：第一部分就是贺老的文稿，包括论述军人道德的随笔，回忆长征路上以及土改、抗美援朝、组建导弹部队歼灭美国 U-2 飞机等回忆性的文字，还有唐山大地震中有关抗震救灾经验及教训的总结和反思等等。这一部分是全书的主要内容，也是贺老戎马一生的精华所在。第二部分就是关于贺老离休后晚年捐建"红军希望小学"的相关报道及图片，这一部分体现贺老离休后依然心系家乡、关心下一代青少年成长的高尚品德，也是红军精神在新时代的升华。第三部分就是贺老一生当中所取得的各种荣誉证书及奖章勋章，特别是其中有一张毛主席及其他中央领导共同接见击落美国 U-2 飞机导弹二营全体指战员的照片，作为时任导弹部队政委的贺老告诉我，这一张照片历经"文革"洗劫。贺老希望这张照片能够在书中体现出来，而且不能有任何裁剪，因为在很多书中此照片都被裁剪得面目全非，他不希望和自己的战友们分开来。

整个编书过程中，他对我说得最多的一句话就是：历史是事实，任何人都不能对它随意裁剪和臆造的，一代人应当完成历史赋予一代人的责任，他冒着生命危险保存此照片就是对历史负责任！

我对书稿的编排处理得到了贺老夫妇称赞，也得到了出版社领导充分肯定。为了让《红星闪闪——一个少年红军的传奇故事》这部书稿出版后能有更大的反响，提高图书的知名度，我又把书稿当中长达六千多字的《金盆湾里七昼夜》一文推荐给全国政协主办的大型文史杂志《纵横》，很快文章刊发出来了，贺老接到了来自各地老战友和老部下的贺电，贺老让夫人把总政颁发的离休证号码给了我，说是让我去领取稿费以示谢意。我婉辞了贺老的建议，同时又把长达一万多字的关于导弹部队击落 U-2 飞机的稿件推荐给了北京市东城区史志办的朋友，很快稿件面世了（遗憾的是那张毛主席接见全体指战员的照片没有刊登出来）。二文的接连刊发，坚定了我对图书史料价值和审美价值的信心，于是，我又为《红星闪闪——一个少年红军的传奇故事》设计了封面，紧锣密鼓地准备着出版的前期工作，出版社的各项出版手续也在有条不紊地进行着，很快，书号也批下来了，我乐观地向贺老保证在六月份前可以见到样书。

人算不如天算，就在等候图书 CIP 数据下来的时候，出版社一位副总编说书中有毛主席接见全体指战员的照片，必须按重大选题报批送审！本来图书是否要送审在稿件初审时就要通知作者的，可是现在出版社三审都过了，而且书号都批下来了，只等 CIP 数据一出来就开具委印单开机印刷了，这个时候半路杀出一个程咬金来，把我夹在出版社朋友和贺老之间，十分着急十分尴尬而又十分无奈：开始出版社那位副总编说要贺老去北京军区空军政治部开个证明就行，可是贺老很不高兴，他说这是历史事实，没有必要开具证明，说让出版社按程序送总署报批就行；等到出版社把书稿送到总署快一个多月还没有动静的时候，贺老坐不住了，他老人家把书稿拿到北京军区空军政治部、北京军区空军保密委员会、北京军区宣传处三家单位审读并开具了证明，同时还把解放军出版社出版的《空军导弹部队揭秘》一书拿来了，人家书上就有这张照片（当然是一部分），贺老高兴地对我说：

"小江，这下没问题啦，别人都已经出版了，再说北京军区空军保密委员会都盖章了，你拿去肯定不会有问题了！"

当我兴奋地把这些材料拿到出版社后，那位副总编也认为这样可以了，而且责编把我还带到社长那里去了，看过所有的材料后，他也认为没有问题。责编说第二天就去总署取回书稿，按程序报批 CIP 手续，我那颗悬着的心终于落下来了，立马给贺老去电话，告诉他事情已尘埃落定，让他老人家静候佳音。

谁知，第二天责编就来电话了，说是到总署取书稿的时候才得知，总署刚好把书稿用特快寄往中国人民解放军总政治部了，并告之凡是部队系统的书稿都要送总政治部审查，此书要由总政治部送中国人民解放军军事科学院审查后才能决定是否出版。我放下电话，真不知怎么去向贺老交代，毕竟贺老是八十六岁高龄的老人，哪里能接受这种意外刺激！可不说又怎么办呢？到时候拿不出书来又怎么解释呢？我的另一位忘年交、中央党校原校长杨献珍的秘书萧岛泉老先生得知此事后，几次和我说，老将军的书稿不知何年何月才能通过审查！

转眼就过春节了，我又一次来到贺老家中安慰他老人家，告诉他图书送审不是坏事，一旦通过了就更能证明此书的史料价值，万一通不过就不用毛主席接见导弹二营部队全体指战员的照片啦，尽管贺老心里一万个不乐意，但也只能如此！好在贺老自始至终都没有当面抱怨我，面对这位慈祥的老将军，我心里更是下定决心：一定要把此书出版出来！

也许真的是天无绝人之路，就在我整日为贺老书稿出版一事焦头烂额时，一个意外的机会，我认识了中国人民解放军军事科学院宣传部的某副部长，他正好是直接分管军队系统书稿出版审查的领导，他告诉我《红星闪闪——一个少年红军的传奇故事》书稿早已通过专家审读并获好评，让我耐心等待中国人民解放军军事科学院宣传部审读专家的正式函件就可以了！

从书稿送审到总署同意图书出版的函件返回出版社，《红星闪闪——一个少年红军的传奇故事》书稿在地方和部队之间转了一个大圈，经过地方和军队权威机构的层层审读，《红星闪闪——一个少年红军的传奇故事》一书出版面世之后便好评如潮，全国各地老战友和老部下的贺信如雪片般飞来。我永远不会忘记二〇〇八年八月中旬我在赴深圳的路上接到了责编赵老师的一个电话，告诉我关于《红星闪闪——一个少年红军的传奇故事》一书的评论文章在《人民日报》"文学评论"版面上刊登出来了，而且是该出版社自创建以来出版书籍得到的最高评价。我立马给贺老夫人颜阿姨打电话，告诉她这个好消息，同时也托她向贺老致以崇高的敬意！

《红星闪闪——一个少年红军的传奇故事》一书出版面世已经十年多了，当我如今回忆编辑出版这本图书背后的快乐与痛苦时，分明感受到了老红军贺芳齐将军的博大胸襟，从他老人家身上我学到了许多从书本上学不到的知识，他那能征善战、积极乐观、勤奋学习、无私奉献的伟大人格将永远铭刻在我的心灵深处，时时催我奋进，促我自新！

二

按照以往的习惯，图书出版以后，作者就会渐行渐远，偶尔有联系的也只是少数，可我万万没有想到的是，贺老在图书出版前后竟然把我当作老师一样对待，这样的礼遇有加是我始料未及的。

还是从书稿编排的时候说起吧，当我把贺老的所有资料编辑成书稿清样送给他老人家过目后，贺老十分认真地称呼我为"江老师"，这样的称呼让我诚惶诚恐，受之有愧。我立马要求老将军改口称"小江"！我诚恳认真地解释："贺老，我能够为您整理这些资料，是我的荣幸，您是老红军，阿姨是老八路，认识你们真的是太幸福了！要是没有你们这些革命前辈们打下江山，我肯定还在乡下种地或者根本就没有机会来到这个世界，又怎么能跑到北京这个地方来呢？您称我为老师这样会折我阳寿的！"没想到贺老爽朗地站起来，大手一挥地说："要是说带兵打仗，指挥千军万马搏杀疆场的话，我肯定是你的老师。可是要说到弄文字这个玩意儿，你肯定能做我的老师也，主席（指毛主席）不是说过一字之师嘛！"我一下子无话可说了，我知道这是老将军在谦虚。

我不可以违背这位九级正军职老将军做人的谦和厚道，可我心里十分清楚贺老的文字非常棒，很多文章简直就不敢相信是出自一个没有进过学堂门的老红军之手！以前看电影或者读书，大凡提到当年红军长征爬雪山过草地的情景，脑海里一定会闪现出"前有强敌，后有追兵，天上有飞机轰炸"的紧张画面，"高耸入云的大雪山、荒无人烟的沼泽地、挖草根啃树皮煮腰带充饥"就是长征路上的标签，要不怎么会有"苦不苦，想想长征二万五；累不累，看看革命老前辈"的说法呢？可在贺老的笔下，长征路上就不只是艰难困苦，还有许多的"江山如此多娇"：

> 谷中鸟语花香，巨树参天，清澈的溪水宛如玉带流向远方；金字塔般熠熠生辉的梅里雪山，数百里冰峰相连，气势磅礴，如玉冠银鼎盖世挺拔；明亮如镜的碧塔海，就像一颗镶嵌于群山之中的蓝宝石，水天一色，云影波光之间，透出了神韵；碧如绒毯的伊拉草原，广阔无垠伸向天际……

我曾问过贺老，在长征路上，红军将士艰苦卓绝，补给困难，疲于奔命，为什么他笔下的文字却充满着诗情画意？贺老意味深长地告诉我：战争是残酷的，也是无情的，但在红军战士的眼里战争绝对不只是流血牺牲，他们也懂得欣赏祖国的大好河山和美丽风光。一不怕苦，二不怕死的牺牲精神固然重要，但革命的乐观主义精神更是红军战士战胜困难的不二法宝！如果红军在革命斗争中缺少了这种乐观主义精神，是不可能取得最后的革命胜利！这就是我在审稿时能够欣赏到贺老字里行间诗意盎然的根本原因，使得呈现在我眼前的战争年代少了几分血腥残酷，多了一丝轻松愉悦。这样描写和叙述的文字，充分体现了贺老身上革命的浪漫主义精神和深厚的文学素养。

可他老人家却偏偏称呼我为老师，而且每次来办公室都要捎点礼物给我，当我极力推辞时，贺老爽朗地大声说：好兄弟，分一半。这是别人送给我的，我拿一半过来，你必须收下。扶着几近九十高龄的贺老上下我所在的办公楼梯，心里实在是惭愧内疚、过意不去！有几次，当阿姨打电话问我什么时候在办公室时，我特意说最近一段时间都挺忙的，因为我担心贺老又屈尊前来看我。可阿姨十分认真地说贺老有事找我，这样的话我就不敢撒谎了：怕万一贺老真有事找我岂不耽误了吗？可等到贺老来了后才知道我又中计了，这样的情况每每令我心中十分不安。有一次，我和贺老的司机闲聊，司机告诉我说，贺老到朋友家里甚至是首长家里拜访从不带礼物的，唯有来我这里总是要捎点小礼物给我。听到这个秘密后，我顿时满脸通红，真想找个地缝钻进去！我深知，以贺老的资历，如果不是机缘巧合的话，我就是见上他老人家一面都没有可能啊！我一个无门无派的"北漂"何德何能让他老人家如此厚待呢？直到二〇〇九年我在大型纪念文集《怀念最可忆的人》里面编发他老人家写作的《救命恩人 启蒙老师——回忆红军名将卢冬生二三事》一文时才找到这个答案。原来在贺老的心目中，尊师重道始终是他为人处世的原则，他称呼我老师不仅仅是口头上说说而已，毫不夸张地说，他老人家之所以厚待我这样名不见经传的北漂游子，实在是中华民族千百年来尊师重道的传统美德在他身上打下了深深的烙印，而我恰恰成为这样一位幸运者，我为这种知遇之恩深感庆幸，同时我也为贺老身上蕴藏的传统文人气质而钦佩不已！记得有人说过这样一句话：如果有人高看你一眼，请千万要记住，那不是因为你优秀，而是对方修养太好！

三

贺老一九二二年生人，出生于湖南溆浦。他父亲兄弟五个，排行第五，因为力气大，干活快，人称贺五牛。可因为家中人口多，生活十分贫困，贺老常常衣不遮体、食不果腹，他十岁时就跟伯母出去要饭，帮父亲卖草鞋。

一九三五年冬天，贺老刚满十三岁，贺龙、萧克率红军到达湖南溆浦县城，贺老听到消息后，悄悄约了两个小伙伴，饿着肚子偷偷从家里跑出来，翻山越岭走了六十里山路，顺利参加了红军队伍。因为贺老在部队抓紧点滴时间学习，文化水平提高很快，一九三八年就担任三五八旅七一四团教导队分队长，一九四〇年带三十多名干部战士护送三五八旅张化平政委由晋察冀边区到晋西北的晋绥军区开会，在那里被贺龙司令员看中，调到晋绥军区司令部警卫排任支部书记兼一班班长，时年才十七岁。后来又被贺龙选送到抗日军政大学附属中学离职读书三年，毕业后被提升为抗大七分校二大队八队队长，后调任联防军步兵学校四队队长兼军事理论教员。一九四九年五月，贺老带领一百多名学员参加了临汾战役，三战三捷，俘获敌临汾城总指挥梁培璜的少将参谋长隰可庄以及将士一百余人，受到校首长的表扬和奖励。

在这段时间里，贺老每天只要有空就泡在书本里，大量阅读与刻苦学习，让年轻的他迅速成长起来。抗美援朝时，贺老担任高射炮兵五四二团政委兼团长，战斗残酷而又频繁，他仍抓紧间隙学习。一九五四年，担任炮兵一〇四师政治部主任时，应解放军上海政治学院邀请，从理论和实践的结合上系统地讲述基层政治思想工作。从一字不识的小叫花子成长为中国人民解放军的高级将领，其间吃过多少苦，受过多少累，这是外人不得而知的。一九五五年，贺老被任命为高射炮兵一〇六师师长，当时年仅三十三岁。一九六〇年五月十日，被周恩来总理亲自任命为中国人民解放军空军第三训练基地政治委员。该基地成立后，六下江南五进西北，连续八年作战，击落了七架当时世界上最先进的美、蒋高空侦察飞机，打出了军威国威。一九六四年，贺老和导弹英雄二营全体同志受到毛主席等党和国家领导人的亲自接见。一九七六年时任空六军副政委，唐山大地震时第一个向空军、党中央汇报唐山大地震灾情信息。一九八七年，在北京军区空军后勤部政委的岗位上任上离休。一九九九年，贺老和老伴颜秀林节衣缩食，倾毕生积蓄，捐资十万元给湖南省溆浦县金蒲村建了一所红军希望小学。十四年后，贺老夫妇又在金蒲村捐资近二十万元修建了一座三墩四孔水泥桥，被当地村民起名为"红军富民连心桥"。

一位身经百战却全身上下无一处负伤的少年红军，一位心系革命老区建设发展无偿捐资建校修路的九级正军职离休干部，心里始终装着国家与人民，听到哪里出现自然灾害等消息，他都要捐两份钱，在地方上捐一份，在干休所里捐一份。多年来，贺老还受聘担任驻地多所学校、社区的课外辅导员，为学生、群众讲述革命故事，弘扬优良传统。

一位战功显赫却如此低调谦和的解放军高级将领，与我这个"北漂"竟然成了忘年交，在长达十年多的时间里，一直保持着密切来往，给予我长辈似的关怀、朋友般的真诚，无疑是我人生道路上可遇而不可求的荣幸。贺老常常教育我，作为一名图书编辑，要做好手上的每一部图书；作为一位父亲，要让自己的孩子多读书，有能力的话可以送他出国留学，学好本领再回来建设自己的祖国。他常说，他有五个孙子都是大学毕业，有的漂洋过海，但一定都会让他们学成后回来报效祖国。说完便自豪地大笑起来，那爽朗的笑声，中气十足，震得我的办公室嗡嗡作响，丝毫不像九旬高龄老人发出的笑声。

二〇一三年，我通过考试进入全国政协中国文史出版社担任图书编辑工作，从一名民间草根编辑华丽转身为职业图书编辑，贺老听到这个消息特别高兴，特意驱车前来看我，在我的办公室里，我们像祖孙一样开怀畅谈，我喜欢问一些军事方面的问题，比如台海问题如何评价之类的。贺老虽年过九旬，分析问题起来思维特别敏捷，常常三言两语就能点中要害，那种天不怕地不怕的克敌制胜精神令人振奋。我心里暗暗想：怪不得当年他创建的地空导弹部队敢对美国最先进的 U-2 飞机迎头痛击，打得敌机残骸遍地。特别难能可贵的是，他每年都要来我办公室一两次，每次来都带着稿子和我讨论商榷，依然笔耕不辍，在抗日战争胜利七十周年的日子里，九十五岁高龄的他居然又在《纵横》杂志上发表纪念贺龙将军抗日作战的文章，一些战场细节清楚明白，准确无误，惊人的记忆力令责编都连连惊叹。

　　二〇一八年暑期，贺老又一次来单位看我，我们依旧开心聊天，像往常一样，聊完天我们就会一起合影，留下这难忘的时刻。临走时贺老告诉我，以后他就不再来单位看我了，因为自己很快就步入九十七岁的门槛，家里不让他随便外出了，如果我有事，可以直接去找他。我的心头蓦然一震：一股依依不舍的酸楚突然涌上来，眼泪差点儿就要掉下来。其实好多年前我就说过应该是我去拜访他老人家，可贺老总说自己有车，出来比我方便，让我不要去挤公交，有时间多出版一些图书，这样的安慰与理解常常让我汗颜莫名，无法应答，只好受之有愧地接受老人的深情厚谊。

　　如今我已离开了西四那幢高大的办公楼两年了，但贺老那慈祥的容颜、爽朗有力的笑声却时时温暖着我那颗漂泊的心。北漂二十多年了，认识贺老也整整十二个年头了，是时候该由我前去拜访老人，聆听老人的传奇故事与谆谆教诲。"红星闪闪放光芒，红星灿灿暖胸怀……"耳旁蓦然响起小时候最爱唱的那首电影插曲，我知道红军时代已经成为一道耀眼的光芒，闪烁在中国共产党创建新中国的历史天空，我们难以追寻亦无法追寻。而我更加清楚的是，少年红军贺芳齐将军的传奇故事必将永远烙印在我的脑海里，成为我人生道路上一笔不可多得的精神财富，今生今世也难以忘怀！

西四羊肉胡同

老北京起码有五条"羊肉胡同"，其中最有名、历史最悠久且今尚存的羊肉胡同当属西四这一条。它东西走向，连接太平桥大街与西四南大街。这是一条自元大都时就有的古老胡同，是大都城三大闹市之一。到了明朝，它属咸宜坊，名羊肉胡同。

——侯仁之：《北京历史地图集》

羊肉胡同，顾名可不能思义。因为它压根儿就没有羊肉，除了珠宝店还是珠宝店，一家接着一家地开，珠宝都去哪里了还真不知道，但羊肉胡同南侧有地质礼堂，北侧是国土资源部，珠宝材料来源品质可靠，几十年来此经营的各路老板都赚得盆满钵满，这一点恐怕不是假的，路人可以从老板或老板娘脸上的笑容里觅到一点蛛丝马迹。于我而言，羊肉胡同的可爱不在珠宝的珍稀与尊贵，也不在是否有羊肉汤、羊肉火锅或羊肉泡饼，羊肉胡同最吸引我的当属路两旁一溜直排的国槐树和一胡同直到底的幽静。

春天时节，仍料峭三分寒，国槐的枝丫如搭棚遮阴的老人，枯瘦的手臂伸长遥指长空，稀疏的光影落在地面愈显斑驳、参差不齐，行人匆匆而过，似乎没有什么风景值得留恋。但你若有抬头张望天空远处的习惯，还是可以看见硕大的鸟巢架在光秃秃的枝丫上，独具特色，坚固而且美观，我常常会停下脚步仔细捉摸这些枯枝搭就的小房子：没有钢筋支撑，也无砖瓦水泥结构，但狂风呼啸、树枝乱晃时居然能安如泰山，真是太不容易了。如此看来，鸟们确实是天赋异禀的建筑专家。平时说人不如鸟，说的肯定是指人不如鸟那般自由自在，无拘无束，也不如鸟们一样可振翅高飞，直冲云霄，但站在羊肉胡同里说人不如鸟，我觉得至少在建筑方面，人确实是要逊色鸟们很多的！

　　都说北京春天的脚步很短，转眼就到了夏天，羊肉胡同真不愧步调一致，季节变换的节奏拿捏到丝毫不差，两边的国槐树叶子愈发浓绿起来，鸟窝已藏起了孤傲的身影，纵使正午的太阳也难以穿透浓厚的绿阴，羊肉胡同便成了鸟儿嬉戏的天堂：小个子的麻雀，机灵鬼精，三五成群或落在地面，或悠闲地踱着碎步，小嘴叽叽喳喳，叫个不停，小眼睛圆溜溜直转，丝毫不怕身旁经过的路人；长尾巴的灰喜鹊，体型匀称，偶尔会从树叶中探头探脑，更多的时候露出修长美丽的身姿，喳喳地边叫边跳跃着，一下子又从另一处树冠上冒出长长的尾巴，逗得我常常会拿出手机，打开镜头，总想抢拍上几张照片，但动作始终慢了半拍，刚按快门，鹊已飞起，只好对着空中一阵乱按，然后再一张一张地删去，有时运气好，总能拍到一两只喜鹊，在树枝上调皮地耍酷。

　　羊肉胡同的夏天确实悠长而凉爽，是一个让路人很惬意的好去处，再毒辣烫人的太阳光线落在槐树上，立马就会被槐树叶稀释掉一股张狂的锐气，然后被过滤成暖洋洋的温柔，轻轻印在你的头上、脸上乃至身体的任意部位。要是遇上槐花盛开的日子，阳光里还会酿着一股浓浓的甜香气味，走在槐花铺满的巷子里，何来酷暑之肆虐？这真是一条天然的空调通道，我常常会莫名地赞叹。在北京远不止羊肉胡同一条巷子，步行时不时会碰上那种铁栅栏围好的古树，看看它们遒劲的躯干、屈曲盘旋的枝丫，再看看写满沧桑的龟裂皮肤，仿佛可以看见早年的前辈们在树下纳凉的身影：一把茶壶，几碟豆子、花生，或三五成群，席地而坐，小椅小凳围在一起，烟雾袅袅，茶香四溢；或扑克翻飞，老 K 当家；

或棋盘争斗，象飞田字，马踏日边，炮轰良将；或天南海北，风流韵事，笑声爽朗，唾沫横飞。真正的"街头巷尾度青春，绿阴树下养爷们"。

在羊肉胡同通往砖塔胡同的核桃巷里，两棵大小粗细相当接近的古树，待遇却截然不同，一棵有铁栅栏护卫，显示着身份的尊贵和岁月的沧桑，另一棵却无依无靠、孤单寂寞，每次经过它们身边时，我总要琢磨上几分钟，却始终无法明白它们不同待遇背后的真正原因：同处一条小道边，同在一片蓝天下，甚至同在一家小院门口，观其肤色，虽不敢断定它们同年同月同日栽，但至少可断定树龄当在伯仲之间，为何结局大不一样？莫非树亦如人，有命运不同一说。年年岁岁叶相似，岁岁年年人不同。不同人的眼里古树自有三六九等之分，贵为文物级别，自然呵护有加，贱为草民野老，自然视而不见，只是这"贵""贱"如何区分，恐怕还得细细思量才好。在古树眼里看来，人亦有善恶之分，有男女之别，有阳春白雪之高雅，亦有下里巴人之粗俗也。只是树们以百年来寒来暑往、风霜雨雪的深厚阅历，自然练就了荣辱不惊、不悲不喜、不嗔不怒的博大胸襟，至于脚下有无栅栏护卫之待遇，又何足道哉？如此，我确有少见多怪之嫌了。

羊肉胡同最壮观的当属七八月时节，槐花次第开放，一层一层的白花花耀眼，地上也浅浅铺满一层，被路人来回踩着，柔柔的，软软的。微风一吹，空中槐花纷纷飘扬着，此时此刻，羊肉胡同在我眼里成了槐花的世界：车子不见了，行人不见了，就是胡同两边的房子也不翼而飞，我就像一个小精灵一般，穿行在槐花之间，一股股幽幽清香扑鼻而来，沁入肺腑，从内到外仿佛被花香洗过一般，甚至冬天在体内深处积伏已久的雾霾也一丝一丝被抽出体外，每一根毫毛都通透清爽，就像吃了传说中的人参果一般，有一种说不出的惬意在心头荡漾。

行走在槐花组成的长廊里，时时会让我想起"千树万树梨花开"的江南美景来，只是江南太远了，江南没有这么好的槐花，但江南有蓝天，天空多遥远；江南有荷塘，荷叶田田，鱼戏莲叶间。对，我就是一尾来自江南莲叶间的鱼儿，追溯岁月的时间长河，一路北漂，游进皇城，游进了这条槐花的河流，嬉戏、品鉴于这槐花深处的娇媚与暗香。尽管一路走来，磕磕碰碰，不断遭遇善良与邪恶、仁慈与狠毒、诚信与欺诈的世俗鱼钩，但痴心不改，纵使有朝一日难免葬身贪婪口腹之虞，也要纵身一跃，不求跳龙门，但求温柔一刀，成为餐桌上一道美味的风景。佛曰：我不下地狱，谁下地狱？信乎？信之，或可遇放下屠刀立地成佛之大善者；不信，则横祸终究来，不争迟与早。

羊肉胡同的秋季是壮烈而短暂的，刚从槐花落尽的伤痛中苏醒过来，风就一阵比一阵凉，像有一把看不见的利刃，在枝头叶片间悄悄游走，割断了生命的张扬潜力却看不见伤痕的蛛丝马迹，用术语来说，叫温水煮蛤蟆。于是树叶渐渐由碧绿至浅黄，由浅黄至金黄，由金黄至飘飞，开始了一生当中最为惨淡的凋零日子，这个生命由盛而衰的渐变过程很难用眼睛去发现，但树们却有切身体会，满身痛楚说不出口，任由枝头上的兄弟姐妹们纷纷散落在地上，千人踩，万人踏，在秋风秋雨的洗劫中化为腐朽，虽然有"零落成泥护春枝"的喝彩与点赞，但我还是听出了其中的悲壮与凄美，或许"秋风秋雨愁煞人"说的就是树叶这种生命戛然而止的煎熬过程吧。

冬天的羊肉胡同是萧索的、枯败的，也是顽强不屈的，光秃秃的枝干横亘着，交叉着，似嬉闹的顽童在嗫瑟，又像睿智的老者在沉思，整条胡同褪去了往日的繁华与喧闹，树叶与槐花无影无踪，连路人也缩着脖子匆匆而过，北风如刀锋一般刮洗着胡同里的一切生命。有时候，雪花也不邀自来，纷纷扬扬，深浅两相宜，把胡同渲染成一个洁白的世界，枝丫上时不时会落下雪的粉末，一不小心就掉落衣领里，一丝冰凉从后脖颈悄然钻入，瞬间又化为乌有。我当然知道冥冥之中这顽皮的雪粉末注定与我有缘：我从江南青山绿水间风尘仆仆而来，她从北国地面蒸腾至高空，遇极寒而化为雪花飘扬而下，聚于树枝丫间等候我的经过，不迟亦不早，她的凄美吻上我最为敏感的脊椎，这种相遇的轮回又何止是三生三世？她一生的守候只为我的路过，我一生的行程只为她的悄然降落，是飘飘仙子与穷书生的邂逅，还是洁白精灵与江南游子的雅聚？我被莫名地感动了，世上万事万物的遇见，都是前世今生的一段缘。

羊肉胡同冬天的枯瘦、单薄、无助，此时此刻竟然让我心头莫名地温暖起来：是的，冬雪来了，春天还会远吗？我从枯枝张扬的天空，仿佛看到了一幅繁花似锦的美丽画卷在铺展开来，"豪华落尽见真淳"的纯美意境悄然降落，鸟儿不再隔膜，又在心头开始展翅飞翔。

冬去春又来，四季轮回如羊肉胡同的国槐花开花又落，鸟儿的欢快与自由是必不可少的，胡同旁边的四合院又岂能被简化忽略：红檐碧瓦，门楼高耸，左仙鹤，右麋鹿，门钉金光闪闪，门簪上方硕大的迎客松摇曳着"笑迎天下客"的儒雅大度，高大的红漆朱门回荡着宅子主人当年金榜题名、高中榜眼的春风得意，"人面不知何处去，槐花依旧迎夏风"。此时此刻，眼前的榜眼府邸孤傲地紧紧关闭，台阶两旁粗犷霸气的石狮早已不翼而飞，张牙舞爪的威猛身影已成传说，只留下宽大的汉白玉底座静穆于尘灰飞扬之中，显得格外落寞孤寂，仿佛在叹息着远去的辉煌显赫与近世的凋零冷落。望着偌大的府第空荡荡无一人居住，耳旁忽然响起"只在此山中，云深不知处"的禅门玄机，可惜羊肉胡同没有桃花，否则过往的客人难免不会重演一段"人面桃花相映红"的故事，来渲染羊肉胡同千年的传奇。

年年岁岁花相似，岁岁年年人不同。走在羊肉胡同里，我常常会莫名地做些白日梦：胡同成了路人眼里的一段风景，或许有一天，我也能成为胡同里的一个小故事？胡同恍如慈祥的老人在我耳旁悄悄地嘀咕，不，你只能是胡同里的匆匆过客，悄悄地来，又悄悄地走了，不带走一丝云彩……我，坦然地笑了。

姚家胡同，散原先生

常常一个人去附近的胡同小巷溜达，因办公楼位于赵登禹路与阜成门内大街十字路口的东南一角，沿赵登禹路北行，一路上有前抄手胡同、苏萝卜胡同、小茶叶胡同、大茶叶胡同，每条胡同都有一段不为人知的经历，知道的人早已成了历史，不知道的人，只能凭路旁的古树去推测见证它们的前世今生。这"胡同"的称谓，于我这个南方人而言，是陌生而又惊奇的名词。原本以为胡同就是南方的里弄、小巷，有一次和作家朋友聊天，才知道"胡同"一词最早来源蒙古语 gudum。在蒙古语、突厥语、满语中，"水井"一词的发音与"胡同"非常接近，而在历史上，北京人吃水主要依靠水井，因此水井成为居民聚居区的代称进而成为街道的代称，由此产生了"胡同"一词。

比如，屎壳郎胡同，其实这个名字译成蒙古语是"甜水井"；朝内大街有个墨河胡同，蒙古语的意思是"有味儿的井"。此外，如鼓哨胡同（或写作箍筲胡同），译成蒙古语是"苦水井"；菊儿胡同或局儿胡同，蒙古语的意思是"双井"；碾儿胡同或辇儿胡同，"细井"的意思；巴儿胡同，意为"小井"；马良胡同或蚂螂胡同，意为专供牲畜饮水的"井"……偏偏我的办公地址附近就有几条著名的胡同，比如，清末大臣、同治年间状元、官授修撰、后为溥仪师傅的陆润庠居住过的羊肉胡同；比如，鲁迅、张恨水创作井喷时居住过的砖塔胡同。两条胡同从元代一直延续至今没有改过名称，这是不容易的大事件，平时我们常说十年树木，百年树人，何况是历经千年沧桑的老胡同。如果我没有猜错的话，这胡同里的一砖一瓦一草一木都是有灵气的，一鸟一猫一犬一蚁都是转世轮回的缘分：它们或许不曾见过唐时轻风宋时雨，但它们一定阅尽大明风光大清月。作为江南小镇上的一位"北漂"，能够与两条历尽千年风雨的老胡同为邻，看来我与胡同的缘分还是可以说道说道的。

我曾经对着"前抄手胡同"的牌子丈二和尚一样摸不着头脑，后来才知道北京有一些胡同从一个入口进去，左拐右弯的竟然又从离入口不远的地方转了出来，其形状就像一个人的两只手抄起来，老北京幽默地称为"抄手胡同"，久而久之，名字就流传下来了，其实没有什么特别的故事。我知道前抄手胡同本身名不见经传的，但它背靠千年妙应寺（俗称白塔寺），我曾无数次拍摄过白塔寺，知道它是一座始建于辽代藏传佛教格鲁派寺院，而且是全国三座白塔寺里最早的一座。时下有一句话很流行，出身与能力不重要，重要的是你站在什么样的平台上。这句话似乎适合眼前的小胡同，就因为背靠白塔寺，默默无闻的前抄手胡同身价百倍了，不得不令路人刮目相看。当然我知道苏萝卜胡同里一定没有萝卜，茶叶胡同里也一定没有茶叶，但大茶叶胡同里有一幢吕正操将军当年居住过的老宅子却是千真万确的，我想象不出当年将军府上是何等的风光与热闹：或许前呼后拥，将士云集；或许宾客如云，觥筹交错；或许谈笑有鸿儒，往来无白丁……如今将军后辈已搬走，人去房空，一扇铁栅栏锈迹斑斑，临街屋檐大半倾颓，瓦片漏空，已呈风雨飘摇之态。一只野猫从胡同不远处一路跑来，看我一眼不慌不忙闪电般跃上房顶，从眼前一溜烟消失得无影无踪。

从大茶叶胡同里出来，往前直行不远左拐几步的富国街三号，便是传说中的北京市第三中学：校内有一幢老建筑，据说是当年吴三桂的舅舅、明末清初风云人物祖大寿的府邸，说来有点巧，我最先知道"祖大寿"这个名字不是课本上也不是报纸杂志上，而是金庸武侠小说《碧血剑》一书里看到的，知道他是一代名将袁崇焕的得力爱将，武功高强却投降了皇太极。望着墙上祖大寿的人物简介，我才知道金庸小说里的许多人物历史上是确有其事的，不由得想起《红楼梦》里那句"假亦真时真亦假，无为有处有还无"的名言来。刚一转身，就看到了墙上"北京三中的前身是清雍正二年建立的专收八旗子弟的右翼宗学，曹雪芹曾在右翼宗学供职十年，并在此构思了传世名作《红楼梦》"的说明文字；刚想到《红楼梦》里的诗句，居然发现此地竟然就是构思《红楼梦》的地方，真是无巧不成书啊！接着往下看，才知道人民艺术家老舍先生一九一三年曾就读此校，一九五〇年十月学校正式改名为北京市第三中学。

沿阜成门内大街往东行走百十步，便是北京历代帝王庙，这是一座规模恢宏博大、气度雍容华贵的建筑，大门对面的九龙照壁至今犹在，整个建筑的地位显赫并不亚于故宫，算得上是中国古建筑宝库精品中的极品。明嘉靖十年始建，其原址为保安寺，清雍正七年重修，几经调整，最后将祭祀的帝王确定为一百八十八位。乾隆更是推出了"中华统绪，不绝如线"的观点。再往东前行数十步，便是与我办公楼隔街相望的姚家胡同。

尽管坐在办公室里平时抬头可见姚家胡同上空云淡风轻，胡同南口行人匆匆，偶尔停下的脚步只为打听南北西东；尽管茶余饭后常常从姚家胡同南口悠闲地经过，与同事朋友谈天说地兴致甚浓。但我真的不知道这条小胡同就是当年大名鼎鼎的义宁公子陈三立寄居北平的寓所，既陈寅恪故居所在地。

陈三立，字伯严，晚年自号散原老人，咸丰三年农历九月二十一出生于义宁泰乡七都竹塅村。系湖南巡抚陈宝箴长子，清末同光体诗派代表人物，清末"维新四公子"之一，诗歌创作上以宋诗为师范，宗王安石、苏东坡、黄庭坚、杨万里、陈师道等为师，与维新志士康有为、谭嗣同、杨深秀、吴保初、黄遵宪、范肯堂、陈炽、文廷式、陈衍、梁启超、熊元锷等，因志趣相投，唱和更密。

据史料记载：一九三四年散原老人从庐山松门别墅移居北平姚家胡同后，曾度过了一段美好惬意的好日子，高朋满座，诗词酬唱，虽是客居他乡却无寄人篱下之虞。散原老人身为一代宗师，其中两个儿子又甚是争气，长子衡恪，号师曾，供职民国时期教育部，与鲁迅既是同事又私交甚厚，以山水画冠绝中西，画花鸟、花卉，学吴昌硕到了神形毕似的程度，用墨能燥湿浓淡任意挥洒，用笔则厚郁娇丽，生动自然；画兰，超过老师吴昌硕，可与郑板桥、李晴江、石涛等相媲美，或独画兰，或兰竹并画，而更多的是兰石相配，用笔婉转圆润，潇洒流利，极能表现兰花迎风摇曳的美姿，显得多而不乱，飘而不弱，挺而不僵，融会众长，独开生面，在近代兰花艺苑中独树一帜；画竹是多面手，无论墨竹、新竹、雨竹、晴竹、风竹，既形肖又韵美，精于着笔濡墨，风晴雨露，变化多端，绝不程式化：或淡石浓叶，或竿淡叶疏而石突出，皆显清逸情趣。名动一时，在北平掀起了文人画的热潮，引领画界时尚，牵引、扶持了北漂画家齐白石，成就了北平画坛领袖的盟主气象，无奈天妒英才，四十八岁那年于南京早逝，令中外美术界痛惜不已；三子寅恪，字彦恭，通晓英、法、日、德、俄及梵文、突厥文、西夏文、满文等十四种文字，凡史学、宗教学、语言学、人类学、校勘学、文学，都有精湛的研究，尤其特长于史学，对魏晋南北朝史、隋唐史、蒙古史及佛教经典等造诣更深，被史学界尊为一代宗师。先执教鞭于清华国学院，与王国维、梁启超、赵元任并称清华四大导师，后为清华大学中文、历史两系"合聘教授"，曾一度兼任北京大学历史系教授，同时还兼任"国民政府中央研究院"理事、院士，历史研究所研究员兼第一组主任、故宫博物院理事、清代档案委员会委员，博学儒雅，学贯中西，课堂上专讲他人之未曾讲授的学问，引来师生围观之旷世奇迹，人称"教授中的教授"。

有儿如此，堪比孙仲谋。散原老人自当扬眉吐气，快慰平生矣！

然世事难料，国贫积弱，引来虎狼之贪；风雨飘摇，尽显河山破碎。

一九三七年七月，卢沟桥事变爆发，北平人心惶惶，一片混乱，人们纷纷逃难。寄居在姚家胡同三号的散原老人慷慨陈词："我决不逃难！"忧心如焚，竟然一病不起。虽在重病期间，仍关心国事，每日询问战事情况……日军攻占北平之后，由于散原老人在中国的名望，而"欲招致先生，游说百端皆不许。诇者日伺其门，先生怒……因发愤不食五日死"。弥留之际，散原老人还问身边的亲人："外面传说中国军队在马厂打败日军的捷报，是真的吗？"此情此景，令人扼腕。如此观之，散原老人当属死国难者。对于他的死，一代醇儒张元济先生曾痛悼，"戊戌党人尽矣！怆痛可极"；柳亚子也在日后的诗作中称"少愧猖狂薄老成，晚惊正气殉严城"。八十几岁的老人，为拒绝倭虏的"招致"绝食而死，其气节人品，卓然风骨，当可惊天地、泣鬼神也！

有一年，一位陈氏家族研究专家来京开会，说要我带他去姚家胡同三号看看，我当然知道姚家胡同在哪里，当我们顺着一条百十米长、宽不足十米的小胡同寻找门牌号"三号"时，一幢不起眼的平房小院子出现在眼前。院子入口门框很低，举手就可以触摸到顶端，进门右拐，顺着一条走廊前行，百度上说此地是陈寅恪故居，可里面竟然空空荡荡，人影都见不到一个。既然是名人故居，多少也得陈列一些寅恪先生的旧书旧物吧？在这寸土寸金的地方，既没有旧物陈列，也没有人居住，是不是太可惜了这处院子啊！我心里暗自嘀咕着。不过虽然没人在，房子倒也干净整齐，没有小胡同周边那种颓败破落之感，望着四周素净的墙壁和默默无语的柱梁，我怎么也不敢和"陈寅恪故居"这几个字联系起来，原来这就是"教授中的教授"当年从清华北大上完课后回城内居住休息的所在地。

同样是胡同，如果拿姚家胡同的外表与羊肉胡同相提并论，真的是毫无特色可言，短短不足百米的小巷子，两旁居然连一棵小树也没有，更不要说香气扑鼻的槐花与金碧辉煌的古宅大院，八十多年的春秋风雨，早已把当年散原老人寓居的旧胡同洗成一片苍白，形成枯槁。

如果不是那块"姚家胡同"牌子在胡同口的风中张扬，我敢肯定自己不会向胡同里面张望一眼。可当我知道散原老人八十多年前就在眼前这小屋子里居住过的时候，眼前顿时一亮，原来胡同简陋与粗鄙的背后竟埋藏着一段远去的辉煌文化。我不禁为自己以貌取胡同的浅薄无知而惭愧。散原老人和寅恪先生的音容笑貌虽然已被雨打风吹去，但它的傲然风骨与学术品格却牢牢地扎根于册页之中，任凭岁月流逝，沧海桑田，依然闪烁在文字砌成的历史卷宗里，时不时从字里行间跳出来，与我来一场超越时空的对话：二〇〇〇年，在江南千年小镇义宁修水县城里苦苦修炼数十年之久的乡贤刘经富仍是一介寒儒，当他把处女作《陈三立一家与庐山》的潦草手迹交给我时，我震惊了，第一次知道了家乡竟然还有陈氏五杰这样百年难遇的文化世家，第一次知道了陈家大屋，第一次知道了庐山的松门别墅和"虎守松门"的文坛佳话……图书出版后，得到了寅恪先生弟子季羡林、卞僧慧、周一良、王永兴的一致好评。经季羡林老等人联名推荐，作者经富先生被破格调入南昌大学任教，成就了一段江西高校"不拘一格录人才"的佳话；二〇〇四年，经富先生删繁就简，经过一番爬梳补缺后，以"义宁陈氏一家与庐山"为书名再版发行，我又一次沐浴在陈氏家族博大精深的文字海洋里，获益匪浅；二〇一六年，时隔十几年之后，吴应瑜先生《陈寅恪家族旧事》一书再次由我担纲责编，一门五杰的奇闻趣事又一次吸引了我的目光，让我的心情久久难以平静下来。

佛家讲究缘分，我虽没有皈依，但我确实相信缘分一说：人有缘，物也有缘，我是编辑，当然与图书有缘。短短十几年时光，竟然三次与"义宁陈氏"这个文化世家所营造的精美文字迎面相撞，不能不说是一种特别的缘分。但万万没有想到的是我爷爷竟然会与这个声名显赫的文化世家也有一种不解之缘。

二〇一七年大年初一大清早，我与几位作家朋友一同驱车前往散原老人的出生地——义宁陈家大屋。说句难为情的话，责编了三部关于义宁陈氏家族的图书却没有来过这个文化世家的发源地，真是有点说不过去，于是乎拍照、感慨，继而转发朋友圈，得到了各地朋友的盛情点赞。晚上回家时，我和父亲兴奋地说起了一天的经过，然后拿出陈家大屋的照片让父亲观看，父亲指着凤竹堂旁边的一扇大门说，小时候他就在里面住过，并告诉我当年爷爷带他去做客的情形。二十世纪七十年代父亲曾在陈家大屋所在地的桃里公社医院当过院长，这是我知道的，但我不知道父亲期间还去过陈家大屋做客。我怀疑了，世上真有这么巧的事情，我望着父亲清瘦的面容，不忍心说出怀疑的话来，因为几十年来从未听父亲说过这些事情，我只是慢慢引导父亲说出当年的真实情况来。

原来爷爷全起凤是散原老人堂兄弟陈泽润的亲姨夫，父亲学医，当然不会去研究陈家的相关事情，但父亲却说出了陈泽润的儿子叫陈有恪，陈有恪的女儿叫陈封菊，"三（泽）——恪——封"，这正是义宁州怀远陈姓的谱派啊！我确认父亲说的全是事实，我觉得爷爷能与这样的文化世家联姻，自身的文化修养也不会差到哪里去，我甚至猜测爷爷的大名可能就来自王勃《滕王阁序》中"腾蛟起凤，孟学士之词宗；紫电青霜，王将军之武库"的典故。事实上爷爷就是一个饱读诗书的人，我曾在一篇文章里追忆过爷爷：爷爷是一个远近闻名的秀才，方圆数十里之内，大凡嫁女、娶亲、买田卖地都得爷爷亲自到场写文书，写得一手好毛笔字，他手抄的《金刚经》小时候亲眼见过的，可爷爷一生不得志，到死也没有把胸中才学施展开来，唯一神气的是那把铜铸水烟筒抽得叭叭直响时，才能看见爷爷脸上挂着少有的笑容……大年初三，在经富先生家里我说起此事，这位陈氏研究专家大吃一惊，他说陈氏姻亲的情况他了如指掌，但并不知道有我爷爷这门亲戚。说完拿起电话打给陈氏后人，很快一位叫陈钦恪的中年人过来了，一说起我爷爷的名字连连点头。他说与我父亲很熟悉，还去过我老家白鹇坑（民国时期中国最早使用机械制茶叶的美丽小山村）住过，只是后来世事变迁，姨爷（指我爷爷）过世后两家少有往来了。至此，事情真相大白了。

面对此情此景，经富先生不禁瞠目结舌，为自己的武断连连感叹起来，南宋陆游说的"纸上得来终觉浅"果然是至理名言，看来涉及地方人文历史方面，纸上学问做得再好都不如来一次乡村调查真实可靠啊！我为父亲的低调为人暗暗叫好，二十世纪八十年代起，陈氏学问在海内外掀起热潮，至今四十余年，无论是学术界、文化界、出版界还是地方政府，无不以自己能与陈氏家族关联上而削尖脑袋、沾沾自喜，父亲居然瞒了几十年，从未向外界吐露与陈氏家族的姻亲关系，实在让我敬佩不已。比起平时报刊上那些纵横几万里、上下几千年努力攀比勾连名人亲戚的群体，父亲瘦弱的形象在我眼里愈加伟岸、高大起来。

如今，《陈寅恪家族旧事》一书已经重印上架了，我上班的地址也由车水马龙的西四搬迁到了西四环边上的一幢高楼里，但我站在八楼靠东的窗口旁，视线常常会落在阜成门外大街的方向，与姚家胡同擦肩而过，尽管没有高大的槐树替我遮阴挡雨，也没有调皮的鸟儿逗引我的目光，但我耳边却时时响起散原老人"凭栏一片风云气，来作神州袖手人"和寅恪先生"一生负气成今日，四海无人对夕阳"的沉雄苍凉。在川流不息的行人车辆之中，眼前分明看见散原老人与寅恪先生二位乡贤的背影渐行渐远，闪现出没于红尘俗世中，时时催我自新，促我奋勇前行。

别了，姚家胡同；别了，我的西四办公楼。

雁荡印象

雁荡经行云漠漠，龙湫宴坐雨蒙蒙。

少年时期读《徐霞客游记》里关于雁荡山的章节，不经意间就记住了这两句诗，时不时会有一幕风景浮现在脑海里：拔地而起、壁立千丈的悬崖峭壁之巅，或白云悠悠，或皓月千里，或艳阳高照，或乌云翻滚，电闪雷鸣。这个时候的大小龙湫，或高僧三五人，围席而坐，对月当空，把酒临风，其喜洋洋；或过客六七人，徒步跋涉，飞瀑流泉，水石相激，雨丝蒙蒙，如沐甘露，沁人心脾地来回穿梭其间。更有甚者，夜月当空，常有惊人风景入目：或做狮子吼状，以抒胸中之万千气象；或做交头接耳状，秀喁喁私语之甜蜜；或做金刚怒目状，极尽嬉笑怒骂之能事……但真的一睹雁荡之奇绝风光，则是三十余年之后的事了。

陪我前往雁荡山的是浙江籍著名女作家钱国丹老师的大公子徐家骏兄。家骏兄时任台州市散文学会秘书长，文笔极好，据说以前经过商，但看起来没有一丝市侩气息，为人稳重，书生味浓郁，与我做伴可谓相得益彰。

其实雁荡山在温州境内靠乐清市，离台州市区真的不算近，可家骏兄从十六岁开始骑自行车独游以后，竟一发不可收拾，三十多年来，先后居然有上百次游览的经历，对雁荡山的地理风光、四季色彩变化和昼夜晨昏的更替可以说了如指掌，比当地人要熟悉得多！能有这样的同伴兼导游同行，是雁荡之行的最大亮点，至今仍回味无穷。

因为轻车熟路的缘故，家骏兄驾车直接来到网上预订的酒店入住，店不算大，私人开的，还算干净，我们分住两间房，环境不错，推开窗户便是青山，因为时近冬天，各种蚊子虫蚁自然是没有的，负离子足够用了！一夜无梦，醒来已是天亮，我打开箱子，换好阿迪牌运动装和鞋子，仿佛全身都充满了力道，轻松地到隔壁敲门，家骏兄早在房间等我，于是一同下楼吃早点，早点没有想象中的丰富，甚至可以说简单，好在我从不挑食，只要是可以填饱肚子的食物，再粗糙也吃得津津有味。

早餐完毕，我们正式出发了，驱车十几分钟后便来到雁荡山索道停车场。

说实话，雁荡山索道给我的印象真是太糟糕了，厢车陈旧、狭小也就罢了，速度还极慢，与国内其他名山的索道不可相提并论，好在不是旺季，游客少且距离很短，只几分钟后我便踏上了传说中的雁荡山。

不知徐霞客当年从何处登上雁荡山，栈道当时肯定是没有的，也就是说我脚下踩踏的小径不一定会有徐霞客当年留下的脚印和身影，但雁荡山一定有一个最先接纳徐霞客脚步的地方，当然，一定不只是徐霞客一个人，或许有仆人几许沿途照顾他的饮食吧，否则果腹充饥之物从何而来？或许还有画师几人相随，见到美景便描摹下来，否则以后写文章如何记得某处风景才配称绝妙？某处峰峦配称山势奇绝？或许还带有保镖或贴身护卫，如果没有绝对的安全保证，碰上劫道的岂不要抛尸荒野？我和家骏兄就犯了一个并不美丽的错误，我们上山既没带单反相机也没有准备任何吃的食物，只是手上拿了一瓶矿泉水。可惜我的手机像素太低，只好朦胧地记录着眼前能让我激动的风光，就像我此刻写作时一样朦胧不清，雁荡山的风光似乎全在我的脑海，又似乎说不清哪处风光记忆特别深刻，只能是片段式的记忆，来还原我当日登山时的某些情景。

非 庙 非 院

沿着栈道前行，在半山腰上我并没有看到多奇多绝的风光，心里不免有点感慨：还是古人说得好，百闻不如一见，相见不如思念。看来友情如此，爱情如此，就连大自然的观光游玩也概不例外。

刚嘀咕完，眼前就出现特宽敞的一个大洞，仿佛百年之前高僧打坐练功的洞府，进得洞里，豁然开朗，洞无后壁，遥对千丈绝壁，抬头远望，山势奇绝，俨然仙翁打坐，庄严而肃穆；探头往下一望，深不可测，遥遥传来阵阵风过的呜呜声响。我双手合十，对天长啸一声，除石壁传来一点儿回响外，四周很快又归于寂静：霞客或已来过，洞府不留痕迹。大明朝时的强盛与富足早已随流云雨打风吹去，蓦然顿悟：我辈想追寻前人之踪，终究是水中月镜中花，不若随性而游，自娱自乐罢了。

心头纠结已解，浑身一轻，我转身走出石洞，继续前行。一座铁索桥悄然入目：桥面不算太窄，下面是看不到底的沟壑，因为时近冬天，桥下并无水响，少了一种鸟鸣声声和流水泠泠作响的乐趣，多了一分肃杀的萧瑟之意。一脚踏上去，左右前后立即剧烈地晃动起来，我无比紧张地眼望前方，一步一步往前挪动，左手抓住桥的栏杆，每走一步整座桥都会摆动起来。我不知道自己到底有没有恐高症。若说有，我分明已经走在桥上；若说没有，可我又清楚地感觉到了恐惧。但我脸上却装得十分自然，一边微笑前行，一边让家骏兄给我拍一张照片留念。以至回京之后，我时常会调出这张难忘的照片来静静观赏，远处看上去实在是优雅极了！可有谁知我貌似平静的心里当时曾掀起过多高的恐惧之浪啊！人生常常如此，只能远观赏玩凑热闹，实在经不起近距离仔细推敲的。平时所谓走进某人的内心深处一说，做起来真是谈何容易啊！

过了悬空铁索桥，接下来的路径就显得平淡无奇了，我俩边聊边走，本以为很快便到尽头，谁知却山势陡转，放眼望去，远处隐约有红墙碧瓦藏于树丛之中，可眼前小路走向却往右拐直下，有一小亭檐牙高啄，如鸟翼状振翅欲飞，上得亭子来，周围山头仿佛都矮了一圈，咦，看来这亭子的位置还颇有"一览众山小"的味道。刚要往山下撤，一回头发现亭子脚下山坳里居然有一屋角伸出来，看似庙宇又感觉不像，一种独特的神秘瞬间击中了我的双眼。

我和家骏兄沿着小道往下走，屋角背后的风景渐渐露出真容，红墙碧瓦，檐牙高耸，果然是一座美轮美奂的建筑物。整个山谷静悄悄的，时值冬月，连鸟鸣声都没有。我俩走近屋檐，透过玻璃窗往里一看，完全愣住了：一个身穿袈裟的小和尚正在用手机和什么人通话，屋内古色古香的茶几上摆放一把古琴，周边全是书架，架上居然满满的全是书，我再往远处看，屋内分为两重，里面一重窗门紧闭，两重之间有一走廊，走廊一侧居然有男、女厕所的标记。

这就奇怪了。说是书院，读者或学生全无，却有和尚一个；说是庙宇，却无菩萨佛像，门口亦无香炉化龛等独有的标记物。这是个什么地方？三分像庙宇，七分倒像书院，难不成这小和尚就是房子主人？年纪轻轻，怎么可能会积累如此财富？如果此屋另有主人，又为何会有年轻小和尚的出现？望着二楼窗帘紧闭的房间，我平时所读武打小说里的情节不断翻滚出来，莫非是逃犯在此藏匿？我不禁脱口而出。

家骏兄也迷惑不解："可能是私人书院吧？"

"如果是书院，也太偏了！最起码会有一条好路吧？"我百思不得其解。

"再说谁会跑到这里来读书？"我轻轻嘀咕着。

"秋生兄，过来看看！"我循声走过去，房子的正前方居然还有一方人工挖的小水塘，一条石砌小路伸入水中。水并不干净，可以肯定不是饮用的水源，我们沿着碎石小路站在水塘前方望去，才发现此建筑居然是按风水方位建成：一汪碧水映日月，三面青山藏虎豹。左青龙，右白虎，吞云吐雾，啸傲山林，自在逍遥，好个风水宝地，果然世外高人。

因为觉得此屋主人身份太过神秘，我和家骏兄迅速离开，连照片也没有拍一张，转身下山去了。多年以后，有一次和鲁院同学聊天，对方居然说当年同班同学里有一位女同学浪迹天涯之后落脚雁荡山并开了一家书院，掐指一算，时间和我造访雁荡山非常吻合。莫非此屋主人竟是我的同窗？我不敢相信自己的耳朵，连连摇头，雁荡山范围那么大，怎么那么巧就让我碰上了她的书院？

世间万物皆有缘，遇见就是最好的重逢。至于眼前所看到的建筑物是庙还是书院，它的主人或大商巨贾，或大奸大恶，于我又有何干，值得这样去追根究底吗？如此看来，是我过于看重皮相了！

合 掌 为 峰

从书院往山下走，很快就到了山脚，肚子也开始叫了，我们到农家小店吃完午饭，便向传说纷纭的合掌峰风景点进发。

合掌峰不看景点介绍是无法明白其中之意的，就算看了也难解其中之味。从远处看去，就是一座突兀而起的山峰，比周边高一点儿罢了，并无独特之处，可当我随家骏兄走入合掌峰里面，我才被大自然的鬼斧神工所震撼：只有你想不到的，没有大自然生不成的自然景点。

合掌峰其实不好定义，合掌，像人的两只手掌一样合起来，这么定义当然是两座山了；正因为山体下部是空洞而顶部是合拢一体的，实际上还是一座山峰，把"合二为一""一分为二"的哲理巧妙地融为一体，实在是令人叹为观止：刚走进合掌峰，一条盘曲小径蜿蜒而上，将山峰一分为二，愈往上走，空间愈大，地势愈奇，每走一步都不同，洞壁上不时留有古人的碑刻，移步换景，感觉人在峰峦的内部不断向上盘旋，而洞对面的山峰则在不停地往下降落，正所谓此消彼长，遥相呼应，默默相守千年万年而不改初衷。

　　大约百十米高以后，一座庙宇出现在眼前了，我们沿着木制的走廊向洞外望去，只见一线天外阳光明媚，万木葱茏，"洞中方七日，世上已千年"，一线天的顶端不时有水滴洒下，因距离洞底太高，到眼前时水珠已经破碎，极细的雨丝打在脸上，凉飕飕的，正所谓飞珠碎玉从天降，疑是甘露南海来。我拿起手机从内向外想拍点好风景，但身边黑乎乎的，拍出来效果很不理想，只好作罢。

　　登上木楼走廊，眼前豁然开朗，一个大约百多平方米的佛家道场灯火通明，佛祖慈眉善目，面露笑容，好一个莲花座上乾坤大，洞里世界日月长。洞壁凹凸不平，只要能够放置的地方全是佛像，无论你双眼往哪里看，都能感受到佛祖的温暖无处不在，让人有一种亲临灵山佛国的神秘感。

　　我细细打量着洞顶，没有任何人工缝接之处，浑然天成融为一体。突然一阵佛家乐器敲响，几位年轻和尚在一位年龄稍长的带领下开始诵经，抑扬顿挫的声音直冲耳膜，一位远道而来打扮富贵的中年女士迅速匍匐在地，叩头、作揖，长跪不起，我才明白和尚是在为女士做法事：看女施主双手合十双眼紧闭、口中喃喃自语的虔诚模样，我暗暗猜测她或许是在祈祷家里生意越做越大，或许是在为家中老少健康无恙而祈福，看那珠光宝气的一身打扮，但愿她不是为了赶走小三、稳住自己的正宫地位才好！

　　亲临诵经现场于我而言还是第一次，佛音悠扬，梵曲声声，鼓乐齐鸣，再加上小和尚嗓门清亮干脆，好听入耳，热闹而不喧嚣，佛号于耳边余音袅袅，经文于心间盘旋迂回，平日听惯京华都市各式噪音的我，一下子仿佛沉浸到了无边的寂静海底，眼前没有了功名利禄的诱惑，没有了浮躁不安的焦虑，没有了喜形于色的轻浮，没有了各种杂乱无章的"谆谆告诫"，就连骨子深处的那分孤傲也悄悄消弭于无形，周身恍如荡漾于一种柔和的光明温暖之中。

　　佛法无边，苦海有涯。

据说，人体双掌合十，会有一股神秘的气场在周身自然流动，功力深厚之人，更是三花聚顶，莲台隐现；如果合掌为峰，天地之间必然灵气流转，巨大的气场会有祛病消灾、驱魔除妖之功亦未可知。或许这才是合掌峰千百年来香火绵延不绝的缘故吧！可据当地人说，合掌峰之所以出名，是因为月圆之夜，合掌峰就像一个裸女双手合十、沐浴其中，胸前两只硕大无朋的乳房活灵活现，让游人沉醉不已！

俗话说，翻手为云，覆手为雨。我想，如果去掉它们背后附加的讥讽含义，再加上一个"合掌为峰"，恐怕这才是大自然让人类陡生敬畏之心的真正原因吧。

万 佛 成 山

不知不觉，一天就过去了。

晚上果然月光如流水一般洒满雁荡山的每一个山头角落，我和家骏兄又信步来到了合掌峰景区门口，家骏兄征求我的意见，告诉我月色下的合掌峰景区又是一番景象。我以白天太累明天还得继续登山为由婉拒了家骏兄的热情，其实我只是不忍心让家骏兄又破费买门票了，于是转身回宾馆休息了。

第二天上午，我们来到了小龙湫景区，高大的徐霞客石雕像寂寞地守在路边上，没有雨棚遮盖，没有香火祭拜，春沐雨水夏纳凉，秋染月色冬凌霜。此时已是冬季，只是不知他那遥望远方的双眼里，是希冀我辈追寻他的足迹前来细品雁荡的奇山怪石碧水深谷，还是在思念自己遥远的故乡？踏遍青山人未老，魂归故里万般好。但愿霞客九泉之下能够坦然面对后人崇拜时的狂热与冷落时的苍凉。

沿塑像右行百十米，有一几近干涸的小瀑布，只有一汪清水羞涩地藏在石块之间，抬头向天空张望，像一口数十丈深的古井，上小下大，只是我们站在井底，井壁被千年万年的水流切割成螺旋形状，仿佛有人用刀片沿井口一路刮下来，印痕十分清楚，偶尔滴落的水珠到谷底时已分散成小水雾，洒在脸上凉丝丝的让人触目惊心：大自然鬼斧神工的超能力在这里得到了验证，我庆幸自己来得正是时候，虽然没有看到从天而降的飞瀑流泉，少了一种飞珠溅玉的美丽影像，但我却看到了瀑布背后的本来面目，这又是另一种不为人知的真相，沧桑古老，刻骨铭心，在世人迷醉的外表下其实满目疮痍，伤痕累累，大自然如此，社会如此，红尘之中个体生存者又何尝不是如此！

一番感慨，几声叹息。我离开了徐霞客塑像，向下一个风景点走去。听闻雁荡方圆数百公里，有名有姓的景点就达几百处之多，若想游遍雁荡几近痴人说梦。家骏兄如是说，我终于明白家骏兄痴迷于游雁荡实乃一种成长情节，欲忘不能，欲罢难休，一种对雁荡执着的爱让他在记叙雁荡的文字里寻寻觅觅，乐而忘忧。

突然，眼前出现一座几百米高的巨大崖体，上有摩崖石刻"天柱"二字，原来这就是有着丰富传说的天柱峰！我肃然起敬，只见崖体陡峭挺拔，像斧劈刀削般矗立在路旁，靠腰际处数十丈高几乎寸草不生，是一处攀崖登高的绝佳之处。抬头仰望，隐约有一条铁索从天柱峰崖顶穿过正对面的另一处山头，看广告牌上提示才明白：这就是雁荡山最为惊心动魄的观景点，每天上下午各有一次走钢索和攀崖的绝技表演。表演者技艺娴熟，胆大心细；观赏者倍感新奇刺激却惴惴不安，多半替这些奇人异士捏一把汗。

大凡观光赏景，不外乎仰视、平视和俯视，作为看客，角度不同得到的感官刺激是完全不一样的，望着眼前的千丈绝壁，想象着表演者在上面腾挪跳跃的情景，我突发奇想，这种难得一见的表演，最好是从对面山上观看比较好。于是和家骏兄朝天柱峰正对面的小径盘旋而上，路不宽，全是花岗岩石铺成的，大小不一，错落有致，偶有几处损坏，露出前人砌筑的痕迹，苔痕斑驳，乌黑粗糙，那真叫一个古老沧桑了得！

因为是淡季，游人寥寥，一路上居然没有遇见一个人，大约十点钟左右，我们终于爬到了与天柱峰等高的地方，正好有一个亭子，就在我俩找好位置坐下静等表演开幕时，突然从山上下来一群学生，叽叽喳喳，男孩女孩童声脆嫩，说是从学校出发登山过来的，无须买票，身后跟着一条小狗摇头摆尾，不亦乐乎！

此情此景，让我想起了小时候"空山无语闻犬吠，绿树底下藏童趣"的快乐时光，正在我胡思乱想的时候，一声"开始啦"把我拉回现实：只见天柱峰绝壁上几个人像猿猴一样往下跳跃，远远望去，他们用脚一点绝壁，绳索便荡起来，瞬间人已滑下几丈远，电光火石之间，腾挪跳跃拿捏之准、反应之敏捷、力道之大，实非常人能及，果然是艺高人胆大，数百丈高的悬崖，几分钟之间便平安着陆。可惜没有单反相机，无法用影像记录下这壮观的一幕。

表演结束后，学生们呼啦啦地跟老师下山了，我和家骏兄各自找块石头坐下来，家骏兄用手一指右前方最远处的一处建筑物告诉我，那是部队的气象站，他曾经去过，上面有驻军。我静静地远望着，目测有多远，突然我发现眼前最近的一座山峰就像无数大小的佛挤在一起，有的端庄肃穆，有的满脸笑容；有的双手合十，有的诵读经文。几尊小佛靠在一起就是一尊大佛，整座山峰就是一尊最大的佛，这种佛中有佛的奇异景观让我震撼了！我急忙让家骏兄往前看，然后用手机拍下来，从手机屏幕上看更是活灵活现。

"家骏兄，这真有点儿像西方如来居住的极乐世界啊！如果周边都是水的话，整个就一海上佛国也。我就给它取名万佛山吧！"家骏兄接过手机，细细品味，感叹连连，说自己来雁荡山多少次了，这次陪我最辛苦，走的路最多，平时看到的许多景点都是景区标注出来的有名有姓，这次完全是即兴所游，不按常规出牌，想人之所未想，游人之所未游，见常人之未常见，真是不亦乐乎！

蓦然想起远在京城的驴友奕然来，虽身为女子，却胆识不让须眉，一有闲暇即单枪匹马外出野游，足迹踏遍大江南北，在京城周边崇山峻岭之中则结伴玩穿越，宿野外，随身携带帐篷吊床，简直是花样百出，其乐陶陶，当属驴友群体的经典成员和极品佳人。当年曾邀约我加入他们的队伍，可惜不知其中乐趣的我竟擦肩而过，如今看来实是人生一大憾事！

无 名 即 名

万佛山虽遥遥相对，真的想过去可不知要绕多少山路，再说多是悬崖峭壁，就算过去了也是寸步难行，"只可远观不可亵玩焉"的审美境界，在此处表现得淋漓尽致，呼之欲出。令人欲游不能，欲罢难舍。

家骏兄提醒我时近正午，建议原路下山去填饱肚子再说，我觉得原路返回不如继续往上走，看看还有什么更奇异的风光在等候我们。

佛说，五百年的修炼只为等来伊人一回眸。冥冥之中，我总觉得还有更好更奇的风光就在前方不远处默默守候着我的光临，岂可半途而返。于是我们继续沿着台阶拾级而上，山随路转，水随路旋，穿过一片菜地和茶园之后，果然有一处庙宇若隐若现，远看红墙碧瓦，近看居然是一处洞穴，我和家骏兄一道走进山门，正好有一位大妈端了一盘刚出锅的年糕，哇！真是来早不如来巧，大妈听说我们没有吃饭，立马招呼我们两个用餐。

准确地说，这是一处藏在山洞里还没正式开光的小庙，没有大雄宝殿，没有香火缭绕，甚至没有诵经的和尚，只有几个六七十岁的老太太正在厨房做饭，刚刚装修一新的厅堂几尊金光闪闪的佛像正襟危坐，就在我细细端详、心里默默祈祷雁荡之行平安顺利时，耳边传来家骏兄的招呼：秋生兄，快来用餐，刚出锅的年糕，味道鲜美哈。

这可是我平生第一次吃斋饭，虽然北京广济寺常有施粥放饭的时候，但我从没有吃过，没想到千里之外的雁荡山居然会有一顿斋饭在等着我：你来与不来，我都这里等你，不离不弃。蓦然想起仓央嘉措《相见》一诗，莫非我与雁荡山前世也有约吗？我坐在小桌旁细细地咀嚼着面前的年糕，百分百的素食，吃起来津津有味，抬头望见莲台上的佛祖，正静静地看着我，那双通天彻地的慧眼一定知晓此时此刻我心中的感慨：早来五分钟，这盘素食还没有出锅；晚来五分钟，这盘素食已落他人之腹。不早不晚，刚好端上桌我们就到了，人世间许多事情都这样，不争迟与早，刚刚好凑巧。

显然我就是"刚刚好凑巧"群体中的一分子，吃过年糕后，家骏兄给其中一位主事的一张百元大钞，算是表达我们的一番谢意，因为庙宇还没开光，暂不接受香火钱。告别老太太们，我们开始从另一条路下山，一路上我不停地问家骏兄，如此山高险峻，路途遥远，几个年纪这么大的老太太，平时吃喝拉撒的问题如何解决？难不成有人送上山来？或者说他们的后人会定期帮助解决？家骏兄望着远处飘动的白云告诉我，雁荡山有许多这样的小庙，有的老头老太几十年都没下过山，有的甚至不知今夕是何年，真正达到了"了却凡尘事，莫问故乡屋。只在此山中，云深不知处"的禅宗境界。

我们踩着一级又一级的石砌台阶往山下行走，恍如踏着雁荡山一页又一页的古老历史，石阶何年何月何日何人所砌显然已不可考，但石阶上苍老的苔藓仿佛在告诉我们：岁月如流，流不去的是雁荡游客们的热情与好奇；脚印藏风，吹不走的是雁荡风光的奇绝与秀美。年年岁岁，岁岁年年，深居简出的老太们用青春守护着庙宇的宁静，用皱纹收藏佛祖的慈悲与宽容，渡劫三千弱水瓢，放下屠刀佛祖邀。就在我离庙宇里的菩萨愈来愈远、脚步愈来愈沉重的时候，迎面上来一个上了年纪的挑夫，正用木棍支撑着满满一担日常用品停下来休息，我心怀敬意上前打招呼，一问老爷子今年七十六岁，肩上所挑的正是庙宇日常所需，再一细问，居然就是我们吃年糕的那家庙宇。我惊叹连连，自己正值盛年空手下山还嫌累，人家古稀之年挑担上山何止千级台阶？一股敬畏之情油然而生，高人从来在民间，此话果真不错。本来我不好意思开口要给老爷子拍照留念，但家骏兄用本地话一说，老爷子竟然满口答应，从容面对我的镜头，留下了一张笑容灿烂的影像。

回京之后，夜深人静时我常常翻看这张照片，因为没有邮寄地址，也不知老爷子的名字，这注定是一张无法寄出去的照片。虽然我心里明白，名字不过是世俗凡人的一个记号罢了，但收藏着别人的照片寄不出去始终是一种遗憾。时间一晃几年就过去了，那家没开光的无名小庙和挑担的无名老人却从此留在我的心中，"多少长安名利客，机关用尽不如君"。行走在京城钢筋水泥构建的"森林"里，有多少有头有脸的大人物迎面而来，擦肩而过，可转眼之间早已消失得无影无踪。唯有雁荡山无名老人身上那种顽强的意志常常给我温暖与感动，促我自强，催我自新，在人生的弯弯山道上奋勇前行！莫非这就是雁荡山无名小庙里的佛祖给予我启迪：无名即有名，无缘即有缘；无即是有，有便是无。生在红尘间，不得不清高；长在世俗里，不得不随缘。

雁荡经行云漠漠，龙湫宴坐雨蒙蒙。唐朝贯休和尚的诗句又在耳旁响起，透过京城上空浓重的雾霾，我仿佛看到千里之外徐霞客在雁荡山奋勇前行的背影，渐行渐远，渐远渐行地高大起来！

伫立窗前

　　办公楼坐落在长安街的平行线上，我久坐后时不时会起身来到窗前走上几步，或伸个懒腰，甩甩胳膊踢踢腿；或纵目远眺，扫描空旷高远的天空，一览半个京城的好风光。

　　都说站得高才能望得远，其实八层高的办公室在北京城里实在是太稀松平常了，都不好意思随便用"望"这个字来说，但因地理位置的恰到好处，站在窗前，居然一眼就可以看到国贸三期与"中国尊"若隐若现，瘦成几根微不足道的柱子迎风而立；明万历年间建造的玲珑塔已经四百多岁了，依旧如画一般挂在窗外的正前方，让我想起绕口令《玲珑塔》里"高高山上一老僧，身穿衲头几千层。若问老僧年高迈？曾记得黄河九澄清……"的桥段来。我明明不在山上，但此时此刻仿佛穿越到了数百年前的某座仙山灵谷，与老僧一起坐禅礼佛；我明明知道绕口令里的玲珑塔并非窗外之玲珑塔，但我还是以"同名同姓之人世上常见，同名同姓之塔人间一定少有"来宽慰自己！就在我灵魂出窍、半梦半醒之间，西三环路旁的中央广播电视塔如冲天之柱矗立眼前，遥指长空，好像在提醒我此时身处京城，并非方外之地，半座都城已经缩微成我眼里的一幅风景。

　　有时风过窗前，带起阵阵呜呜声，楼下的树枝左右摆动，如起舞的姑娘一样活力四射，树叶哗哗作响，犹如送给舞者的阵阵掌声。天上的云彩则摇身一变，成了戏台上变幻莫测的花脸：时而如虎，时而似龙，腾挪跳跃，变幻莫测；时而如莲，时而似游鱼，鱼戏莲叶间，影像美轮美奂；时而如洁白的羊群，放肆地撒欢，只是听不见咩咩的叫声，看不见身后轻轻挥鞭哼着曲儿的小妞；时而如疾走的水牛，摇头摆尾，只是看不见横笛竖吹的牧童踏步前行……更多的时候，它们什么都不像，就是那么任性，那么洒脱，那么调皮，那么莽撞，匆匆而来又匆匆而去，如凡夫俗子，似过江之鲫，落落大方而又稍显寂寞，穿行在自己的世界与河流里，任两旁的看客们指指点点，评头品足……正所谓，走好自己的路，让别人去过桥吧。

平凡如吾辈者，一生兢兢业业，只知做好自己分内的事，走好自己脚下的路，从不敢高谈阔论不敢高瞻远瞩更不敢轻言放眼世界展望未来的，只能如乡间老人所说，抬头常看天，莫听人后言。每念至此，不由得又想起了曾经的办公场所来，那个地名叫作太平桥大街四号的大院子。大院是一幢老楼，据说是当年修建人民大会堂剩下的边角料修筑的，高大扎实的汉白玉柱梁，空旷深远的楼层空间，宽阔平坦的楼道台阶，一看就是质量杠杠的精美建筑。它东边毗邻大清榜眼王府与状元府，西面隔街远望便是寸土寸金的金融街，南面乃是当年鲁迅、张恨水寄居创作的砖塔胡同，北边便是车水马龙的阜成门内大街，与长安街双向平行，默默相守，天长地久，无缘会合也绝不纠结。

中午饭后闲余时，我常常一个人去附近溜达，楼下十字街口是赵登禹路与阜成门内大街的交会点，沿赵登禹路北行，便是北京三中。此地据说当年是明末清初风云人物祖大寿的府邸，而北京三中的前身则是清雍正二年建立的专收八旗子弟的右翼宗学，曹雪芹曾在右翼宗学供职十年，并在此构思了《红楼梦》。人民艺术家老舍先生一九一三年曾就读此校。一九五〇年十月学校改为北京市第三中学。沿阜成门内大街往东行走百十步，便是北京历代帝王庙，它是中国古建筑宝库中的精品。明嘉靖十年始建，其原址为保安寺，清雍正七年重修，几经调整，最后将祭祀的帝王确定为一百八十八位。再往东前行百二十步，便是七百年古庙广济寺，一脚踏入广济寺，大街上的喧嚣仿佛一下子被关在佛门之外。我习惯沿着大雄宝殿自右向左绕圈三匝，然后细品西北某地捐赠纪念赵朴初百岁诞辰的千佛砚台，然后出寺斜穿公路到地质博物馆东侧场地上观赏各种奇石，再步行到砖塔胡同东口的正阳书局去看万松老人塔，顺便观光老北京的旧城风貌。这些远去的风景如今变成了一张张古旧的地图，挂在一根铁丝上左右晃荡，我读着老门框上黑黢黢的"无事可静坐，闲情且读书""忠孝传家远，诗书济世长"的雕刻楹联，仿佛又看到了明清时代北京头戴瓜皮帽、身穿长马褂的身影闪现出没，锈迹斑斑的大门背后是一片远去的繁华烟云。走在这条街上，真正是移步换景，处处珠玑，可谓北京城里可圈可点的风水宝地。

于是乎，文友来京，我必陪他们转悠一圈，耳边常有赞叹声：果然是一块文脉厚重的风水宝地啊！倘若月明星稀，登上大楼顶端，京都之夜尽收眼底，顿觉心旷神怡：东望长安街，央视大楼熠熠生辉，迎面而来，巍峨耸立，国贸三期灯火通明，正在举杯邀明月，挥洒自如尽显风流倜傥；南眺国家大剧院，外形状如飞碟一般静卧在人民大会堂一侧，蓝光荧荧，波光闪烁，夜夜演出，日日欢舞；扭头向西，遥看群山蜿蜒起伏，影影绰绰，如长虹卧波，又似巨龙盘绕，看不见处皆是长城，看得见处尽是高楼；北面俯瞰，左起妙应白塔寺，千年沧桑迎雨雪，居中历代帝王庙，金碧辉煌天子气，止步广济寺，七百年风霜不侵颜如故。唯有姚家胡同三号是寂寞孤独的，它被挤压在帝王庙与广济寺之间，静卧其间，貌不惊人，许久之后才知此胡同乃是乡贤散原老人陈三立客居京城的落脚点，也是他拍案而起痛斥日寇进犯北平愤而绝食自尽的悲壮激越之地，当然也是悲愤吟出"一生负气成今日，四海无人对夕阳"的寅恪先生故居。明月当空照，清风做伴邀。此时此刻，就差手中没有三杯两盏淡酒，否则一定跟当年范仲淹一样大声呼喊：登斯楼也，其喜洋洋者矣！

下楼回到办公室，双手推开窗子，楼下赫然一条小胡同，掩映在浓浓绿阴底下，这就是北京城里千年未曾变更地名的西四羊肉胡同。我从胡同早晚穿行足足五年时光，春夏秋冬，风霜雨雪，胡同里的一砖一石、一枝一叶、一树一鸟都成了我的朋友，可最终却应了我在某篇文字中的预感：我只是羊肉胡同里的过客，轻轻地走了，不带走一丝云彩。

从此不相见，便可不思念。风景依旧在，办公地址却从二环内迁至四环边上，虽在同一条纬线上，到底有天壤之别！好在白塔寺渐行渐远，玲珑塔又入眼帘。如此看来，莫非上天亦有眷顾之德，让我的人生行程里始终有天光云影塔徘徊？

我把在窗外搜寻游离的目光收了回来，西八里庄路六十九号院内两三百年的古柏遍地都是，像一个个精神矍铄的老人，苍劲有力的身躯仿佛在向路人讲述当年大太监李莲英安葬此地的趣闻逸事，又是一段可圈可点的掌故……恍惚之中，一个声音在催我了，主人，放风时间已到，回归案头审阅书稿才是王道。

噫吁嚱！张弛有道，伫立窗前，守住这一方风景，真好！

图书在版编目（CIP）数据

北漂者说 / 全秋生著. -- 哈尔滨 ： 黑龙江教育出版社，2021.12

ISBN 978-7-5709-2800-2

Ⅰ．①北… Ⅱ．①全… Ⅲ．①散文集－中国－当代 Ⅳ．①I267

中国版本图书馆 CIP 数据核字(2021)第 262430 号

北漂者说

BEIPIAOZHE SHUO

全秋生　著

策　　划：北京一书万象文化传媒
责任编辑：王海燕
特约编辑：刁小菊
装帧设计：程　跃
内文编排：孙　娜

出版发行：黑龙江教育出版社
地址邮编：哈尔滨市道里区群力第六大道 1305 号（150070）
印　　刷：三河市百福春印刷有限公司
开　　本：787mm×1092mm　　1/16
字　　数：248 千字
印　　张：16
版　　次：2021 年 12 月第 1 版
印　　次：2022 年 1 月第 1 次印刷
标准书号：ISBN 978-7-5709-2800-2
定　　价：68.00 元
黑龙江教育出版社网址：www.hljep.com.cn
如有印装质量问题，请与印刷厂联系。联系电话：13910784991
如发现盗版图书，请向我社举报。　举报电话：0451-82533087